U0476265

生命的乐章

SHENGMING DE YUEZHANG

重庆市红十字会文学作品集

CHONGQING SHI HONGSHIZI HUI WENXUE ZUOPIN JI

重庆文学院 编

线装书局

图书在版编目（CIP）数据

生命的乐章 ： 重庆市红十字会文学作品集 / 重庆文学院编. -- 北京 ： 线装书局, 2022.4
ISBN 978-7-5120-5002-0

Ⅰ. ①生… Ⅱ. ①重… Ⅲ. ①中国文学－当代文学－作品综合集 Ⅳ. ①I217.1

中国版本图书馆 CIP 数据核字（2022）第 063228 号

生命的乐章：重庆市红十字会文学作品集

SHENGMING DE YUEZHANG: CHONGQING SHI HONGSHIZI HUI WENXUE ZUOPIN JI

编　　者：重庆文学院
责任编辑：姚　欣
出版发行：线装书局
　　地　址：北京市丰台区方庄日月天地大厦 B 座 17 层（100078）
　　电　话：010-58077126（发行部）010-58076938（总编室）
　　网　址：www.zgxzsj.com
经　　销：新华书店
印　　制：成都市兴雅致印务有限责任公司
开　　本：787mm×1092mm　1/16
印　　张：15.5
字　　数：214 千字
版　　次：2022 年 4 月第 1 版第 1 次印刷
印　　数：0001—1000 册

线装书局官方微信

定　　价：59.80 元

编委会

2019全国人体器官捐献缅怀纪念暨宣传普及活动在璧山区举行

连续 22 年元旦春节期间开展“博爱送万家”活动，直接受益群众 20 多万户。图为领到温暖包的群众喜笑颜开

群众踊跃报名登记成为遗体（角膜）、人体器官、造血干细胞志愿捐献者，目前已达 21.8 万人

重庆市人体器官捐献协调员米智慧协助青海省红十字会完成首例器官捐献

渝北区红十字会志愿者自发为 65 岁的陈茂秀、74 岁的易泽成这对黄昏恋的新婚夫妇在重庆市人体器官捐献缅怀纪念园内举办了一场特殊的婚礼

器官捐献者余奕璇（果果）父母在央视《朗读者》栏目讲述女儿的故事

《五个人的乐队　“一个人”的演出》获国务院新闻办主办的2020年度“讲好中国故事”创意传播大赛特等奖，成为全国人体器官捐献宣传品牌

《一秒万年》应急救护群众广场舞表演在“红十字博爱周”主题宣传活动上首次亮相

因成功救活一位呼吸、心脏骤停倒地路人的红十字志愿者王勇获评“中国好人”“重庆好人”“最美救护员”等荣誉称号。图为王勇重返救人现场向群众宣传应急救护

重庆市首届红十字应急救护大赛在彩电中心举行，46支代表队参加比赛

川渝地区首次举行红十字供水救援联合演练

新冠疫情防控物资及时发往对口支援的湖北孝感市

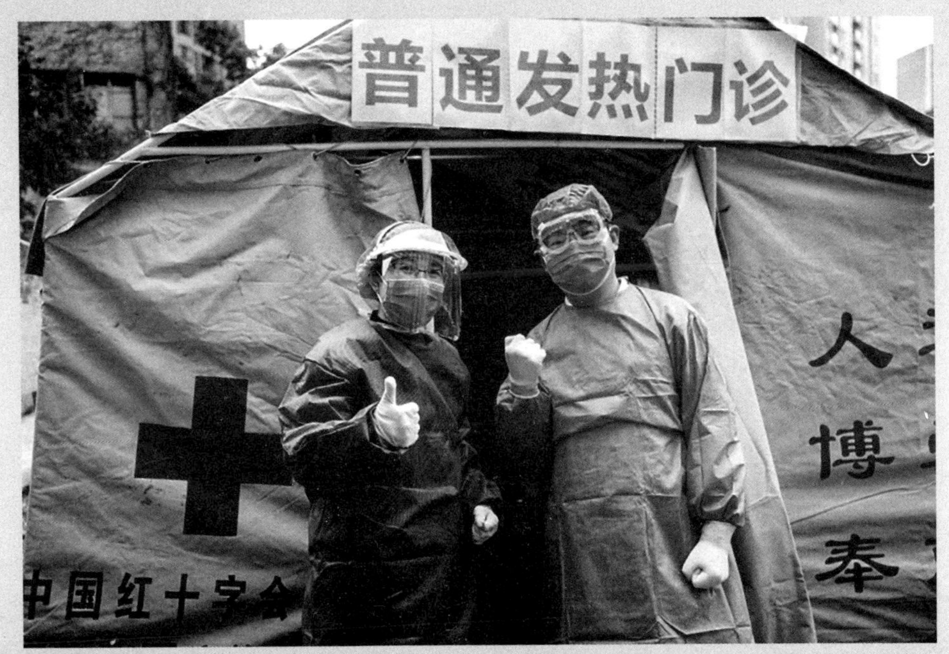

支持抗疫搭建的帐篷作为临时发热门诊分诊处，有效疏散医院人员聚集的情况

国家卫健委、财政部、民政部及国家医保局联合调研组在渝开展疾病应急救助工作调研

重庆市红十字基金会“渝爱同行——我为群众办实事”公益活动关爱困难家庭儿童。图为收到大礼包的小朋友脸上洋溢着开心幸福的笑容

重庆血友病家属代表感谢重庆市红十字儿童医疗救助基金会对血友病儿童的救助

代 序

年去年来，时光荏苒。穿越历史长廊，重庆红会转眼建会111周年。新冠疫情浓雾渐淡，但阴魂萦绕不散。何种方式纪念，最好的传承与弘扬，莫过于文学。讴歌红十字，印记可爱人可敬事，颂扬新时代，激励后来人。

发端于血与火的红十字会，旨在护佑生命与健康，维护人的尊严，发扬人道主义精神，促进人类和平进步事业。百余年来，红会人弘扬“人道、博爱、奉献”精神，救难民、抗霍乱、种牛痘、济孤儿，寻亲台胞、抗击非典，“11·27”大屠杀烈士清理消毒现场、抗美援朝手术队、开县天然气井喷、印度洋海啸、汶川大地震……红会人身影与生命同频共振。

进入新时代，红会人秉承为国奉献、为民造福理念，全面贯彻习近平新时代中国特色社会主义思想，助力灾害救援、应急救护、人道救助，助力血脉永续、爱心不息、生命接力，助力健康中国战略、脱贫攻坚与乡村振兴，努力满足人民群众日益增长的人道需求。

汹涌压城袭来的新冠肺炎疫情，淬炼了红会人。在这场新中国成立以来非常战“疫”中，市红会机关创造了一天时间动员接收1.26亿资金纪录。全市接受款物4.4亿元，市本级2.5亿元，直接救助抗疫、疫情感染和家庭困难、捐献恢复期血浆者2500余户家庭。捐赠款物管理规范，使用高效透明，彰显了政治站位和组织力凝聚力公信力，诠释了红会人初心使命。

修订会法实施办法，制订发展规划，“发挥红十字会人道救助作用”首次被写入全市规划和远景目标纲要。近年来，着眼法规抓根本，建章立制抓规范，下沉基层抓基础，转变方式抓作风，坚持法规与制度共建，规矩与规范并行，风险与底线齐守，出台30余项制度，“强三性”“去四化”，蹄急步稳推进改革，实现了系统性、整体性重构。

红十字事业在守正创新中奋力推进。会本级筹措6000余万元助力脱贫攻坚、乡村振兴，救护普及培训“五进”年超32万人次，救助急危重伤病患者和大病儿童年超万人次。人体器官捐献志愿登记人数和实际捐献者占常住人口比例列全国第9和第7位，器官、遗体（角膜）、干细胞捐献志愿登记21.8万人，在全国人体器官捐献工作推进会上交流经验。摸清基层组织底数，清理冠名医院，通过工作通报、业务培训、示范带动、编印工作手册等措施强力夯实基层基础。总会邀请第三方对全国省级红十字会信息公开透明指数进行百分制量化评价，重庆列第五位。

阴晴圆缺，逆风顺水，红心永红，红心向党。红十字是一面旗帜，红十字事业是全人类共同事业。弘扬伟大建党精神，练就斗争真功夫，无愧时代和使命担当，自觉砥砺前行，在全面建设社会主义现代化、实现中华民族伟大复兴中国梦进程中，红会人当展现新作为、谱写新篇章。

重庆市红十字会　李如元

2022年春

第一部分　人道的力量（报告文学）

第二部分　博爱的光芒（散文）

第三部分　奉献的礼赞（诗歌、散文诗）

人道的力量（报告文学）

第一部分

器官捐献——花开的声音

用爱架起一座生命的桥

——记重庆市红十字会人体器官捐献协调员米智慧

郭凤英

红十字运动是人类文明进步的产物，红十字精神是“人道”理论的代名词。保护人的生命从洪荒时代即已存在，历史悠久。

《中华人民共和国红十字会法》明确，“中国红十字会是中华人民共和国统一的红十字组织，从事人道主义工作的社会救助团体。”红十字会是党和政府在人道领域的助手和联系群众的桥梁纽带，“人道救助”是红十字会性质宗旨职责的精准概括，参与和推动遗体和人体器官捐献是红十字会的主要职责之一。红十字会作为独立的第三方，积极参与器官捐献体系的建设，是中国器官捐献移植事业的创新，与红十字会“人道、博爱、奉献”的精神和“保护生命与健康”的宗旨高度契合，使之成为一个公开、公正、公平、阳光的事业。

什么是人体器官捐献？简单地说：当一个人去世时，遵循自愿、无偿原则，通过严格的法定程序和科学的处置，捐献出功能完好的器官，用于器官衰竭而需器官移植的患者，恢复他人健康的纯利他主义公益性行为。

医学事业发展到今天，器官移植已经不再陌生。目前，我国公民逝世后捐献的器官已累计挽救了近 10 万余人生命。人体器官捐献者是崇高而伟大的，他们虽然离开了世界，但生命的一部分化作了“礼物”，鲜活地存在于新的生命之中，这是生命最庄重的延续。

据不完全统计，我国每年有 30 万余器官衰竭患者等待器官移植，但近几年每年仅 2 万余人获得移植的机会。器官捐献，这项无私大爱的事业如何持续？

“山城”重庆世界历史文化名城，是中华人民共和国省级行政区、直辖市、国家中心城市、超大城市、国务院批复确定的中国重要的中心城市之一、长江上游地区经济中心、国家重要的现代制造业基地、西南地区综合交通枢纽。重庆总面积 8.24 万平方千米，辖 26 个区、8 个县、4 个自治县，常住人口 3200 多万。这样的城市和地区，在器官捐献这条路上，却走得异常艰辛，以至于提起这个话题，重庆市红十字会器官捐献协调员米智慧便多了一句简短的口头禅：不容易。

初见米智慧，每个人都会被她乐观开朗的性格所吸引；再见米智慧，任何人都会为她奔波于器官捐献的坎坷路上所震撼；又见米智慧，你会忍不住惊叹：60 多岁的年纪，瘦小的身板，脸上始终保持着积极向上的美丽笑容，她为何会有如此巨大的能量？

面对亲人突然死亡的残酷打击，家属如何克服重重心理障碍，将亲人有用的器官捐献出来救人？为了一份人间大爱，帮助亲人实现救人的契约，提前将自己的器官预定给陌生人？作为器官捐献协调员，左手扶着“死亡之门”，右手握着“重生之门”，要经受怎样的心理、生理考验？重庆市遗体器官捐献管理中心是重庆市红十字会（以下简称“市红会”）不可或缺的机构，在近十年的摸爬滚打中，如何披荆斩棘、勇往直前？

一、初涉器官捐献，无法擦干的泪

不知从什么时候起，我们知道了人体衰竭的器官可以通过器官移植实现生命延续。当医学发展到器官衰竭病人有望通过人体器官移植从而延续生命的今天，无数病人翘首以盼，期待自己能获得健康的人体器官，从而重新活过来。

可供移植的人体器官有哪些呢？有心脏、肺脏、肝脏、肾脏、胰腺、小肠等器官的全部或者部分。此外，角膜、皮肤、骨骼、血管、神经等组织也可以捐献。活下去，是病人的共同愿望，无论生了多么严重的病，对生命的留念都是一样的。若是有移植器官的可能性，哪个病人不巴望着有人捐献器官呢？

既然生命对于每个人的愿望都是一样的，谁又愿意将自己的器官捐献出来？20 世纪初，俄国的阿尔曼等大夫在动物身上进行了大量器官移植的探索，为器官移植积累了宝贵的经验；1952 年，米雄大夫将一位母亲的肾脏移植到了其儿子身上，这是人类历史上第一次活体器官移植，尽管由于排斥反应，术后肾功能仅保持了 23 天，但它宣告了人类历史上器官移植作为神话和科幻年代的结束；1954 年，莫雷大夫成功地为一位 21 岁的妇女移植了她同卵双生的姐姐的肾脏，使该妇女一直活到今天，并成为两个孩子的妈妈，这也是全世界器官移植后活得最长久的人，该妇女和莫雷大夫均上了《吉尼斯世界纪录大全》；1956 年，莫雷又开始了同种异体肾移植，也获成功；1967 年，南非的巴纳德大夫首次开始了心脏移植。至此，现代器官移植开始向一座又一座高峰跃进。

而中国，“器官移植的开创者”——武汉同济医院教授夏穗生一生致力于器官移植。1958 年 9 月 10 日，夏穗生将一只狗的肝脏移植到另一只狗的右下腹，术后这只狗虽然只存活了 10 个小时，但这是国内对肝脏移植的一次开创性探索，拉开了我国器官移植事业的序幕。1972 年，同济医院腹部外科研究所（现器官移植研究所）成立，夏穗生出任研究所副主任，带着 5 名医生、5 名技师在一幢破旧的两层小楼里开始了艰难探索，一系列成果随之问世。1977 年，上海第二医学院（现上海交通大学医学院附属瑞金医院）到武汉同济大学取经学习后，没多久就带来了中国首例肝脏移植手术成功的消息，这让夏穗生激动不已。不久，夏穗生为一位男性患者实施了肝脏移植手术，让患者存活了264天，创下当时国内肝移植存活时间最长的纪录。

中国器官移植事业任重道远，但因为有了夏穗生这样的探索者，以及无数医学专家的孜孜以求，到20世纪末，我国的人体器官移植技术已经取得了骄人的成绩，让更多的器官衰竭患者看到了希望。

然而，这条路比想象的更难，中国人对于捐献器官的意识落后于西方发达国家，“身体发肤，受之父母”的传统观念深深植根于国人心里，死后保留全尸下葬更是国人最后的心愿，对于火葬都有许多人不能接受，何况摘取自己的器官呢？

中国的人体器官捐献事业虽然走得艰辛，但一直没有退步，更没有放弃，业内人士一直在探索，寻求合法有效的途径。2007年3月，国务院颁布《人体器官移植条例》。2012年7月6日，中国人体器官捐献管理中心经中央机构编制委员会办公室《关于设立中国人体器官捐献管理中心的批复》批准成立。2013年1月正式组建开展工作，是中国红十字会总会直属、中央财政补助事业单位。主要职责为：负责参与人体器官捐献的宣传动员、报名登记、捐献见证、公平分配、救助激励、缅怀纪念及信息平台建设等相关工作。

时光倒回2010年3月，公民逝世后器官捐献体系首先在上海、天津、辽宁、山东、浙江、广东、江西、福建厦门、江苏南京、湖北武汉等10个省市开始试点。4月20日，广东省人体器官捐献试点正式启动。

就是在这样的背景下，多山、多水、多雾的西部地区唯一直辖市——“山城”重庆，在人体器官捐献事业的道路上，走到了一个里程碑式的“三个必须”时期：一是必须成立重庆市遗体器官捐献管理机构，重庆需要有自己的人体器官捐献机构，这是重庆人民的渴盼，也是从事这项工作的医务人员所期盼的；二是要啃下人体器官捐献开局这块硬骨头，必须要有专业的协调员队伍，有自己的专业人才，建立专业团队，推动这项事业的顺利发展；三是必须让人体器官捐献理念深入重庆的每个角落，让广大市民提高认识，逐步走到支持这项工作的队列中，从关注者到践行者，让那些不幸因器官衰竭而绝望的重庆市民感受温暖，看到希望。

俗话说：白手起家，何其艰难，说者容易做者难。2012年的春天，对于市红会来说，不是繁花似锦的春天，而是一个度日如年的春天，“三个必须”的目标定下来了，成立重庆市遗体器官捐献管理中心不是问题，但专业人才呢？没有专业人才，何谈专业团队？更何谈这项伟大事业？那段时间，有几扇窗的光一直到天亮，重庆市民谁也不会想到，有一群人为了人体器官捐献经历了多少个彻夜难眠的日子。

正所谓“拨开云雾见天日”，在市红十字会与重医附一院的领导们一轮一轮开会研讨后，将目光瞄准了米智慧。

米智慧，重医附一院外科手术室副主任护师，2011年退休，正策划着外出旅游，过自己潇洒的退休生活。这个人选一提出来便一致通过，没有任何人有异议。刚刚退休的她，到底有何过人之处，能让所有人对她信心满满？米智慧说，当时市红十字会和重医附一院看中她，可能因为她一向积极、乐观、向上的人生态度吧。

这话说得轻巧，其中蕴含了许多层面。首先，是专业技术毋庸置疑。在重医附一院外科手术室工作了几十年的米智慧，从懵懂的实习护士到业务精湛的副主任护师，她不断探索的精神令人称赞。其次，是职业操守令人称赞。米智慧数十年如一日以医院为家，从不因私事耽误工作，并且在工作上精益求精，深得领导信任、同事赞赏、后辈钦佩。最后，是乐观态度影响他人。米智慧在从业那些年，无论什么时候，她的笑容始终在脸上展露着，竭尽所能对后辈指导和关爱，仿佛在她这里，就没有难事。

积极、乐观，的确是米智慧令人称道的人生态度，抗压能力强也源于她对工作始终保持百分百热情，善于将一切负面情绪转化为积极因素，以应对工作和生活中的各种困难，这是她持之以恒的可贵品质。做一项开创性的工作，恰好需要这样的态度和品质，所以，米智慧是当仁不让的人选。

这一次，一向泰山崩于前而面不改色的米智慧此时有些犹豫，但更多的是思考，因为她已经退休，希望过一过属于自己的小日子，希望弥补过去鲜少陪伴家人的遗憾。然而，人体器官捐献协调员的挑战性，又深深吸引了米智慧。她是一个急人所急、乐于助人的人，也是一个迎难而上、勇猛无畏的人，更是一个明知山有虎偏向虎山行的人。

那夜，她站在楼顶上，仰望星空。星星一眨一眨闪烁着光芒，仿佛就是一个个病人眼里渴望“活下去”的目光。那些若隐若现的星光，既是生命垂危病人的生命之光，也是有意愿用自己的器官拯救他人生命的爱之光。一边是不幸离世者的爱的延续，一边是渴望重生的芸芸众生，生与死，都在一念之间，为他们搭起一座爱之桥，这是爱的播撒，这是爱的根植，这是爱的成长。

经过了 3 天的思考，对医学事业充满热情，对生命更是充满敬畏的米智慧做出了改变她后半生命运的决定：接受市红会的邀请，接受命运的挑战。从此，米智慧一脚既踏进人体器官捐献事业的大门，也一脚踏进了“生死”之门。

当时，市红会拨给遗体器官捐献管理机构的办公室非常简陋，人员也只有米智慧一个人，没有经验，没有帮手，没有供体来源，就是这样的“三无”工作环境，让米智慧经受了难以想象的艰辛。第一天到办公室报到，她主动签下了器官遗体角膜志愿捐献书。“从事这项工作，要是自己不能做表率，又怎么去说服别人！”那天是 2012 年 7 月 20 日，从此，当时 55 岁的米智慧有了新的身份——重庆市红十字会首位人体器官捐献专职协调员。

随后，她跟随市红十字会的领导到广州学习了 3 天，回来就开始了人体器官捐献协调员的工作。对她来说，这是一个新的起点，新的事业，充满挑战。

有句格言是这样说的：“失败乃成功之母。”米智慧预料过这个工作的难度，并且准备好了被刁难乃至被辱骂，可是，她仍然没有预料到逝者家属对她的侮辱性行为有多严重。一次一次的失败，一次一次的不甘失败，一次一次从失败中汲取经验，她擦不干流淌的眼泪，也擦不去对这项工作的执着。

在医学上，人体器官捐献者被称为“供体”，接受器官移植者被称为“受体”。作为供体，需要的是相对健康的身体，因此，供体多半是突发事故或是疾病导致的病情致生命不可逆但其器官可用的情况。不管是供体本人还是家属，突然遭遇横祸已然无法接受现实，若是这个时候有人来跟他提出捐献器官，谁能接受？十年前，人们对于器官捐献根本谈不上认识，病人渴望别人的器官是一回事，自己捐献器官是另一回事。作为器官捐献协调员的米智慧，一接到信息，市内哪个医院有这样的供体，不管是什么时间，都会第一时间赶到供体所在医院，耐心细致地给其家属做思想工作。可想而知，那是一种什么样的工作环境，被怒骂、被撵是轻的，有的家属甚至拳脚相向，她也只能承受着或是躲避着。

不出所料，前几例均以失败告终，米智慧冷静下来进行总结，分析失败的原因，努力在后来的工作中改进方式方法。2012 年 7 月 20 日那一例的失败，让她尤其印象深刻。当时一名警察因工作劳累上厕所时突然倒下，抢救时就不行了，家属颇有器官捐献意识，于是向院方提出捐献。警察 30 多岁，这是极好的供体，各种器官功能良好，但是，因其老母亲年迈不知情而不敢决定。一边是等着救命的病人，一边是供体直系亲属还有一人不知情，米智慧夹在中间，真是左右为难，所流的泪，说不清是为逝者，还是为病人。也许，那是为这项事业所流的泪，为这份工作的艰辛流的泪。

人体器官捐献遵循自愿、无偿原则，如公民生前未表示不同意捐献其器官，待其身故后，其配偶、成年子女、父母可以以书面形式共同表示同意器官捐献。这个原则里的“共同”二字，涵盖了故去者的健在配偶、成年子女、父母，缺一不可。当时，那名警察的母亲年迈，身体不大好，其家人不敢将这个消息告诉她，担心老人承受不起噩耗。因此，不管获取消息的某个受体家属如何强势索取，米智慧都坚决地依照原则办事，有效地维护了那名警察及其家属的合法权益。

让米智慧没料到的是，这一例的失败，反而成为其从事人体器官捐献管理工作的转机。

2012年成功实施器官捐献的第一例，捐献者是山东青岛胶州的女大学生刘慧丽。刘慧丽到重庆师范大学两天后突然发病，被送到西南医院救治，其母匆匆赶来时，刘慧丽已经脑死亡。米智慧赶到西南医院对其母亲表示慰问的同时做她的思想工作，院方、学校、市红会一起商讨，市红会领导也到场。刘慧丽家庭困难，靠村民资助才来重庆上大学，其母最终答应捐献刘慧丽器官救治他人，并通过电话征得刘慧丽父亲同意后，米智慧亲力亲为完善了相关手续。同时，各方对其家庭都有不同形式地救助，帮助他们一家渡过难关。

刘慧丽成功捐献器官，填补了重庆市公民去世后人体器官捐献的空白。在摘取刘慧丽器官的时候，米智慧全程监督。按照相关规定，捐献者家属书面写明的捐献的器官名称，便只能摘取那些器官。比如，捐献者写明只捐献肝脏，便不能摘取除肝脏外的任何器官和组织。协调员必须全程监督摘取手术，防止任何理由的额外摘取供体其他器官行为。这一次，米智慧的眼泪一直在眼眶里打转，既为刘慧丽的伟大，也为开展这项工作以来的第一次成功，跋涉在这条荆棘丛生的路上，她看到了前方的曙光。

从事医务工作35年的米智慧，面对成千上万躺在手术台上的病人她没有畏惧过，但是，没有哪一台手术像她此刻这样感到悲伤、沉重、疼痛、欣喜、温暖……各种情绪交织在一起，只有泪水能说明一切。她说，以前的手术是病人走向新生的过程，而刘慧丽的手术，则是用器官去救活别人。一个是生，一个是死；一个是将爱播撒人间，一个是被爱重回人间。刘慧丽的母亲回山东后，米智慧特意去了趟磁器口古镇，排队买到几袋热乎乎的香酥麻花，给刘惠丽的爸爸寄了过去——那是他们女儿没能亲自实现的愿望。后来，市红会志愿者也多次给刘爸爸寄去麻花，代替小妹妹尽一点点孝道。

刘慧丽的去世让她难过了许久，但当得知捐献出的肝脏、肾脏让3位病人重获新生，捐献的眼角膜让2人重见光明时，米智慧又大哭一场，在百感交集的泪水中她释然了——这个美丽、无私的女孩并没有如风一般逝去，她像天使一样以另外一种方式，永远留驻在了人间。

“每一位捐赠者的生命权力得到了绝对的尊重，每一次捐献，都给予了其他人生的希望和光明，每一次捐献，都让死亡化作了重生。”米智慧总结这个案例的成功，梳理过去几例的失败，她明白了一个道理：只有对逝者家属抱有热忱的温暖，才能让他们认识到为逝去亲人的生命找到一条延续的路，让亲人以另一种方式活在世上。

从此，米智慧与一个个器官捐献者家属成了无话不谈的朋友，她总是站在捐献者家属的角度考虑问题，急他们所急、思他们所思、想他们所想。在经验不断累积的过程中，米智慧练就了一项特殊技能——为供体修复遗容。对于那些家庭经济困难的捐献者，她会尽最大努力给予对方生命的尊重，给他们买新衣服、化妆，比如给女性逝者描腮红和口红，给她们画眉毛，等等。米智慧觉得，任何一个生命都应该得到尊重，尤其是器官捐献者，更应该让他们帅帅地、美美地离开这个世界，却将爱留在人间。

二、用爱温暖逝者，不走寻常的路

医院 ICU 病房，一个时刻会上演生离死别的场所，这是米智慧的“战场”。作为协调员最重要的工作之一，就是发现潜在捐献者——经医院救治无法逆转的病人。她需要面对的，是已经极度悲伤，精神受到重创的不幸家庭，却仍须上前去宣传动员捐献。在这里，她曾经一次又一次遭遇白眼和冷遇，甚至是威胁。

重庆市开展逝世后人体器官捐献工作的初期，米智慧常常背着一个背包出现在各区县医院的 ICU 病房做宣传。那时候，不但病人及家属接受不了器官捐献，许多医务人员都接受不了，因此，米智慧常常被强行轰走。不知多少个日子，她曾站在街边茫然四顾，到底该去哪里寻找愿意为这项事业做贡献的潜在捐献者？她也曾苦口婆心对医务人员进行讲解，希望得到他们的理解、支持和配合，可是很长一段时间，都只有她孤单的背影在各区县的医院出现。她也曾走进阴森森的公墓，去跟那些因为某个器官衰竭而死亡的逝者

“谈心”，诉说她的苦恼、悲伤、无助……

但更多时候，是米智慧在公共汽车、轻轨列车上身着带有器官捐献标志的衣衫发宣传单的身影。她被人撵下过车，也有人认为她“无情无义”，或是觉得她“晦气”。人前乐观开朗的米智慧也有人后气馁的时候，好几次都想“不干了”。不过，“撂挑子”不是她的个性，擦干泪水与汗水，她又继续踏上人体器官捐献协调员的坎坷路，从一次次被撵下车，到客车驾驶员主动请她上车做宣传，再到乘车的市民看到她的时候都竖起大拇指，米智慧的心就在这一次次跳跃中，坚定了信念。

重庆市器官捐献者数字逐年增加。2012 年 4 例，2013 年 14 例，2014 年 27 例，2015 年 23 例，2016 年 81 例，2017 年 109 例，2018 年 132 例，2019 年 141 例，2020 年 126 例，2021 年 112 例。截至 2021 年，已连续 5 年破百例。这些数字沉甸甸的，却如天使升起了轻盈的翅膀，在重庆的山山水水间飞翔。

“你们拿这些（器官和遗体）是不是真的去救人？”“既然捐赠是无偿的，那为什么使用器官的病人还需要花上几十万元？”“现在捐（器官和遗体）的人多不多？”这样的问题一个又一个，一遍又一遍，潜在人体器官捐献者家属关心的问题，也是每个市民关心的问题。往往这种时候，略显倦容的米智慧，都会耐心地解释：“……捐献流程严格按照国家的相关规定进行，每一个细节都有法律法规文书约束，还有专人进行监督。捐献是自愿的，受捐者也是无偿接受的，但器官的维护，药物的使用、运输以及手术费用，术后用药等，都需要大量的人力物力，所以使用器官移植者家庭还是存在不菲的花费……”

“你劝我们捐，你自己会不会捐？”这个问题更加犀利，伴随着问题的，是对方质疑的目光、疑惑的心态，仿佛像手术刀那样要将米智慧给剖开。每当这个时候，米智慧就会不慌不忙地将自己的器官角膜遗体捐献卡等从包里掏出，摆在桌上：“上班第一天，我就办理了自愿捐献登记手续。我既然做了这个工作，自己就必须率先做到！你们真的可以放心，你们看，我自己都是填了捐献志愿书的。”

“人都要走了，你还在说什么捐献，我们不想听！请你出去！”这样冷冰冰的拒绝，加上冷漠的眼神，已经算是很客气的“逐客令”。“滚远点！你是不想活了吗？再往前走一步，当心挨揍！”这样的话，米智慧也听得不少。

可是对米智慧来说，“哪怕一百次中只有一次成功，我也愿意付出更多的一百次……”这是她的信念，也是她的诺言。

最常见的状况，让家属不理解的是：亲人明明还有心跳，怎么就来劝我们捐器官了！米智慧解释，潜在捐献对象，须经过有资质的医学专家评估，病情不可逆，人体器官捐献程序才会正式启动。

也有人担心捐献签字同意后，医院会停止治疗。米智慧对质疑者说，事实上，整个程序绝对会严格遵照捐献准则，作为协调员，也会全程监督。

从给家属讲解捐献的相关流程，见证签字，到家属见最后一面，实施获取手术，以及告别仪式、与移植单位办理交接、办理丧事、遗体火化、送骨灰，米智慧几乎全程都会在现场。这个身材娇小的女性肃穆地站立在手术室内，和其他医护工作者们，对着每一位实施了捐献的人深深鞠躬，含泪送别。

米智慧常常会想起一个叫果果的13岁女孩捐献者。那是2016年9月21日，重庆的天气还很炎热，果果大脑因为脑部血管畸形导致脑出血，出现了脑疝。虽然全力抢救，但孩子仍因脑干功能衰竭最终脑死亡。孩子离世后，其父母忍住悲痛，帮助孩子做了一个决定，让她以另外一种方式继续长大，捐出了孩子的肾脏、肝脏和眼角膜，让5名患者开启了新的人生。米智慧和协调员李庆了解到果果的父母不愿意在悲伤的气氛中送别女儿，于是给果果策划了一个温馨的“欢送会”：心形的蜡烛、粉红的鲜花、梦幻般的背景墙……果果穿着蓝色的公主纱裙躺在菜园坝安乐堂，告别了这个世界。

为爱撑起一片天是伟大的，用爱重建一片天更是伟大的。米智慧说：“每一个器官捐献者都是伟大的，都是落在凡间的天使，他们完成了拯救人类的使命后，又回到了天堂。”在米智慧的努力下，重庆市遗体器官捐献管理中心成绩是明显的，之后陆续来的几个年轻人，都深深地感受到了米智慧的精神力量，因为她是这个中心的“中心”，是这个中心的“开创者”和“践行者”。对米智慧来说，劝说他人捐献器官时既无情又有情，对每一个捐献者的人文关怀则是大爱之情，更是不可亵渎的使命感。

面对悲伤的家属开展捐献协调工作，这时如何开口，是需要技巧的。米智慧第一次和患者家属交流时，通常不会去直接谈器官捐献，避免他们过度难过。她首先会去了解病人和家属是否有需要帮助的地方，嘘寒问暖，比如，为外地来渝看病的家属找旅店，帮助处理社保、医保，让家属慢慢产生信任，放下戒备。这时就可以慢慢跟他们聊家常，切入正题。让病人家属感受到温暖，让他们明白，并非是什么人要夺取他们亲人的器官，而是让亲人的生命换一种方式延续，是爱的救助。

三、生命延续之重，不可亵渎的爱

那么有人会问：人体器官捐献为什么需要协调员？这就需要弄清楚三方关系：

第一方：供体（捐献者）

第二方：受体（获取方）

第三方：红十字会

全世界的人道主义救助最主要的机构就是红十字会，这就要追溯到红十字会创立的初衷。红十字国际委员会于 1863 年 2 月 9 日由瑞士人亨利·杜南倡议成立，当时称为“伤兵救护国际委员会”，1880 年改为现名。它是世界上最早成立的红十字组织，也是瑞士的一个民间团体。它完全由瑞士公民组成，并受瑞士法律的保护和约束，总部设在日内瓦。它是《日内瓦公约》和国际红十字与红新月运动的发起者。该组织负责指导和协调国际红十字与红新月运动在武装冲突和其他暴力局势中开展的国际行动。红十字国际委员会是一个公正、中立和独立的组织，其特有的人道使命是保护武装冲突和其他暴力局势受难者的生命与尊严，并向他们提供援助。红十字国际委员会还通过推广和加强人道法与普遍人道原则，尽力防止苦难发生。

中国红十字会是中华人民共和国统一的红十字组织，是从事人道主义工作的社会救助团体，是国际红十字运动的成员。中国红十字会成立于1904年，距今已117年，建会以后从事救助难民、救护伤兵和赈济灾民活动，为减轻遭受战乱和自然灾害侵袭的民众的痛苦而积极工作，并参加国际人道主义救援活动。中华人民共和国成立后，中国红十字会于1950年进行了协商改组，周恩来总理亲自主持并修改了《中国红十字会章程》。1952年，中国红十字会恢复了在国际红十字运动中的合法席位。

重庆市红十字会成立于1911年，距今已111年，是中国红十字会的地方分会，是从事人道主义工作的社会救助团体，以弘扬“人道、博爱、奉献”的红十字精神，保护人的生命和健康，以促进人类和平进步事业为宗旨。截至2008年，重庆市红十字会有40个区县级分会、3个行业分会。重庆市红十字会从诞生之日起，即投入扶危济困、赈济灾民的活动中。抗日战争期间，曾派出4个医疗队赴湘赣战区服务。1945年霍乱大流行，成立急救时疫医院免费救治病人。先后创建水上救护队、消防队及中西医诊所7个，济孤院、托儿所5个。中华人民共和国成立后，1951年进行改组，发展会员，建立组织。先后开展了组织医疗队赴朝、协助政府遣返日本遗孤及遗骨、爱国卫生宣传、举办群众性战伤救护、水上救护培训、普及“三防”教育等活动。“文革”中工作被迫停止。1980年重新恢复组织。

2020年5月28日15时08分，十三届全国人大三次会议表决通过了《中华人民共和国民法典》，宣告中国“民法典时代”正式到来。民法典全文共一千二百六十条，第一千零六条规定，完全民事行为能力人有权依法自主决定无偿捐献其人体细胞、人体组织、人体器官、遗体。任何组织或者个人不得强迫、欺骗、利诱其捐献。完全民事行为能力人依据前款规定同意捐献的，应当采用书面形式，也可以订立遗嘱。自然人生前未表示不同意捐献的，该自然人死亡后，其配偶、成年子女、父母可以共同决定捐献，决定捐献应当采用书面形式。第一千零七条规定，禁止以任何形式买卖人体细胞、人体组织、人体器官、遗体。违反前款规定的买卖行为无效。

红十字会参与器官捐献工作在国际上并不多见，这是我国器官捐献移植领域的一项创举。这种参与，既和红十字会保护人的生命健康的宗旨高度契合，也很好地发挥红十字会联系群众、服务群众的组织优势，同时还使得“人道、博爱、奉献”的红十字精神和中华民族“仁者爱人”的传统美德有机结合，形成了器官捐献的中国模式。经过10多年的努力，我国建立了一个由红十字会作为第三方参与的人体器官捐献体系，红十字会始终坚持倡导自愿无偿的原则，通过宣传动员、志愿登记、协调见证、救助激励、缅怀纪念和人文关怀各环节、各项工作，在全社会努力营造“器官捐献、传递爱心、生命永续”的道德新风尚。

红十字会承担如此重要的任务，作为协调员的米智慧一丝一毫都不敢马虎，她希望通过自己的努力，引领这项事业在重庆健康发展，让重庆越来越多的市民成为器官捐献的践行者。每个人的生老病死是自然规律，当死亡不可逆转的时刻，若是能将有用的器官用于救助他人，这种人间大爱，是社会文明进步的标志之一，是推动这项事业的重要力量。这种救助，不分民族，不分国界，既是最基本也是最难的人道救助。因此，每个捐献者身后的人文关怀，才更能体现这种救助的崇高和伟大。

2013年底，市红十字会将原在龙台山、龙居山两处缅怀纪念碑进行整合，在江南殡仪馆建立了“重庆市遗体和人体器官捐献纪念园”，专门用于缅怀纪念重庆市遗体、器官及组织无偿捐献者。每年的4月1日，市红十字会都会举行庄严隆重的缅怀纪念活动，这个活动已逐渐成为重庆市范围内一年一度社会重点关注、广泛参与的重要活动之一。由于捐献事业获得了广大群众的认可和支持，江南殡仪馆的纪念园已不能适应众多受者亲属和社会爱心人士前往悼念，亟须新建一个可供开展大型纪念活动的场地，相关配套设施比较完善的、现代化的、标准化的纪念园。

得知此情况后，重庆福寿园西苑实业有限公司主动与市红十字会联系，无偿提供在重庆市璧山区西郊福寿园人文纪念公园内700平方米的土地，以及可供今后扩展的面积800平方米，作为纪念园的核心纪念区及配套区域，以及约2000平方米的共享广场供市红会开展缅怀纪念活动。

2018年3月29日，在重庆西郊福寿园内，重庆市人体器官捐献纪念园举行了动工仪式。重庆西郊福寿园人文纪念公园是一家将生命文化做出特色的墓葬企业，市红十字会选择将重庆市遗体器官捐献纪念园迁移到此，正是基于与该企业的生命文化理念不谋而合。

2019年3月31日，“2019全国人体器官捐献缅怀纪念暨宣传普及活动”在重庆市璧山区举办，市委书记陈敏尔和时任市委副书记、市长的唐良智亲切接见中国红十字会总会工作组，全国人大常委会副委员长、中国红十字会会长陈竺，时任中国红十字会党组书记、常务副会长梁惠玲参加活动。全国人大常委会副委员长、中国红十字会会长陈竺，时任市政府副市长、市红十字会会长屈谦为纪念园揭碑。

纪念园由纪念碑、纪念墙、纪念广场等建筑组成。纪念广场主体提取中国遗体器官捐赠的标志元素，用种植与铺装表现整体造型。在广场中央，矗立着一座用身体弹奏出大爱和无私奉献旋律的女孩雕塑，她只有头部和四肢，没有器官，寓意器官奉献给了他人。这是散发人间大爱的生命之光，也是奏出人间大爱的生命乐章。园里的石碑上，密密麻麻地刻着遗体和器官捐献者的名字。碑文上4044个名字整齐排列，他们都是离开的“往生者”，却用遗体捐献的方式，将自己的一部分留在了世界。他们的名字将永远被铭记。

在纪念园里，菲利普·安德鲁·汉考克的墓碑特别显眼，那是一把吉他造型的墓碑，因为菲利普生前最爱弹吉他。菲利普何许人也？他是澳大利亚人，27岁。2018年5月9日，菲利普在重庆离世，同一天，他的肝脏、肾脏和眼角膜等器官成功移植给5名中国人，他的生命以另一种形式在中国延续。菲利普是中国第七例外籍人士器官捐献者，也是重庆市首位涉外器官捐献者。

提到这个小伙，米智慧就有说不完的话，因为涉外器官捐献手续更加烦琐，要做的工作须更加细致。语言不通可以通过翻译，菲利普父母对中国的器官捐献程序是否认可和配合，稍有不慎就会引起国际误会。那些天，米智慧吃不好睡不好，生怕哪里出了一丁点纰漏。可喜的是，她的辛苦没有白费，从她的身上，菲利普的父亲看到了中国从事人体器官捐献工作者的职业操守，感受到了不分种族和国家的人类最本能的温暖，因此，他用儿子菲利普的器官维系了这份国际友人的情感。

十年来，正是因为有了市红会领导的决心和重视，有了像米智慧这样的一批人体器官捐献协调员、工作人员的共同努力，重庆市的人体器官捐献工作才能取得这样的好成绩，器官捐献成功率逐年上升，呈现良好势头。

2019 年 11 月，重庆进入初冬季节，时而冬日暖阳普照大地，时而冷雨绵绵雾气蒙蒙。这个季节，青藏高原已是寒冬，冰雪覆盖，寒冷彻骨。然而，就在这冷风冷雨的冰天雪地里，青海省却因一个叫蒋东林的 57 岁老人而异常温暖。因为他捐献了自己的肝脏、两个肾脏及一对角膜，让 5 个病人重获新生。

这是青海省人体器官捐献首例，也是中国 34 个省级行政区最后一个地区实现了零的突破，这标志着中国各省在人体器官捐献事业上不再有空白，为中国全面铺开人体器官捐献工作画了一个漂亮的句号。不过，正因为是首例，青海省红十字会如何将“潜在捐献者”变成“实际捐献者”到底需要做哪些方面的工作，注意哪些事项，如何与捐献者家属沟通，如何完成相关手续，等等，完全没有经验。于是，他们向重庆市红十字会求助。

米智慧果断飞往青海省省会西宁市，将人体器官捐献协调方面的经验毫无保留地传授给青海省红十字会，帮助他们从与潜在捐献者家属的沟通开始，到完成摘取器官手术，再到将捐献者蒋东林的遗体送到殡仪馆并做最后告别。整个过程烦琐而又必须细致，那些天，米智慧很累、很疲惫，但从无怨言，她由衷地为帮助到青海省红十字会人体器官捐献协调员而高兴，更为青海省实现零的突破而高兴，尤其是为中国最后一个省级行政区从此有了人体器官捐献机构和协调经验而高兴。

2019 年 11 月 5 日，蒋东林的肝脏和一对角膜被紧急转运至北京，两个肾脏被转运至上海。次日，在飞往重庆的飞机上，米智慧睡着了，并且做了一个梦。梦里，她仿佛看到 5 个陌生人从病床上坐起来，然后走向朝阳。

米智慧的手机号码 10 年没有换过，并且 24 小时开机——里面有 1000 多个捐献者家属的姓名。她想着，那些善良的人们，要是有什么需要帮助的，能第一时间找到她。同时，她也随时关注着那些家庭的情况，遇到公祭活动，也会挨个去提醒。

四、人道救援至上，不留重生之憾

米智慧性格开朗，待人热情。她从来不是一个脆弱的人，退休之前的 36 年，在手术室看多了生离死别，性格更是大气沉稳，从不会轻易掉眼泪。然而，自从接手了协调员这份工作，她却常常哭。被拒绝，甚至是被家属辱骂得多了，米智慧也会产生负面情绪。她不想把灰暗的心情带给家人，于是喝几口酒，或者吃几片安眠药，找个角落一个人悄悄地哭一场，再回家蒙头大睡。在病房里受的各种委屈，她从没对家里人讲过。“哪里敢讲哟，他们要是知道了可能都不会允许我再继续做这份工作了！”她笑着，眼里含着泪花。

不过，因病人家属的不理解而受委屈哭，还是少数。更多的时候，她是因为捐献者的大爱，内心深受感动而哭。有时，她会找到心理咨询班的同学倾诉。同为学医者，他们能理解自己的工作和心态，从心理学角度进行有效地安慰。在那一刻，米智慧可以毫无顾忌地号啕大哭，每次她都哭得像个孩子，哭上很久很久。哭完过后，所有的心理负担都宣泄出去了，于是又带着温和、治愈的笑容，重新出发。

但是，人体器官捐献事业任重而道远，米智慧一个人是干不完的，一个人的力量也是有限的。在爱心救助的路上，米智慧从不孤单，除了有市红十字会的领导、同事作为她的坚强后盾，还有像苏静和、陈茂秀、方兴志等一批爱心志愿者的大力支持。

米智慧最希望看到的，就是越来越多的市民走到重庆遗体和器官捐献事业的队伍中来，重庆市遗体器官捐献管理中心需要后继有人，社会中更需要后继有人，这项事业不是独木桥，队伍越是壮大，这项事业才越是辉煌。

2016 年 3 月 31 日，重庆市第四届人民代表大会常务委员会第二十四次会议，审议通过了《重庆市遗体和人体器官捐献条例》，这是重庆市首次为遗体和器官捐献出台的权威文件，标志着重庆的这项事业迈上了一个新台阶。

在米智慧的工作日志上，记录着每一位捐献者的年龄、家庭住址、兴趣爱好、家庭情况等信息。迄今为止，她协调过最大的捐献者是七十几岁，最小的捐献者出生仅 33 个小时。

在获取器官之前，在手术室会有一个庄重的仪式，即在红十字会协调员的组织下，向捐献者遗体三鞠躬致敬。这个时候，是神圣不可侵犯和亵渎的，而每每这个时候，也是米智慧内心最受冲击的时候。她会将捐献者的遗容深深地刻印在脑海里，一边代表接受移植的病人感谢捐献者无私地给予了危重病人重生的机会；一边代表捐献者祝福接受移植的病人好好地活下去。除此之外，每年的公祭日，米智慧还会代替不能亲自到纪念园参加公祭活动的捐献者家属祭奠他们的亲人，将公祭活动的信息发给他们看。她让他们放心，她会时时刻刻想着每一个捐献者。

从 2013 年开始，每年 3 月 31 日，中国人体器官捐献管理中心都要组织全国缅怀纪念活动，向捐献者及家属致敬。每年的 4 月 1 日，是重庆市缅怀纪念日，无论刮风下雨，米智慧都会带着一束白色的鲜花前往祭扫。在青山绿水间，她会献上一束带着露水的鲜花，默默地跟纪念碑上的这些熟悉的名字说话："你们献出了大爱，这一切，我都一一见证了。请安息吧，值得尊敬的人们！到了那一天，我也会过来陪伴你们，我想来认识、了解你们……

因为你们都是很有爱心、非常善良的人啊！”

有人说，生与死之间是一条河，如米智慧这样的协调员就像是摆渡人，超越了传统生死的观念，在河中摇着船，不停来来回回。她把微弱的光亮收集起来，将它们汇聚成一盏明灯，照亮那些在黑暗中跋涉的人。

米智慧常常会说“三个不容易”：一是长期坚持一往情深不容易；二是克服工作中的各种困难不容易；三是能得到家人支持认可不容易。这三个不容易，米智慧都身体力行体验过来了，为重庆市遗体器官捐献管理中心积累了经验，带出了一支具有一定战斗力的团队，也最终获得了丈夫和女儿的支持。

她说：“我会继续做下去，直到做不动那天为止。”多么朴实的语言，多么朴素的愿望，多么崇高的奉献。身材娇小、性格乐观，身体里永远住着一个花季女孩的米智慧，是重庆人体器官捐献事业的一张漂亮的名片，有她在的地方，就有欢乐、温暖，更有大爱。重庆市遗体和器官捐献管理中心墙上写着这样八个字：“生命之约，大爱传递。”米智慧身体力行这八个字，她亲手促成的那些捐献者的无私大爱之举，更是这八个字的践行和见证。

用爱再续生命的乐章

张天国

第一次采访重庆蓝海教育信息咨询服务有限公司创始人、首席咨询师苏静和（又名郭爽），并不顺利。不知是她的时间太紧，还是我的提问方式刺痛了她的心，一个小时便匆匆结束了。直到一个月后，再次相约在她位于解放碑的公司办公室见面，才聊了个通透。采访结束，回到家中独坐书房，忘记了为自己沏一杯茶，就沉浸在了与苏静和的聊天之中。我忽然意识到，这是一次残忍的采访，苏静和已经结痂的伤痛，被我再一次撕裂。关于女儿，她低沉缓慢的叙述，每一句话都在心底流泪滴血。虽然我理解她的心境，但没有相同的经历和遭遇，是难以感同身受的，我为此感到深深的不安。

第一次采访虽然短暂，但苏静和那白皙的面颊上两个深深的酒窝和深藏在镜片后面的忧郁，给我留下了深刻的印象。虽然年已半百，但依然青丝华发，看上去犹如 40 岁。我一直在想，她经历了撕心裂肺的丧女之痛，却依然充满活力，对生活抱有热情，这大概是天生丽质和心有大爱的缘故吧。从 2014 年 2 月创建重庆蓝海教育信息咨询服务有限公司至今，她率领团队帮助几百个家庭父母重构了与子女的关系；开展家庭教育主题活动 200 多场，万人受益；组织家长参与系统专业个人心智成长培训 10 轮，40 场次，2500 个家庭受益；组织青少年健康心理培训 20 次，受益孩子 1000 多人。2018 年 11 月，她又组建并成立了“重庆简快红十字心理志愿者服务队”，并担任队长，支持关爱器官捐献协调员的心理健康，助推器官捐献事业向前发展。了解到这些，我突然想起了环绕在她头上的那些光环：大学毕业、国家二级心理咨询师、香港效能学院亲子导师、轻松与教学准导师、青少年心理辅导专家、简快幸福关系学导师、蓝海教育副总经理、蓝海幸福家庭心智辅导中心理事长、中国红十字会十一届理事会理事、2017 年中国红十字会优秀志愿者、2018 年重庆十大公益人物、2019 年重庆渝中区好人和三八红旗手，并受到全国人大常委会副委员长、中国红十字会会长陈竺的亲切接见。2019 年 9 月，第一次以红十字会员代表身份走进人民大会堂，受到了习近平主席的亲切接见。也是从这一刻开始，苏静和把一颗善心从帮助他人的小我，上升到了为国家为社会分忧的大我的更高境界。当我对她获得这些荣誉表示祝贺和钦佩时，她却说：“荣誉只能说明过去，未来还有很多事要做。我将用我的专业与其他同道一起，为社会做更多更好的实事！”在志愿者的路上，苏静和永不退缩。

苏静和从事唤醒生命和心灵救赎的事业，与女儿病故形成了生与死的强烈反差。她和团队策划的每次活动的每一个程序和所说的每一句话，几乎都与生命和心理健康息息相关，都会深深触碰到她作为一个母亲埋藏在心底的伤口，但她依然面带微笑。她常常在“特殊少年”面前蹲下来，用微笑，像母亲一般，以爱和温暖的目光看着孩子的眼睛，安抚着一颗颗幼小、脆弱、受伤的心灵。在每一个孩子天真忧郁的瞳孔里，她都会看到女儿如花的笑颜，这种伤痛会随着时间的延续而结痂，有时也会触景生情。她说，最初只能用工作来填满时间的缝隙，不让自己闲下来，只要能让更多的孩子更快乐、心理更健康，她就会得到莫大的快乐。

当我问她，你内心这种强大的力量从何而来？她说：“爱！用爱女儿的方式，爱自己的方式，爱我接触到的所有孩子！”女儿曾经对我说，妈妈的工作特别有意义，假如天下所有的妈妈都和妈妈一样，天下所有的孩子就会和我一样幸福。这句话给了我无穷的动力。”女儿的话，给了她强大的精神支撑。是的，她用母女连心的爱，浇灌出了一朵朵艳丽的生命之花；用广大的博爱，再续了一篇篇生命的乐章。

为女儿余奕璇，再续生命的乐章

第二次采访，我没有直接问及她女儿余奕璇（小名果儿）去世的前后经过，毕竟中国人都忌讳谈论生死，更不用说当着母亲面谈及已经故去的年幼的女儿，但我又特别想知道其中原委，以便了解苏静和夫妇捐献女儿器官和潜心志愿者事业，拯救生命、救赎众多孩子心灵的心路历程。她大概看出了我的心思，为我沏了一杯茶，推了推镜片，缓缓地打开了关于女儿的话题。

2016 年 9 月 21 日早晨 7 点 30 分，这个从秋夜的凉爽里醒来的清晨和往日一样，复制着山城重庆昨日的繁华与忙碌，车流和满载上班族的轻轨在两江四岸川流不息。然而，就是这个平常得不能再平常的时间点，却开启了苏静和一家三口的心碎之门。起床正做早餐的苏静和，突然接到女儿学校老师的电话，说孩子半夜突然剧烈头疼，呕吐不止，让她尽快到学校并带孩子去医院。苏静和心急火燎地赶到学校把女儿送到了附近医院。起初孩子只是说没力气，头痛头晕。医生做了常规检查后，以为是感冒造成的肠胃不适，就让回家休息观察。

苏静和告诉我说：“回家不久，果儿就倒床不起，眼睛和嘴角在抽搐，双手不受控制地在空中挥舞，十分痛苦。果儿对我说：‘妈妈，我控制不了我的手啊！’这是果儿对我说的最后一句话，也是最后一次叫我妈妈……”

“我不懂啊！我害怕！我的果儿怎么啦？我给女儿舅舅打电话求助，女儿舅舅让我赶紧打 120 送医院。马上又哭着给远在成都的女儿爸爸打电话说：‘老公啊，你快回来救救女儿吧！果儿昏迷了，我不知道发生了什么？’老公说：‘好！我马上回来，不要怕！有我在！要相信医学！’老公回到重庆，一路飞奔而来，上气不接下气……然而，当他赶到医院时，女儿已经昏迷，没能再看他一眼，也没能再叫一声爸爸……”

“刚到医院孩子就不行了，呼吸衰竭，马上就送进了重症监护室，一切都来得太快了！但我认为女儿一定会醒过来的。”苏静和至今回想起那一刻依然惊魂未定。当天晚上，经过全重庆脑神经专家权威会诊，得出结论，孩子的大脑先天性脑血管肌瘤突然破裂，虽然全力抢救，但仍因脑干功能衰竭而导致脑死亡，已经没有了任何手术的机会。

一切都措手不及，一切都天崩地裂。正所谓，意外和明天，永远不知道哪一个先到，生命的无常，叫人猝不及防。

“那一夜，我们什么也做不了，我们束手无策！”

“那一夜，我们只能眼睁睁地看着孩子在眼前离开！”

“那一夜女儿爸爸避开我，在楼下失声痛哭！”

“那一夜我们彻夜未眠守候在重症监护室门外，期待、祈祷奇迹的出现！”

“然而，那一夜我们彻底绝望了！”

“一切来得太快了，快到我们根本来不及有任何反应，我的宝贝儿再也醒不来了！再也不能挽着我的手散步了！再也不能靠着我的肩膀和我说悄悄话了！再也不能抱着我撒娇了！再也不会甜甜地叫我妈妈了……”

苏静和取下眼镜擦了擦镜片，平复了一下心情，继续告诉我说：“22日一早，重症监护室主任找到我和果儿爸爸谈话。他说，孩子还可以选择另一种方式继续活下去。我和老公只是对望了一眼，一下子就明白了主任的意思，便脱口而出：‘我们同意’！”

“器官捐献？”我睁大了眼睛，错愕之情溢于言表。

“是的。我们的女儿可以以这种方式继续存活，她将得到重生！”苏静和告诉我说。从那一刻开始，他们夫妇俩的情绪开始平静，苦痛开始缓缓消解，甚至转化为了内心深处的慰藉，因为女儿可以拯救更多的人和家庭，生命的乐章可以得到再续。

“她的肝脏可以拯救两个绝望中等待希望的人，她的肾脏可以延续两个人的生命，她的眼角膜至少可以让两个人重见光明！果儿将依旧与我们同在！”此刻的苏静和，脸上露出了浅浅的微笑，这超越了母爱的微笑，永远定格在了我的脑海里。

器官捐献，在国际上早已成为一个国家乃至一个民族科技文明和人道主义的象征，但在我这种上了一定年龄的人的观念里，“入土为安”的传统思想依然根深蒂固。尤其是对尚还年幼的孩子，更是难以接受。但是，对受过高等教育和已经从事志愿者工作3年的苏静和夫妇来说，似乎就是一个平常的善举。

2016年9月23日，苏静和夫妇永远记得那个对她夫妇俩和女儿的特殊日子。

那天下午，医生拔掉了呼吸机，为她的宝贝女儿做了器官摘取手术。从那一刻开始，女儿果儿便永远离开了他们的怀抱，也在这一天得到了重生。

苏静和说，她的宝贝女儿挽救了两个人的生命，让5个家庭重获了欢声笑语，女儿的眼睛依旧在凝望这个五彩斑斓的世界。她双手合十，默默地祈祷说：“果儿，谢谢你！你以爱的方式陪伴了爸爸妈妈13年，又以捐出自己器官的方式拯救了他人的生命和家庭，你就是天使！我们将永远记住你的笑，你的好，你永远都是我们最疼爱的宝贝儿！”

苏静和对红十字会和医院的工作人员，她说：“感谢你们，是你们给了女儿以另一种方式活着的机会。你们功德无量，你们也是天使！”

她还感恩那些接受女儿器官的人说，“因为他们的需要，女儿才有机会继续存活于世，正是他们承载了女儿的器官，女儿短暂的生命才更有意义，更有价值！”这透明无私、对世间始终秉持着一颗善心的境界，令人动容，令人起敬！

“从未想过这样的事会出现在我们自己的身上。想到未来几十年，果儿的一部分仍然存活着，这也是在救我们的女儿啊！”果儿的爸爸余江说。这个决定也得到了孩子祖辈的理解和支持。

是啊，13岁的果儿像个公主，为命悬一线和世界一片漆黑的人重新开启了新的生命之门；更像个英雄，把自己献给了世界，微笑着带走了干净而纯粹的灵魂！

“女儿是我们的骄傲！她 13 年的生命是灿烂的，13 年后，我们与女儿的道别也是深情的。”苏静和向我讲述了他们和女儿特别的告别仪式。

苏静和、余江夫妇知道女儿爱花、爱笑，爱一切美好的事物，也喜欢漂亮的自己。他们精心为女儿设计布置了一场别具一格的“欢送会”。心形的蜡烛、白色的百合、粉色的玫瑰和梦幻般的背景墙。会场正面，果儿抱着小狗微笑的照片上方，写着“带着天使的翅膀飞翔”。装点着鲜花和白色翅膀的蓝色背景墙上，悬挂着果儿从小到大的照片，每一张都微笑着凝望这个美好的世界。背景墙下方，放着果儿每天抱着入睡的玩具狗和她的书包。

苏静和对花丛中的女儿说：“虽然我和你爸爸很想哭，但我们知道你不喜欢，女儿……爸爸、妈妈不哭，我们会笑着送你去那充满欢笑的地方……”他们为女儿换上了蓝色的公主裙，在裙子胸口上点缀着一朵朵五颜六色的小花。看着安静祥和如睡美人一般的女儿，他们一左一右俯下身子，一边轻吻女儿的额头，一边紧贴着女儿的脸，微笑着面对镜头……这一刻，果儿生前最喜欢、略带忧伤的男中音音乐《夜空中最亮的星》在大厅缓缓响起，环绕着移步告别的人群。“夜空中最亮的星 / 能否听清 / 那仰望的人 / 心底的孤独和叹息 / 夜空中最亮的星 / 能否记起 / 曾与我同行 / 消失在风里的身影……”果儿没有孤独与叹息，永远是夜空中最亮的那颗星，在人间和天堂，都有一颗晶莹剔透的心灵。

“我是上帝派来的小天使，我用 13 年的时间带给大家幸福和快乐，我是璀璨星空中最明亮的星星，现在，要飞回我的星空了。”在果儿微笑着的粉红色“欢送会”的邀请卡上，苏静和夫妇用诗一般的语言替女儿向人们做了最后的告别。参加“欢送会”的人们，与苏静和夫妇一起饱含着幸福的忧伤，用泪水浸透的微笑，送别……

天使的童年和童年的天使

果儿有着天使般的童年，或者说，她的整个童年都充满了天使般的梦幻。她一直带着文学梦、诗人梦，在人间飞翔，直到飞向天使的星空，在群星灿烂的星河，荡漾在水晶一般晶莹的梦幻里。

“果儿从小就酷爱学习，成绩一直名列前茅，还有一定的写作天赋，作文考试还得过满分。”苏静和告诉我说。

“果儿特别喜欢课外阅读，书店是她最喜欢光顾的地方，每周都要在图书馆借三本书，只要看到有书的地方就会停下来，外出旅游也带着书。”

“她都喜欢看哪些书？”我问道。

“时间久了我也记不清了。记得的有《红楼梦》《三国演义》《百年孤独》《曾国藩家书》《普京传》《五毛钱也可以救人》《哈利·波特》《猫武士》和《安徒生童话》《格林童话》，都是全套。”大量的阅读，为她打下了坚实的文学基础。

她写诗、写小说、写散文，在同学们眼里，果儿不仅是一个大大咧咧的小领袖，还是他们崇拜的“大才女”。同学们说，果儿不仅会无师自通画漫画，还会写诗，还创办了自己的“（Crystal）水晶文学社”。同学们至今都还记得，果儿在青动营联欢晚会上20分钟即兴创作的小诗《成长的声音》，并带领同组小姐妹脱稿朗诵，在这里摘录如下：

你问，花开有声音吗？
当然，花开的声音是10分贝。
你问，结果有声音吗？
当然，结果的声音是七分贝。
你问，小树长高有声音吗？
当然，小树长高的声音是八分贝。
那么，成长有声音吗？

当然，成长的声音是——
清晨妈妈递上的一杯热牛奶，
是下雨天爸爸撑开的一把雨伞，
是课堂上老师孜孜不倦地声声教诲，
是操场上同学之间的欢声笑语。
成长的声音，是付出的声音。
成长的声音，是关切的声音。
成长的声音，是爱的声音。

诗语的层层递进升华，不仅凸显了果儿的才情，也表达了她对成长的渴望和对亲人的感恩之情。

果儿在 11 岁写的《流星》，颇为蹊跷：

闪烁，火焰划过天际，
钻入无边的黑夜。
宁愿坠落，也要片刻的美丽。
哦，流星，你扑向大地，
带着多少人的祈愿与期盼。
光芒四射的尾，
点亮夜空中的灯，
安慰哭泣的小孩。
在外的人儿啊，
看见你，面朝故乡的方向，
轻轻地闭上了眼睛，许一个美好的愿：
故乡，安好！
流星，你转瞬即逝，
那一瞬的光，惊艳了多少人的心灵？

这首诗，不知是预兆，还是巧合，恰好契合了果儿流星一般短暂而光芒四射的人生。

苏静和告诉我说，2007 年 12 月，他们夫妇带着四岁半的果儿去丽江、琼海旅游，果儿一直朝天举着帽子，她问女儿在干啥，果儿说：“我在用帽子收集阳光，把它装得满满的戴在头上，就不会冷了。”这个合乎逻辑又超乎逻辑的举动，完全出乎了常人的想象，不得不说果儿天资聪慧。我甚至为觉得自己还是一个不错的“诗人”而感到汗颜。

我们来看看果儿让人出乎意料的策划吧。

社名：（Crystal）水晶文学社。亲自担任社长，还有副社长，设置了写手、美编和营销部、电台、（Crystal）水晶文学社官方电台公众号，还设置了诗歌、歌曲、名言、节日特刊等栏目。

电子杂志取名《季痕》，杂志定位主打清新唯美风格。栏目构架为唐柳明风、书香满屋、好书推荐、连载之路、你的嘉年华、世界上另一个我、闺蜜情、大神采访录、云外千秋、青山碧水、幻之城堡，还设置了美编，制定了《社规》《约稿函》，等等。每个部门、每个栏目都有责任人、任务指标、字数和时间限定。看看，这有条不紊的思路，甚至超过了成年媒体人的文案设计。一个心思缜密、聪慧、可爱的果儿，活脱脱地站在了我们面前。

苏静和说，他们一家三口出门散步，果儿一只手拉着爸爸，一只手拉着妈妈，告诉他们说，在即将到来的国庆节之前，还准备做一件大事，国庆节一过，就要正式出版创刊号。

在 2018 年 5 月 12 日中央电视台“朗读者”节目里，我听到了果儿 2016 年 9 月 16 日的第一次，也是最后的一次播音，那甜脆的声音打动了每一位观众：“亲爱的大家们，你们好！欢迎来到（Crystal）水晶文学社第一期电台。夜空中最亮的星星其实就是我们自己。在动画片《狮子王》中有一段经典的对白，每个人死后，都是一颗星星，而星星却在天上守护着我们……”从脆甜的播报中，我们感受到了果儿对未来的向往。谁能想到，还没等到国庆节到来，果儿就永远定格在了13岁。

果儿还有更多很精彩的文章要写，还有繁花似锦的人生没有到来就戛然而止了，带着她水晶一般透明的梦想，扇动天使的翅膀飞上了星空，做了她魂牵梦萦的星星……

想念，是爱的最高境界

世界上最大的悲伤，莫过于天人永隔，生死两茫茫。在女儿离开的日子里，苏静和夫妇陷入了巨大的悲痛之中。从女儿出生那一刻，到飞向星空的13年，成了他们一生中唯一的宝贵财富。

想念，是爱的最高境界。

果儿走后，苏静和夫妇和果儿的外公外婆，长时间沉浸在对果儿的想念之中。果儿生前的一举一动，都时常浮现在他们眼前，思念之情油然而生。

苏静和说，他们搞公益或志愿者活动时，只要有机会，就会带上果儿一同参加。至今她们还记得，果儿经常往竹筒里投放零花钱，装满后和爸妈一起送到慈济读书会；2015年寒假，果儿在火车北站为春节回家的旅客送上热茶、微笑和问候；10岁时，在杨家坪义务卖报，把所得收入捐给贫困大学生；11岁时，参加慈济活动，到敬老院为老人唱歌、按摩；果儿表弟的同学生日要送礼物，一时手上没有合适的，果儿就把同学送自己的生日礼物给了表弟；参加重庆绿叶义工活动，到石柱与留守儿童结对子……令苏静和至今记忆犹新的是，母亲节那天，果儿给她洗脚、按摩……正是父母的言传身教，给果儿幼小的心灵种下了慈爱的种子……回想起这些数不胜数的善举，苏静和夫妇的心是温暖的，也更加抑制不住对果儿的想念。

思念无处不在，每一件旧物、每一张照片，都会勾起苏静和对女儿的思念之情。

每年的9月23日，苏静和都会着湖蓝色长裙，一束花，一杯茶，一抹阳光，望着窗外的天空，与女儿联结……

2016 年最后一天，也是果儿离开的 100 天。苏静和 5 点起床，与孩子爸爸微信视频连线，一起为女儿点燃蜡烛祈祷，为女儿诵读《宝贝有你真好》，和女儿的视频一起唱《一家人》，纪念他们和小天使那些幸福的时光……

苏静和常常走进果儿的卧室，打开果儿学习的台灯，仿佛果儿就在灯下奋笔疾书写作业。苏静和还常常独自睡在果儿的床上，盖上果儿的被子，就好像拥抱着撒娇的果儿……房间里任一角落，都弥漫着果儿的气息。

当她和果儿外婆打开电脑浏览一张张照片时，母女俩就会发自内心地微笑。随着一张张照片滑过，暖心的果儿一次次闪耀在她们眼前，那时，苏静和体验到，思念是一种幸福的痛。

2011 年春节在西双版纳傣族村泼水节上，果儿疯玩的身影、灿烂的笑颜；果儿在地铁上靠着爸爸的肩；果儿与爸爸身穿亲子衫，一前一后，爸爸坐着，果儿站着，双手扶住爸爸的双肩；果儿与爸爸在手机视频里打牌；果儿在小溪旁观察植物形态；坐在树杈上被阳光照耀开怀大笑的果儿；果儿侧卧在地上，聆听大地的声音；果儿身系围裙下厨炒菜、做烤饼、洗碗、打扫厨房；果儿辅导表弟作业；钢琴练习枯燥，果儿在沙发上摆满了猫猫狗狗和洋娃娃等各种玩具，请它们为观众，听她练琴；果儿跪在书架前，神情专注地看书；与爸爸身穿亲子衫，在江岸捡石块打水漂；果儿亲吻妈妈的面颊，祝妈妈生日快乐；2014 年，果儿获得一等奖学金，回家途中一路雀跃；2009 年清明节第一次徒步旅行，不到 6 岁的果儿背着行囊，拄着小棍儿，在泥泞的山路上走在最前面……一张全家福照上没有果儿，苏静和说，那天果儿外婆生日，他们夫妇向外公外婆磕了头，起身拍照时，转身迅速擦干泪水，就强作笑脸，面对镜头……看不完的镜头，忆不尽的甜蜜，13 年的回忆，让他们伤感，更让他们幸福。一切都在眼前，一切又恍如隔世。对苏静和来说，眼泪是最轻微的悲伤，只有伸手抓不住、张嘴喊不应、哽咽难以呼吸、流不出眼泪的时候，才是她难以言状的想念……

正如 2018 年 5 月 12 日，苏静和与余江参加中央电视台《朗读者》节目时，当董卿问她："女儿走了快两年了，现在还会时常想念吗？"苏静和貌似平静地说："非常想，很想很想她。拼命地工作，不去想，但是往往一个人的时候，看到月亮，想她；看到星星，也会想她。"

在节目现场，果儿爸爸余江，朗读了周国平的《永恒的女儿》，献给他们日思夜想的果儿：

"你让我做了一回父亲。太短暂了，我刚刚上瘾，你就要走了。你只让我做了片刻的父亲。

"在男人的一切角色中，父亲最富人性。一个真正的男子汉一旦做了父亲，就不能不永远是父亲了。

"你净化了我看女人的眼光。你使我明白，女人都曾经是女儿，然而，别的女儿迟早会身兼其他角色，做妻子和母亲，而你却仅仅是女儿，永远是女儿。我的永恒的女儿，你让我做了永恒的父亲。"

朗读结束，苏静和夫妇相拥而泣，董卿也在一旁擦拭眼泪……

"生命多么奇妙，你我从未相遇，你我从不相识，但是你我会永远在一起。爱因为博大而变得高贵，高贵的爱也会让想念止于哀伤，臻于慈悲，感谢你们，想念你们！"当苏静和听到这样的感叹，悲伤忽然化为了喜悦，她庆幸为自己和果儿做了一个多么正确的选择！从此，想念不再是简单的哀思，跨过悲伤的想念，也许就是爱的最高境界。

苏静和夫妇，并没有在想念的巨大悲痛之中一蹶不振，而是带着这种难以承受的思念之重，前行在爱的路上，继续续写爱的乐章。

行走在爱的路上

在果儿离开后的日子里，苏静和夫妇把对果儿的爱，转换成了对社会、对人间的温暖，继续行走在爱的路上，谱写着爱的乐章。

在 2016 年 9 月 29 日的日记里，苏静和这样写道："我最亲爱的宝贝儿：妈妈从昨天晚上就正式进入了工作状态。妈妈发现内在的力量慢慢开始回来，这种感觉真好。宝贝儿，妈妈一边痛着想你，一边开始工作。心里仍然很痛、很空，妈妈知道还需要时间来疗愈，我要深深地爱和接纳自己。宝贝儿，你放心，爸妈一定会继续开心地生活，更加坚定地走在传播爱的路上，做一个爱的使者。把你生命爱的乐章，续写下去！”

有人问苏静和，到底是什么力量，让她从一名器官捐献者家属，成了器官捐献传播者和仁爱的志愿者？苏静和在北大举行的第六届中国移植运动会暨中国器官捐献日大会上，作为捐献者家属代表做了这样的诠释：“当我看到那些因为接受器官移植而重新奔跑的身影，重新迸发出生命的力量时，不禁热泪盈眶。突然联想到，他们中的某一个，可能就是果儿器官的受捐者，可能就是果儿在奔跑跳跃。我为自己所从事的职业感到骄傲！”她还告诉我说：“我了解器官捐献协调员的工作，他们没有正常的作息时间，不是在去医院的路上，就是在医院的手术室，时刻承受着巨大的心理压力。缓解他们的心理障碍，对推动器官移植事业有着重要意义！”

其实，促使她成为传播者和志愿者的动力远不止这些。在从事心理咨询过程中，苏静和接触到大量的家庭因为各种原因，给家长和孩子造成了伤害，亲子关系差，家长迷茫、无力、无奈、焦虑、恐惧……孩子自我价值感低，看不到未来，不知道活着和学习的意义，看不到希望。有的家长因为不懂如何教育孩子，而造成家庭成员关系紧张；有的因为父母犯罪或父母双亡而成为孤儿；有的因为家庭重组关系复杂，造成孩子心理扭曲；有的因为受伤或先天性身体缺陷而造成心理自卑；还有的因为校园霸凌给孩子造成心理阴影，等等。幼小的心灵被迫受到伤害，内心的挣扎和心理畸形的痛苦，需要及时的心理疏导，需要关爱，需要疗伤，需要一双专业的手拉他们一把。正是基于这样的认识和苏静和与生俱来的仁爱慈悲，才促使她义无反顾地走上了救助心灵的这条志愿者的公益之路。

2018 年 11 月 14 日，在重庆市红十字会支持下，苏静和带领 20 名简快心理专业辅导员发起成立了“重庆简快红十字心理志愿服务队”，并担任队长，以群体的力量，有组织、有针对性地推动“器官捐献和关爱未成年人心理健康的事业”。

“我们无法决定生命的长短，但可以决定自己生命的厚度和价值。果儿的器官挽救了2个人的生命，让5个家庭重获了欢声笑语，她的生命得到了延续，但这还不够，我要把对果儿的爱，作为珍贵的生命礼物，延续到所需要的人，唤醒、救助更多因为缺爱而心灵在滴血的人。”苏静和说。

“果儿离开后，我们首先做了三件事：一是从亲友送的慰问金里拿出5000元，以果儿的名义，为山区100个孤儿买了一年的重大疾病险；二是我们夫妇先后到红十字会登记，成了一名器官捐献志愿者；三是成立重庆市渝中区蓝海幸福家庭心智辅导中心。”从捐献女儿器官，到成为一名新的器官捐献者，再到一名爱心志愿者，苏静和接过了女儿递过来的爱心接力棒。

止痛的最好方法，就是付出比痛更多的爱来疗伤。

2018年，苏静和作为发起人，秉着人道初心，为生命搭桥，秉承“专业、严谨、谦卑、尊重”的态度，开始关注器官捐献协调员、捐献者家庭的心理健康，并提供专业的公益服务。用苏静和的话说，就是：“你们为生命服务，我们为生命服务的人服务。”苏静和从中国红十字会副会长毛荣志手中接过了志愿服务队队旗，并代表志愿服务队发言，从一名器官捐献者家属，变成了一名器官捐献的倡导者和领头者。

简快红十字心理志愿服务队首批志愿加入的志愿者19人，均为简快心理专业辅导员。苏静和从自己的经历中感受到了协调员们的艰苦和无助，首批项目就将他们定为服务对象，支持他们的心理健康建设。

重庆蓝海教育是一家依托简快积极心理疗法，专注于帮助人们实现轻松快乐、幸福满足的专业心理咨询顾问机构。平台拥有国家二级心理咨询师20多人，心理疗法专业辅导员50多名。其前身“妈妈顾问平台”用3年时间定期持续开展公益家长心理成长沙龙300余场，直接受益家庭200余家。持续为家长或个人进行心理辅导超千次，团体辅导700余人次，受益人群达两千多人。自成立以来，先后发起了“让爱回家”“开心屋”等大型公益活动，每周至少一次的公益主题心理辅导课，五个学校每月一次的孩子心理健康课，以及不定期的老师心理辅导课，雷打不动。蓝海教育关注生命、关注健康，与博爱的红十字会一道，承担了更多的社会责任，用生命照亮生命，用爱唤醒爱。

在果儿走后不久的2016年10月中旬，原定与成都合作方举办大型“让爱回家”公益活动，合作方考虑到苏静和正处于悲伤之中，提出不做了或者延期，让她好好休息。苏静和却说：“果儿不会同意的，她一定不希望因为她，让这个充满爱的公益活动搁浅，我是她的骄傲，不仅要做，还要做好！”10月15日，活动如期举行。2017年2月，智慧青少年训练营和简快预科班圆满举行；同年3月12日，为期4天的“与父母的关系”圆满收官；设计家长问卷调查，找准家长需求，开设“家长讲堂”，以“做情绪的主人”为题，以爱为底色，辅导家长如何有效地和孩子沟通，让家长与孩子一起成长；“公益行”走进德普外国语学校，以“如何与爸爸妈妈好好说话”为主题，引导孩子如何与父母相处；2018年为期4天由陈香梅公益基金会主办、重庆蓝海教育信息咨询服务有限公司承办的“重庆站开心屋倡导活动”，培养出90名开心屋游戏操作师，为重庆的儿童群体，特别是留守儿童群体的心理健康储备了教师队伍。重庆华龙网、新女报、中国妇女报、渝中新闻、渝中报、重庆晚报、都市热报、天天630、人民网、交通广播等媒体进行了集中报道。

苏静和主导开展的公益活动远不止于此。

蓝海教育拥有以华人神经语言程序学大师李中莹为代表的专家顾问30人和本土导师20人的专业团队。从2013年至今，秉承“幸福千万家”的理念，带领专家团队，以志愿者的形式、专业的技能、严谨的态度和博爱的红十字精神，走进家庭、学校和企业，为创建和谐社会奔忙。他们先后走进渝北、荣昌教师进修校，走进巴蜀中小学校、星光小学、德普中学、和济小学、钰鑫小学、三中英才、水木幼儿园、宜生幼儿集团、洋何小学、滨江小学、土主小学、渝开学校、渝北小学、苗儿石小学、徐悲鸿小学、渝北中学、重庆第一外国语中学、归谷三色幼儿园、童乐村艺术培训学校、巴渝学校、四川外国语大学，把爱的触角伸向了教师和学生的心灵深处。

蓝海教育志愿队，还携手江津区妇联、检察院、关工委和各个学校，一起启动了江津区 2019 年“家校共育·为爱同行”“守护花季”儿童防性侵教育暨家庭教育大讲堂，呼吁更多单位、团体、家长积极参与进来，共同努力为孩子们创建一个温暖、安全、稳定、有爱的成长环境；以心理专家身份积极参与全国烧烫伤儿童益童飞扬夏令营项目，告诉孩子们，灾难毁了的是容颜，可是我们有最明亮的眼睛、最纯净的心灵和最灿烂的笑容，同样有着美丽的人生；蓝海幸福千万家公益行动，还开展了生命之舞身心疗愈公益课程，撷取音乐、叙事、萨提亚、完形、本体和催眠治疗精华，将舞动与易经相结合，形成五行舞，在“金、木、水、火、土”的律动中，平衡身心，迎回鲜活的生命能量。同时，他们还走进中国人寿、明亚保险经纪、重庆红十字会、重庆市轨道交通集团等企事业单位进行培训；走进渝中区妇联和审计局，走进江津税务局、高新园区、看守所和大溪沟街道、大坪街道等政府部门进行培训和心理辅导；蓝海幸福家庭百场大讲堂走进巴渝学校，与 600 初中生和家长一起探索生命主题《我爱我自己吗？》；带领蓝海幸福导师团队来到徐悲鸿小学，分享《开学第一课》；为向新中国 70 华诞献礼，苏静和带领蓝海简快员工帮助计划研习营 5 次走进职场，以《如何与不喜欢的人相处》《状态调控》《如何处理来访者的情绪》《先跟后带》《感觉位置平衡法》为主题，进行线上线下授课……在 8 年时间里，讲授公益课 500 场，超 5 万人次；专业心理培训 60 场，超 7500 人次；青少年主题课 500 场，超过 5 万人次，个人心理咨询 5000 多人，活动辐射到了 19 个区县，达到 13.5 万人次。

苏静和特别向我介绍说，2018 年 5 月 20 日，蓝海公益行带着爱和祝福，走进了大渡口巴渝中学 2018 级 9 班、4 班，为中考助力加分。她说：“九班是果儿所在的班集体，一直都想用自己的专业去替果儿守护她的同学们，为他们祝福、助力。看着孩子们一张张灿烂的笑脸，感觉我的果儿似乎也在其中，我的心也笑了。”

“如此巨大的工作量，你受得了吗？”我问苏静和。

“我之所以这么努力，就是想和他们在一起！用我们团队的专业知识和奉献，让更多不快乐的人更快乐，更多不幸福的人更幸福，更多不懂得如何去爱家人、朋友和社会的人，懂得如何去爱！”令人难以置信，一个遭受了锥心刺骨疼痛的人，竟然超越了痛苦，成了唤醒心灵的救赎者，但摆在那里的事实，我只能膜拜！

付出爱，收获爱。苏静和奔走在爱的路上，内心充盈。

当她用爱亲手点亮了孩子们心灵之光的时候，当她和孩子一起游戏体验爱的时候，当孩子们主动把头靠在她肩上的时候，当孩子亲吻她的面颊的时候，当孩子投入她怀抱的时候，当孩子们给她赠送亲手制作的生日贺卡的时候……那一刻，苏静和感受到了心与心贴近的温暖和甜蜜，感受到了因为信任而快乐，那一刻，她是幸福的。正如一名初三孩子给苏静和微信留言说：“静和老师，课前状态调控做得非常好。无论是从音乐的选择，还是全身扫描式的放松冥想、大笑游戏和舞动，我们手牵手围圈唱歌，微笑对视，都给了我们放空轻松的感觉，过去家庭和社会给我们带来的种种不快都一扫而光。您的爽朗、轻松、幽默和热情，给了我们久违的快乐！心灵上的冰块开始融化。我只想说，我们爱您，敬您！”2019 年 9 月 13 日中秋节，孩子们在《奇异的恩典》背景音乐中，满含深情，把爱化作文字流淌在纸上，向疼爱自己的家人表达了感恩……

与孩子们在一起，也常常会引发苏静和对女儿的思念。她给女儿写信说：“宝贝儿，妈妈一边引导，一边在心底和你联结。看到那些被爱唤醒的孩子，隐藏在心底的你，也经常会被唤醒。在开展活动时，声音常常会有些颤抖，会忍不住不受控制的泪水。当我觉察到自己的情绪时，会迅速抽离，因为妈妈是引导老师……妈妈把你放在心底最深处最重要的位置，在那里，你每天都知道妈妈所做的好事，妈妈也能感受到你的爱！”

是啊，苏静和用生命的爱，点亮了一双双曾经忧郁绝望的眼睛，让孩子们重新绽放出了自信的笑容。在爱的路上，用爱照耀心灵，生命的乐章再度绽放出了华丽的色彩。

新　生

——来自重庆市红十字会人体器官和造血干细胞捐献工作的报告

蔡有林

“红十字是一种力量，一种精神，更是一面旗帜，跨越国界、种族、信仰，引领着世界范围内的人道主义运动。”

——习近平在会见中国红十字会第十次全国会员代表大会全体代表时的讲话

一个人的生命，可以在另外的人身上复活。

——题记

一、一个人道主义组织在重庆的生根开花

这是一个国际性的人道主义组织，不懈地推进“国际红十字运动”。其分支机构几乎遍布全球各个国家和地区。起初是战地伤亡救助，后来（特别是在和平的国度）发展成开展人道主义的民间医防、灾害救济等活动。

1864 年以 12 国签署的第一个日内瓦公约——《关于改善战地陆军境遇之日内瓦公约》为标志，宣告“国际红十字运动”的正式开始，至今已有近

160年的历史。创始人是瑞士商人亨利·杜南。其宗旨是保护人的生命和健康，保障人类尊严，促进人与人之间相互了解、增进友谊和合作，促进持久和平。

中国红十字会创立于1904年，至今已有近120年的历史。第一任会长是著名政治家、资本家、慈善家盛宣怀；新中国第一任会长是李德全。

重庆红十字会创立于1911年3月，至今已有111年的历史，是从事人道主义的社会救助团体，弘扬“人道、博爱、奉献”的红十字精神。倡导建立重庆红十字会的人是美国人马嘉礼，第一任会长是李湛阳。

要说重庆市红十字会，还得从马嘉礼和他创办的宽仁医院说起。

马嘉礼与宽仁医院和重庆红十字会的诞生

马嘉礼是美国俄亥俄州人，毕业于西储大学医学院。1890年11月，受美国基督教新教美以会派遣来到中国，在重庆创办医院，传教行医。他的太太凯茜也一起来到了中国。

1891年3月，马嘉礼的临时诊所开张。1892年，重庆综合医院（Chungking General Hospital）第一座大楼落成运行，中文名为“宽仁医院”，马嘉礼任院长。这是四川省第一所西医院，也是如今重庆医科大学附属第二医院的前身。从社会动荡、民生疾苦的晚清，到如今国富民强、和谐安康的21世纪，这家医院见证了重庆乃至中国西部现代医学和重庆市红十字会，横跨三个世纪的沧桑岁月。

马嘉礼在重庆为外国人史蒂文斯先生做眼科手术，开始建立起西医和他自身的声望。通过开办医院、学校，为中国人治疗疟疾，帮助麻风病人，为平民免费检查和医治疾病，给儿童上音乐课，收养残疾人和弃婴等方式，帮助穷苦人民，从而把红十字运动的理念传入了重庆，传给了重庆人民。

1910年2月27日，清政府降旨，同意签署《1906年7月改善战地陆军伤者兵者境遇之日内瓦公约》，正式改“上海万国红十字会”为“大清红十字会”，盛宣怀被公推为首任会长。此后，为了壮大和发展组织，“大清红十字会”通过媒体和函电等形式，向全国各省及大城市号召和呼吁创建红十字会分会。

1910 年，马嘉礼首先倡议筹建重庆分会，由商界首领李湛阳（又名“李颧枫”）出面号召，巨绅魏国平以经营画社筹集资金，廖焕庭、温少鹤、李湛阳、杨沧白等热心公益事业的开明人士和社会名流负责具体筹备。经过近一年的筹备，筹备组向“大清红十字会”呈交了《关于成立大清红十字会重庆分会的报告》，同时向巴县府递交了《关于成立大清红十字会重庆分会的备案录》。

1911 年 3 月经巴县府备案、“大清红十字会”核准，“大清红十字会重庆分会”正式成立，挂牌市区临江门外给孤寺，李湛阳当选为第一任会长。

1911 年 10 月 10 日，辛亥革命取得胜利，清王朝覆灭，中华民国成立。“大清红十字会”随即改名为“中国红十字会”，“大清红十字会重庆分会”随之改名为“中国红十字会重庆分会”。

1916 年秋，马嘉礼退休，之后与夫人一直在重庆行医和做红十字会工作，直至 1928 年 3 月 20 日因病去世，葬于重庆江北嘴。

这里，我要讲一讲刘伯承、陈独秀、林森、巴金、沈钧儒、谢冰心等军事、政治、文化名人与宽仁医院的故事。

先说“军神”刘伯承。

1916 年 3 月 30 日子夜，刘伯承率领川东护国军与北洋军血战丰都。他冲锋在前，在回头招呼一个落在后面的士兵时，不幸被北洋军的一颗子弹射中，子弹从颅顶射入，从右眼眶飞出，血流如注，他当即昏厥倒地。一会儿苏醒过来，试图站起来继续指挥战斗，却重重地摔倒在地。他匍匐前行，终因体力不支昏倒在一家水烟店前。他被水烟店的青年学徒藏在店内，后转入一户农家，再转移到涪陵一带。

两三个月后，他改名化装进到重庆城宽仁医院医治。但这里已被北洋军占用，里面挤满了伤兵。院长马嘉礼设法将他转入德籍眼科医生沃克的诊所，一起为刘伯承做手术。

这里，为了表达对刘伯承元帅的敬佩，我们来看一下被选入小学课本的《军神》一文的精彩描写，主要内容如下：

> 重庆临江门外，一个德国人开的诊所里，医生沃克冷冷地问：“你叫什么名字？”“刘大川。”“年龄？”“24岁。”“什么病？”“土匪打伤了眼睛。”沃克熟练地打开绷带，蓝眼睛露出惊疑，又问：“你是干什么的？”“邮局职员。”“不，你是军人！我当过军医，这么重的伤势只有军人才这么从容镇定。”沃克的目光柔和了，正穿手术服时护士过来告诉说：“病人拒绝用麻醉剂。”沃克不同意。病人平静地回答：“眼睛离脑子太近，我担心麻醉会影响脑神经，而我，以后需要有一个非常清醒的大脑！”沃克医生愣住了：“你，你能忍受吗？你的右眼需要摘除坏死的眼珠，把烂肉和新生的息肉都割掉！”病人点了点头。手术进行着，“你疼不过可以哼叫。”可病人一声不哼。他双手紧紧抓住崭新的床单，手背青筋暴起，汗如雨下，床单竟被抓破。手术毕，沃克由衷地说：“年轻人，我真担心你会晕过去。”病人脸色苍白，勉强一笑说：“我一直在数你的刀数。”沃克医生吓了一跳，不相信地问：“我割了多少刀？”“72刀。”沃克惊呆了，失声嚷道：“你是一个真正的男子汉，一块会说话的钢板！你堪称军神！”沃克医生脸上浮出慈祥神情，小心地问：“告诉我，你的真名字叫什么？”“刘伯承。”

抗日战争时期，为避免日机轰炸，宽仁医院迁到沙坪坝歌乐山内，积极收治因日军突袭致伤的病员，受到社会各界高度赞扬。时任国民政府主席林森亲笔为医院题写“宽仁医院”。

1937年，陈独秀被捕出狱后，辗转来到重庆江津居住，晚年仍坚持潜心著述，贫病交加，曾 3 次到宽仁医院住院治病。

抗日战争胜利后，宽仁医院重新搬回戴家巷恢复医疗工作。其间，许多名人志士的小孩选择在宽仁医院妇产科出生。巴金和肖珊的女儿李小林 1945 年出生在宽仁医院；沈钧儒把在宽仁医院出生的孙子取名沈宽；谢冰心全家曾长住宽仁医院。

1949 年，全国解放，外国籍医务人员纷纷回国。1951 年，宽仁医院由人民政府接管，改名川东医院，1955 年又改为重庆市第四人民医院，1962 年划归重庆医学院，现为重庆医科大学附属第二医院，已经成为一家集医疗、教学、科研、预防保健为一体的国家三级甲等综合医院，年门诊量超过百万人次，为保护重庆及周边省份的人民的生命和健康做出了较大贡献。

下面，我要向大家报告的是重庆市红十字会人体器官和造血干细胞捐献工作。

重庆市红十字会与人体器官捐献

自 2007 年国务院常务会议通过《人体器官移植条例》以后，全国便开展了公民逝世后器官捐献工作。2012 年开始，截至 2021 年 12 月 31 日，重庆市已有 48229 人登记成为器官捐献志愿者；共有 769 人逝后实现捐献器官，成功挽救了 2151 名患者的生命。然而，受传统观念和器官捐献知晓度、公信度、认知度等多种因素的影响，大量有用器官没能用于救治病人。据原卫生部的统计数据显示，我国每年有 30 万人在等待器官移植，每年仅有 2 万人左右获得器官移植的机会，大量的器官衰竭患者在等待中离开人世。

2019 年初重庆的人体器官捐献突破 400 例，从 1 到 400，用了 7 年的时间。

重庆市红十字会于 2012 年正式开展人体器官捐献工作。这个“生命工程”启动之时，由于社会公众对遗体、器官捐献事业的不了解，各项制度、流程都处于探索期，捐献工作并不顺利，每年来登记捐献的人都是凤毛麟角。2012 年重庆市全年器官捐献仅实施 4 例，2013 年 14 例，2014 年 27 例，2015 年 23 例，2016 年 81 例，2017 年 109 例，2018 年 132 例，2019 年初新增 10 例，累计突破 400 例。已经有上千名器官衰竭的重症患者因此而获得新生！

从 2012 年第一位捐献者刘慧丽，到 2019 年的第 400 位捐献者刘林利，用了整整 7 年的时间。一个又一个大爱者的无私奉献，延续了一个个鲜活的生命，挽救了一户户磨难中的家庭。在一场场生命接力的背后，是七年来重庆市 23981 名器官捐献志愿者的爱心传递，是数百名捐献宣传志愿者的耐心讲解，是 70 多名器官捐献协调员的日夜坚守，是 8 家器官获取机构的辛苦奔走，是整个社会的理解支持……一个个感人的故事，还在不断地诞生。

小雯霜是我市 2019 年的第 100 例人体器官捐献者，也是重庆市实施人体器官捐献以来的第 490 例捐献者。就像一条河流拥抱了另一条河流。她的生命消逝了，但很快流向另外 5 个生命，他们将代替小雯霜，好好活着！

2017 年以来，重庆市已经连续 5 年器官捐献数量超过 100 例，说明重庆市器官捐献事业正朝着越来越好的方向发展，也希望更多的人加入这个器官捐献工作，救助更多的器官衰竭患者使其重获新生。

二、可爱的协调员

重庆市红十字会人体器官和造血干细胞捐献工作取得的可喜成绩，功不可没的是那一个个可爱的协调员。

在人体器官捐献协调员中，必须要介绍的是第一个，也是资格最老、贡献最大的协调员——米智慧。

“你愿意捐出他（她）的器官吗？”这是重庆市红十字会人体器官捐献协调员米智慧最常说的一句话。

2021 年是重庆开展人体器官捐献工作的第十个年头，也是米智慧成为人体器官捐献协调员的第十年，同时她还是我国器官捐献协调员中年龄最大的女性。

米智慧说，从她的协调故事中，可以看出有越来越多的人为了让世界变得更加友爱和温暖而共同努力。

第一次协调以失败告终

身材娇小的米智慧留着浓密的齐刘海，头发扎成马尾，亲和力十足。

我国从2009年试点探索自愿无偿捐献器官工作，2012年重庆市成为第二批公民逝后自愿无偿捐献器官的试点省（市）之一，急需一批从事人体器官捐献协调的工作人员。

此时的米智慧刚从重医附一院退休一年，医院负责人看中了她的35年手术室副主任护师背景和吃苦耐劳、开朗健谈的性格，将她推荐到重庆市红十字会，成为重庆市首位人体器官捐献协调员。上班第一天，米智慧就办理了志愿捐献人体器官、角膜、遗体手续。

但专业和职业热情，并没有给米智慧的实际操作提供便利。她的第一个协调案例是永川区一个19岁的小伙子，因意外进了ICU病房。米智慧在医院蹲守了3天，与其亲属反复沟通，始终没有取得其亲属同意。最终，因患者的器官功能相应受损，米智慧放弃了劝说。

“起步的那几年，我们协调20例，能成功1例吧。这真不是一项容易的工作，尤其是在整个家庭沉浸在悲伤、绝望、无助的情况下。”米智慧说。很多时候，他们得到的是亲属不理解的眼神和委婉地拒绝，甚至是斥责和怒骂。

虽然很希望亲属做出捐献决定，但米智慧从不强人所难。她说，自己更多的是站在患者亲属的角度来考虑问题，将心比心，“哪怕一百次中只有一次成功呢，我也愿意付出更多的一百次”。

10年经手近500例

2012 年，在重庆师范大学就读的山东青岛女孩刘慧丽成为重庆第一例人体器官捐献者。

米智慧记得跑进医院的那个晚上，看到一双双通红而失神的眼睛，她将准备了一路的安慰和鼓励的话语忘得一干二净，她紧紧抱住女孩的妈妈说："慧丽不会死，只是以另一种方式活着。"

其母亲同意捐献器官，与女儿做最后的告别。听着病房里传出的哭喊声，米智慧的内心有万千种滋味。她给自己 5 分钟时间平复下来，告诉医院的医生，着手联系随即的获取手术。

从那以后，她的工作，一边是死亡，一边是新生。医院 ICU 病房，时刻会上演生离死别的场所，这是米智慧的"战场"。

她的手机，10 年来 24 小时开机待命，随时准备赶往医院。

配合医院对潜在捐献者进行评估，联合相关部门开展社会资料审查、给亲属讲解捐献的相关信息、配合亲属签字、见证医院实施获取手术，以及告别仪式、与移植单位办理交接、办理丧事等，米智慧几乎全程参与。

没有协调工作的时候，她将全部精力投入宣传中。工作前 5 年，她几乎跑遍了重庆市市级医院和各区县二级医院。她下乡做推广，在每个有呼吸机的重症监护室外留下电话。

转变始于 2016 年，重庆市人大常委会对《重庆市遗体捐献条例》修订完善，出台《重庆市遗体和人体器官捐献条例》，在地方法规推动下，重庆人体器官捐献连续 5 年突破百例并逐年增加。

同时，全市上下相继出台支持政策：重庆市财政局、民政局对器官捐献者减免部分丧葬费用；全市设立了璧山、万州、涪陵 3 个人体器官捐献纪念园，并将每年 3 月 28 日确定为遗体和器官捐赠者公祭日；市红十字会对捐献者困难家庭实施人道救助……

10 年，米智慧经手的捐献案例近 500 例，年纪最大的 70 多岁，最小的婴儿仅在人世间停留了 33 个小时，他们都将最宝贵的东西留在这个世界。

现在，时常有市民主动找到米智慧，咨询捐献事宜，甚至有的捐献者家属充当起了义务宣传员的角色。

三、无私的捐献者

人体器官和造血干细胞的捐献能否成功，关键在于逝者的意愿和亲属的支持。真正实施捐献的人，既是逝者本人，更是逝者的亲属。捐献是无偿的，这需要大爱，这需要无私的奉献！这些捐献者和亲属，是平凡人中站起来的精神伟人！

这里，我向大家讲几个捐献者及亲属的感人故事。

1颗流星陨落，照亮5片夜空

2019 年 8 月 13 日上午，在西南医院成功实施一例人体器官捐献。因为捐献者及其家属的大爱，3 名器官衰竭濒临死亡的重症患者重获新生，两名眼疾患者因此而重见光明。

善良女孩突发疾病，全力救治无力回天。

逝者名叫周雯霜，年仅 13 岁，是合川区双凤镇一名即将上初二的学生。小雯霜从小就很善良，常常帮助身边需要帮助的人。在妈妈罗尤玲的心中，小雯霜更是如天使一般可爱。如今每每想起女儿，罗尤玲的眼睛就禁不住泛起泪花："她心很善良，曾经学校有一个同学得了白血病，她就想要跟同学捐钱帮助他；她很乐于参加帮扶老人的活动，每次这种时候，她总是积极捐米捐蛋，甚至把自己平时都舍不得吃的'珍藏'奉献出来。"

然而，就是这样一个单纯善良的花季女孩，却在 8 月 2 日突然出现头痛、乏力，并伴呕吐的症状。家人将她送到暂住地附近的嘉陵医院。可在抵达医院之前就一度心跳停止，经过抢救和积极的手术治疗才有短暂的复苏。

嘉陵医院的医生经过诊断，确诊为脑血管畸形导致脑部位大量出血。病情的严重程度远远超出周雯霜家人的预料。雯霜家人赶紧把她转入更大更权威的西南医院。虽然经过医生几天的全力抢救可最终还是没能留住小雯霜匆匆离去的脚步。

悲痛之余下定决心，捐献救人延续生命。

尽管所有人都不舍，所有人都在极力挽留，但所有人都深知生命走到尽头就再也无法回头。此时，在重庆市红十字会人体器官捐献协调员的协调下，家属在悲痛之余做了这个艰难却伟大的决定：当医学评估判定小雯霜脑死亡的那刻，就是小雯霜捐献有用的器官救人之时。他们要让小雯霜以另外一种形式继续活在这个世界。

8 月 13 日上午，小雯霜在医学专家的严格评估下，被判定为脑死亡。上午九点，家人在重症病房与小雯霜做最后告别。妈妈罗尤玲趴在女儿的病床上反复重复着几句话："妈妈永远为你骄傲，你是最坚强最勇敢的，你挽救了好几个人的生命，他们会替你走遍全世界，我们为你感到骄傲，爸爸妈妈哥哥都为你感到骄傲……"断断续续，泣不成声。

妈妈罗尤玲说，小雯霜在生命最后的两天时间里曾经说："我想带着妈妈走遍全世界。"当时听到这句话，她心都碎了。"要完成女儿最后的心愿，器官捐献是唯一的办法。女儿虽然脑死亡了不可逆转，但是她的器官，她的角膜还能挽救好几条生命，就让这些人在往后余生里帮我女儿完成她最后的愿望吧。"

器官捐献的决定得到了小雯霜亲人的一致支持。在他们看来，器官移植后救了人，就等于也救了小雯霜！父亲周登兵和哥哥周富强也表示认同。周登兵说，以前看到器官捐献相关报道的时候，从来没有想过这件事情会发生到自己的头上。如今女儿生命无法挽回，他和家人一起做出了这个决定，或许也是受到之前这些捐献者们的事迹影响。他说，将女儿的器官捐献出去，第一是女儿能够去救人，第二是他们也能够替女儿活下去，就像女儿还活着，还存在。

大爱！重庆女孩捐出器官救6人

原本是多才多艺的花季女生，却因突发疾病导致脑死亡而离世。悲痛之余，父母帮她捐献了肝脏、肾脏、角膜和遗体，让 6 人重获新生。

2020 年 10 月 1 日，国庆遇上中秋，很多人在这一天阖家团聚。

中午时分，在重医大附二院江南院区，56 岁的沈应才在人体器官捐献志愿登记表上替女儿沈倩签下姓名，并郑重地捺下手印。在这家国相依的特别时刻，年仅 24 岁的她，用大爱照亮了他人的世界。

沈倩是沙坪坝区莲光小学的一名老师，父亲沈应才和母亲王家平在老家永川开了家理发店。平常周末时，她会回家看看爸妈。十天前，她感到有些头痛发烧，起初以为是感冒，先到永川当地医院进行了治疗。

9 月 29 日早上，沈倩病情突然加重，在当地医院治疗无效后，父母赶紧将她送到重医附二院江南院区治疗。

9 月 30 日晚，经医生紧急积极抢救，沈倩最终还是因为脑干功能的衰竭导致脑死亡。悲痛之余，父母毅然决定捐献女儿有用的器官救人，让孩子以另外一种形式继续活在这个世界。在重庆市红十字会人体器官捐献协调员米智慧帮助下，夫妻俩完成了捐献相关流程并进行系统匹配。

“我们想了一夜，觉得做出这个决定对女儿是有好处的。”沈应才告诉新重庆客户端记者：“这辈子，我们与女儿的缘分已经走到了尽头，但这样一种形式，就又觉得好像女儿没有走。”

在夫妻俩看来，器官移植后救了人，就等于也救了他们的女儿。“我们要感谢接受女儿器官的人，他们让我女儿的器官有机会继续存活。”沈应才说。

沈倩重病期间，家里的亲戚朋友，莲光小学很多老师想赶到医院来看望，沈应才把他们都一一婉拒了。“现在还是疫情期间，不能太多人聚集到医院来。”沈应才说，“这是女儿的命运，我们想让她安安静静走完这最后一程。这应该也是她想做的。”

在众筹平台上，短短半天内，爱心人士为沈倩筹集善款2万余元。沈应才决定，在女儿离世之后，将这笔善款捐出去，帮助更多需要帮助的人。

3日清晨，沈倩因病抢救无效离世，并成功实施了器官捐献，她成为重庆市第628例器官捐献者。手术前，医护人员伫立默哀，为沈倩举行了庄重肃穆的送别仪式。她所捐献的肾脏使2名肾衰竭患者重获新生，捐献的肝脏挽救2名肝衰竭患者的生命，捐献的角膜使2名眼疾患者重见光明。同时，她还将捐出遗体，献给医学研究事业。

沈倩的名字被镌刻到重庆市人体器官捐献纪念园的纪念墓碑上，让世人永远怀念。

跨越国界的生命礼物——重庆首例涉外器官捐献

世界上，
有一种爱，可以跨越国界
有一种情，可以超越种族
纵使千山万水，也会义无反顾
器官捐献，生命延续
这是一种人间大爱
永远闪耀着人道主义的光辉

这是2018年6月15日中国人体器官捐献网的一篇报道。

5月9日，在重庆西南大学任教的澳大利亚籍英文老师菲利普·安德鲁·汉考克（Phillip Andrew Hancock）因病医治无效去世。把爱留在了他所热爱的中国。

菲利普的父母从澳大利亚赶到中国，尊重儿子生前的意愿，在澳大利亚驻华总领事馆和西南大学翻译人员的协助下，菲利普的父母详细了解了中国器官捐献的法律条款、捐献政策以及捐献流程，并签署了人体器官捐献相关文件。全家人一致做出决定，捐献菲利普的可用器官和角膜，用于挽救他人生命。

当天，在重庆市红十字会器官捐献专职协调员的全程见证下实施捐献。重庆医科大学附属第一医院成功获取了菲利普捐献的 1 枚肝脏、2 枚肾脏，1 对角膜。随后，菲利普捐献的器官通过中国人体器官分配与共享计算机系统进行分配，肾脏分别移植给了一位 30 岁左右的女士和一位 40 岁左右的男士，肝脏成功移植给了一位 40 岁左右的男士，目前受捐者情况良好。菲利普捐献的一对角膜已让 2 名中国患者重见光明，菲利普的生命在 5 个中国人的身上得到了延续。

5 月 10 日下午，重庆市红十字会的有关负责人对菲利普的善举向他的家人表示了衷心地感谢，向他们颁发了《中国人体器官捐献荣誉证书》《重庆市眼角膜捐献荣誉证书》，并向他们赠送了一个“红心侠”小公仔，红十字志愿者、青年画家陈艺水书写的“大爱无言”的字画和一幅《子规啼血》的中国花鸟画。这些礼物，深受菲利普家人的喜爱。菲利普父亲彼得说：“儿子一直都喜欢中国的文化，家人也受他的影响，对中国文化有一种情节。”

菲利普的父亲彼得·大卫·汉考克（Peter David Hancock）告诉我们：“他是我最小的儿子，也是让我们全家最骄傲的孩子！让我们感到最自豪的是看着他以优异的成绩从大学毕业，然后走上工作岗位，服务社会。”他说，菲利普一直是器官捐献的倡导者，在澳大利亚他早就已经是一名器官捐献志愿者了。他希望通过捐献菲利普的器官，把儿子的生命延续下去。虽然自己和家人都舍不得儿子的离开，菲利普的父亲还是强忍着悲痛与妻子儿女共同商量，最后全家人一致决定，尊重菲利普生前器官捐献的意愿，让他在生命的最后时刻能为社会、为他人做点贡献，捐献有用的器官挽救他人生命。

菲利普为何来到中国，来到重庆工作呢？

那是因为 2012 年，菲利普在世界大学生“汉语桥”澳洲地区比赛中获得优异成绩，赢得到中国短暂度假的机会。正是这次短暂的中国之行，让他爱上了中国，决心毕业后到中国工作。

毕业后，菲利普来到重庆，如愿以偿成为西南大学一名英文教师。

他在重庆的生活很快乐，每次和父母通话或是视频，菲利普都会兴高采烈地告诉他们，重庆有多么美，食物有多么好吃，人们有多么热情和善良。

不幸的是，2018 年 5 月，年仅 27 岁的菲利普因病去世。他生前积极倡导人体器官捐献，母亲彭妮回忆起他曾多次说："当我的生命无法继续，妈妈，请帮助我捐赠所有器官，让他人的生命得以延续……"

于是，在儿子生命无法挽回的情况下，他的父母从澳大利亚赶到中国，一致决定尊重菲利普捐献器官的愿望。在重庆市红十字会的协调和全程见证下，最终捐献出 1 枚肝脏、2 枚肾脏和 1 对角膜。

它们成为热爱中国的菲利普，留给他第二故乡最后的生命的礼物。

菲利普成为重庆市首位涉外器官捐献者，中国第七位涉外器官捐献者。

不认识菲利普的 5 个受捐病人。

有 5 个人一直遭受着病痛的煎熬，他们与菲利普无任何交集，如同两条平行线。

四年前，50 岁的陈景钟（化名）患上严重肾病。这个荣昌一家医院的骨伤科医生，以救治病人为荣的硬汉在夜里偷偷哭过好多回。"当时心想，自己无法再陪伴心爱的家人了……"患病后要常做透析，对生命的绝望，在一次又一次透析中被放大，他甚至做好了告别这个世界的准备。

53 岁的谭到碧（化名）是奉节县农村的一个普通农妇。25 岁时她就患上慢性角膜炎，双角膜坏死，视线一点点模糊。生下二女儿的第二年，便完全看不到了。"就像走进了一个隧道，伸手不见五指，怎么也逃不出来。"女儿会笑了，头发长得能扎辫子了，她都无法看到，只能靠双手摸孩子的眉眼，想象她的模样。没法出门，只能待在家里，好强的谭到碧不肯歇着，养猪、种地、煮饭，用手摸索着干简单的活儿，摔过多少跟斗，被烫过多少次已记不清。后来有了外孙，一声稚嫩的"外婆"喊得她泪水涟涟，她是多么想看看小宝贝的模样啊。

40 岁的伍俊（化名）是成都一家医院的外科医生。2016 年查出肝脏坏死后，日渐消瘦，吃不下饭，走路没力气，上午上班下午休息，期间还接到过病危通知书。那时候家里的笑声少了，天都是灰色的。他救治了很多病人，却不知道谁会来救治自己。

36 岁的茉莉（化名）原是一名勤奋的房地产销售。因肾衰竭患上尿毒症，三年来不能上班，只能在家吃药维持生命，每月都要定期去医院检查，病情恶化时做过透析。“正常的生活离我远去，只能靠丈夫挣钱养家，压力特别大，带着全家一起出去短途旅游都成了奢望。”

33 岁的大足人陈贤军（化名）是货车司机。视力逐渐模糊后，他无法再像以前那样带着家人出去兜风了，原本自信、能干的他渐渐陷入自卑，很少说话了。

菲利普悄悄来到他们的生命里。

2018 年 5 月 9 日，菲利普离开了。各个器官在 6 个小时内，送到了陈景钟、谭到碧、伍俊、陈贤军、茉莉所在的病房。

手术紧张地进行，时间一分一秒流逝。

谭到碧的二女儿陈芳守在手术室外屏息等待，手里攥着的手绢湿透了。手术康复期后，妈妈眼睛上的纱布一层层揭开，妈妈惊喜地喊道：“我能看见了！”陈芳惊叫起来，哭喊着扑进妈妈怀里，紧紧拥抱在一起。谭到碧一遍又一遍贪婪地端详着孩子和外孙们，陪伴了自己 20 多年的亲人，真是怎么看也看不够。“我终于可以独立生活了！”谭到碧说。世界又变成彩色的，可以看电视，可以出远门。第一次到重庆来，看到解放碑、洪崖洞，她开心得不得了。

同时恢复视力的还有陈贤军。换角膜时很紧张，担心手术失败。手术成功了！陈贤军无比高兴地说：“第一次睁开眼睛的感觉就是死而后生！”

茉莉在手术 7 个月后，也能够正常上班了。“这是一种很奇妙的感觉，有另外一个人在自己的身体里。”菲利普的肾脏很健康，在她的身体里努力地工作。

菲利普的肝也在伍俊的身体中有力地运转。

几场手术都非常顺利，五个人陆续过上了正常人的生活。而在一年多以后，才知道了给他们带来新生的那个人，叫作菲利普。

受捐者也准备进行捐献。

陈景钟的儿子今年 27 岁，与菲利普年龄相当，在成都念医学研究生，很快就要毕业。作为一位父亲，他得知菲利普父母对儿子的思念时泪如雨下。“我能体会到一个父亲对孩子的爱。能把器官捐赠给千里之外的中国友人，他们一家都很伟大！”现在儿子正在努力学医，也是完成他的梦想。

伍俊是两个孩子的父亲，他仿佛能看到菲利普家里的情景：老两口每天都会整理儿子的房间，所有陈设都是他还在时的模样，老父亲坐在儿子曾经玩耍的床上，抚摸着相框，窗台上安静地摆放着他生前弹奏过的吉他。

这次得知需要公开受捐人的身份时，他没有任何顾虑，既然别人可以把器官捐出来，为什么不能为他做一点什么。伍俊也做出了一个决定，未来去世后也把自己的遗体捐赠出来。他还有一个心愿，希望能见到菲利普的父母。“会把他们当成自己的父母来对待，因为他们的义举挽救了 5 个家庭，给了我们重生的机会，也给了更多人希望。希望下次他们来重庆时，可以接待他，带他们去重庆各个地方看看。”

同时恢复的，还有自信和力量。陈贤军新开了一家豆腐店，虽然起早贪黑很辛苦，但能够像正常人一样，靠自己的双手挣钱。他想对菲利普的家人说的，除了感谢还是感谢。“我就是他的眼睛，我会替菲利普看这个世界。”陈贤军说，如果能见到菲利普的父亲，想要给他一个大大的拥抱。

下面讲述的是造血干细胞捐献者的故事。

我不知道你的模样　你的爱却流进我的胸膛

“我是一名医务工作者，今年 2 月被确诊为急性淋巴细胞白血病，特别幸运的是，在茫茫人海中，有位不曾谋面的好心人愿意捐献造血干细胞给我，我积极配合治疗，克服化疗的不适，我又燃起了对生活的希望……”

——患者的来信

义无反顾捐髓救人。

小勇（化名）是一名造血干细胞捐献志愿者，正四处面试的小勇在 3 月接到中华骨髓重庆分库的电话，告知他与一名血液病患者配型成功。接到电话时，小勇通过与工作人员的沟通和线下全面地了解，知道了用于移植的造血干细胞是从外周血中采集造血干细胞，不是别人说的那样采集骨髓。不需要手术，只要通过血液分离机就可以了，过程就和血站捐献机采血小板类似后，小勇表示愿意捐献自己的造血干细胞！

小勇通过血液分离机采集造血干细胞。

经高分辨基因分型、体检后，根据国家管理中心日程安排，确定了捐献造血干细胞的时间。当时小勇正准备应招入职，一家单位对小勇抛来橄榄枝，但老板知晓此事后，不支持员工还没工作就请假的情况，对小勇的捐献行为不理解。小勇当即表示，那我不要这份工作。小勇为了救这位患者，决定暂缓自己找工作的计划。有一天，突然好消息传来，另外一家单位决定录用小勇，听到小勇捐髓救人的行为表示全力支持，觉得能招到这样有爱心的员工他们也很高兴，虽然还没能正式上班，但单位领导决定保留其职位，让小勇完成捐献后次月办理入职。

远方的你，请你加油。

7 月初在小勇连续注射 5 天动员剂后，用科学方法将骨髓血中的造血干细胞大量动员到外周血中，第 5 天采集。从小勇手臂静脉处采集，通过血细胞分离机提取造血干细胞，同时，将其他血液成分通过另外一只手臂回输到体内。经过 4 个小时的血液循环，小勇采集出 180 毫升的造血干细胞混悬液，这份生命种子赶往下一个栖息地。

采集结束后，小勇收到患者的来信，知道所对应的患者是一名医务工作者，小勇回信道："远方的朋友你好，很高兴我的造血干细胞能与你配型成功，我们全家都很支持我的决定，我家小孩也十分支持我。待你康复后希望你能来重庆走走看看，感受这座城市的魅力，把爱继续回馈给社会。远方的你，请你加油！"

献给天堂妈妈的新年礼物

一个带给你初春阳光般温暖的女孩，看似柔弱，却是英雄，毅然决然捐献造血干细胞挽救了一名血液病患者的生命。她，就是重庆市第 80 例造血干细胞捐献者小杨（化名）。

与血液病的结缘起于小杨的母亲。5 年前，当她还在全力备战高考时，不幸的消息传来，母亲患上了白血病，必须进行骨髓移植。伤心、担忧之余，妈妈的病情犹如催化剂，更加坚定了小杨报考医科大学、治病救人的决心。小杨如愿以优异的成绩考取了心仪的大学。在医学象牙塔里，她一边刻苦钻研医学知识，一边陪同母亲治疗。白血病、浆细胞、造血干细胞、骨髓穿刺、自体移植等以前陌生的医学专业词汇闯进了她的生活。由于找不到配型相合的造血干细胞供者，母亲选择了自体造血干细胞移植。遗憾的是，一家人的努力并未能战胜病魔，小杨大二那年，妈妈永远离开了。

母亲的离开使小杨痛彻心扉，但却丝毫没有减退她钻研医学、挽救血液病患者的劲头。2016 年 5 月，恰逢学校组织的一次造血干细胞血样采集活动，她自愿加入中华骨髓库成了一名造血干细胞志愿捐献者。

2018 年 10 月，小杨接到来自中华骨髓库重庆市分库的电话，告知她有一名血液病患者与她初配相合，她的造血干细胞有可能挽救患者的生命。

毫无迟疑，小杨当即表示愿意捐献救人。高分辨基因分型和全面体检的结果显示小杨符合造血干细胞的捐献条件。采集计划很快确定下来，小杨入院后连续注射了 5 天的动员剂，以确保外周血中有足够的造血干细胞数量。

2019 年 1 月 8 日上午 8 点，小杨的捐献采集正式开始。重庆分库定点采集医院造血干细胞采集室内，护士从小杨的左前臂静脉处穿刺，外周血流经血液成分采集机，提取造血干细胞混悬液后，其余血液成分再通过右前臂静脉回输到小杨体内。采集途中，小杨左臂扎针处出现水肿，采集被迫停止。担心采集量不够满足患者移植所需，小杨要求护士重新扎针。由于小姑娘的血管太细，护士花了近 1 个小时，才在左脚踝顺利进针，采集得以继续进行。4 次扎针的疼痛，5 个小时的采集，换来了一袋生命的种子。这袋珍贵的新年礼物，将由专人搭乘航班送往患者所在医院，完成移植。

小杨现在是一名实习医生。当问及为什么愿意捐献造血干细胞时，小杨回答道："我的妈妈是患白血病去世的，我能够体会到至亲离开的痛苦。如果妈妈还在，她一定会支持我去挽救这个患者的生命。这也算是我送给天堂妈妈的新春礼物吧！同时，我是学医的，我明白造血干细胞捐献的原理，希望用自己的亲身经历，告诉大家'科学献髓，无损健康'，也希望有更多的人加入这个爱心队伍，挽救那些可以被我们挽救的血液病患者。"目前，小杨已获得保送研究生的资格。在谈到自己将来的学习和研究方向时，她表示将致力于血液病的探索与研究，希望在不久的将来，掌握更好的治疗手段，让血液病的治疗过程更简单，临床治疗效果更好。

在采集室陪同小杨的还有她的父亲。杨爸爸从高分配型开始每一次都亲自陪护，在他的眼中，女儿能够做出捐献造血干细胞救人生命这个决定是理所当然的事情，而给予女儿最大地支持也是父亲理所当然该做的决定。杨爸爸还透露，2019 年 1 月 7 日，小杨捐献采集的前一天，7 位亲属已组队到重庆分库定点实验室采集了血样加入中华骨髓库。

血液病患者为病痛折磨是不幸的，但遇上小杨这位爱心天使又是最大的幸运。隆冬的重庆天气虽然寒冷，但小杨的爱心义举却让人有如沐春风般的温暖！

重庆三名捐献者　他们同姓同日同时捐献

4 月的某天，重庆定点采集室 3 台造血干细胞采集设备同时运转，重庆市第 111、112、113 位造血干细胞捐献者王捷（化名）、王禹（化名）、王枫（化名）完成了造血干细胞采集，他们捐出可挽救生命的“种子”，分别挽救了江苏、武汉、浙江的三名血液病患者，给患者带去生命的新希望。

因救人的缘分让王捷、王禹、王枫 3 人相识，3 位志愿者本互不认识，因髓结缘。他们每天一起打动员剂、一起吃饭、一起捐献。

让我们一起看看这 3 位捐献者的故事……

体重最轻，捐献最多。

王捷是一名在校大学生，2017 年在参加学校红十字会主办的造血干细胞血样宣传采集活动加入中华骨髓库，2021 年 2 月王捷接到中华骨髓库重庆分库的电话，告知他与一名血液病患者初配成功，经工作人员耐心地讲解，王捷愿意捐献。经过高分辨基因分型和全面的健康检查，确认王捷符合捐献条件。

某天，王捷突然告知工作人员可能无法捐献了，因期中考试成绩不理想，想闭关复习迎接下一次考试。工作人员得知后询问下次考试的时间，第一时间跟总库汇报情况，并与患者医生沟通尽早确定采集计划，既挽救患者又保证捐献者的复习时间。

性格内敛的王捷是 3 位捐献者中体重最轻的，对应的患者却是最重的，王捷淡定的开始采集，结果非常理想。当天，王捷所在的学校红十字会领导张欣老师前往看望和慰问，关切地询问他的生活和学习情况，并送上了慰问。

健身教练，也怕打针。

王枫是重庆江北一家健身馆的健身教练。为了此次捐献，王枫把原本已经排好的学员课时全部延后，为捐献做准备。

入院前两天王枫对分库工作人员说：“姐，你看我还需要再练猛一点吗？再练壮一点把身体里的造血干细胞捐献给患者是不是更好。”分库工作人员回复：“不用，你这几天休息好最重要，不要让自己太累，以最轻松的心态迎接捐献。”

王枫是 3 位中的“开心果”。性格活泼开朗，身材壮硕的他第一次打动员剂显得有点小紧张，形成了强烈的反差萌，打针的时候不停地跟护士聊天，刚注射完动员剂就跟大家开玩笑："我感觉有酸胀感啦……"把大家逗得乐呵呵的，瞬间大家都不紧张啦。

王枫打动员剂的量比其他两位捐献者多一些，身上的酸胀感更明显，一会儿躺着一会儿趴着。终于等到第五天采集，王枫略微紧张地看着大号的采血针，强装镇定地配合医生，最后顺利扎针开始采集。王枫的女朋友全程陪同，十分支持他捐献造血干细胞，挽救那位素未谋面的患者。

亲友陪同，顺利捐献。

王禹是3位中的老大哥，一见面就组建了3人微信群，每天在群里呼唤大家一起去打动员剂。在连续注射5天动员剂后，上午6点打完最后一针动员剂，7点30分开始采集。

采集当天，重庆市造血干细胞捐献者资料库管理中心主任周学跃前往采集医院看望慰问3位捐献者，关切地询问他们的生活和工作情况，为3位捐献者颁发了中华骨髓库捐献纪念牌。璧山红十字会领导、王禹单位领导和同事们前来看望，并送上了鲜花和慰问。王禹的妻子在一旁默默陪护着他，全程坐在床边陪王禹聊天。大家都议论起这珍贵的缘分，3位捐献者都是一个姓，都不敢相信这是真的，每次谈这个事都有说不完的话题。

"第一次接到配型成功的电话，我以为是骗子，后来半信半疑地听完工作人员讲解后又拨打了114查询红十字会的官方电话，验证了电话的真实性，得知真的与患者配型成功，当即表达愿意捐献。"王禹在采集途中跟大家分享了这个小插曲。

3位志愿者经过4个多小时的采集，成功捐献出造血干细胞。这3袋生命的种子和3封写给患者的信，分别由3位专员搭乘航班送往患者所在医院，分别输注到患者体内，挽救3个素未谋面的患者的生命。

再忙也挡不住献爱心，小伙出差到重庆捐献造血干细胞

小李（化名）是一家智能装备公司的员工。平时生活中他乐于助人，利用空闲时间积极参加各项志愿服务活动。他还是一名献血者，每半年参加一

次献血，累计献血量已超 3000 毫升。

2017 年 10 月，小李前往深圳血液中心献血。献血时听到护士宣传造血干细胞捐献知识，了解到捐献造血干细胞可以挽救血液病患者的生命，在血液中心多留取了 8 毫升血样，成了一名光荣的造血干细胞捐献志愿者。

2021 年 1 月小李正在重庆出差，他接到了深圳分库工作人员的电话，告知他初次配型成功的通知。因在重庆出差 3 个月，小李当即表示愿意捐献并转库重庆继续捐献流程。小李说："工作再忙也要用自己的干细胞去治救他人"。小李积极配合重庆分库完成高分辨血样采集、捐献前体检，并顺利完成捐献。

2021 年 3 月 9 日上午 7 点，小李打完最后一针动员剂，来到采集室做准备，9 点 07 分采集开始。采集期间小李和大家保持愉快的交流，没有任何不适。重庆市造血干细胞捐献者资料库管理中心领导前往采集医院看望慰问小李，关切地询问他的生活和工作情况，为小李颁发了中华骨髓库第 10936 例捐献纪念牌并送上鲜花，高度赞扬小李为了挽救他人生命的大爱善举，争分夺秒捐献干细胞的高尚行动。经过 3 个多小时的采集，成功捐献出 200 余毫升造血干细胞混悬液，成功挽救了远方的一个素不相识的血液病患者的生命。

一个个无私捐献者的动人故事，犹如黑夜中怀揣希望的夜行者看到了路灯；

一个个博爱的志愿者的行动，让一个个器官衰竭者看到了希望的黎明；

一个个可爱的协调者的牵线搭桥，让一个个逝去的生命，在另外的一个个人的身上，获得新生；

一个个追求"人道、博爱、奉献"的组织，将给社会带来更多的希望、温暖、光明……

2021年11月3日初稿于重庆永川君临棠城

行走在爱的路上

张天国

我们身处一个伟大的时代，国家的国际地位日益提升，国民经济高速发展，人民生活水平大幅提高。有这样一群人，他们不求回报，甘于奉献，他们的身影活跃在扶弱助残、服务社区等各个领域。他们都有一个响亮的名字——志愿者。他们发扬“人道、博爱、奉献”的红十字会精神，向社会传递正能量，帮助那些处于困难和危机中的人们，救助弱势群体，让社会充满温暖。

——题记

接到重庆市作协文学院采写红十字会志愿者的任务快 3 个月了，直到 11 月 2 日才采访结束。其间多次联系，他们不是在轻轨、公交车上发放传单，就是在前往被救助者的家里，或者在街头举办的遗体器官捐献宣传活动现场。即使周末节假日，也几乎没空，给我的感觉，这些志愿者总是行走在爱的路上。

这两天，我一直在想，在这个物欲横流的当下，他们与那些一切向钱看的人，反差为何如此之大？特别是在采访了志愿者陈茂秀和孙蓉之后，这种感觉越发明显。她们俩所率领的志愿者团队，在为他人解围济困和宣传遗体器官捐献的路上，从未停息。

下午，在观音桥一家肯德基餐厅里，食客稀少，我和陈茂秀在靠墙角落的餐桌旁坐下。乍一看，茂秀大姐富态、安详，目光温暖，语调柔和，很难把她与整天在风里雨里奔忙的志愿者联系起来。难道她就是那个远近闻名，曾经获得过“全国文明城区建设先进个人”“重庆市文明市民”“新时代魅力老人人气奖”“重庆市人体器官捐献公益宣传爱心志愿者”“重庆市学雷锋身边好人”“渝北区第三届助人为乐道德模范提名奖”“渝北区群众文化活动先进个人、重庆文明市民”“重庆市第二届红樱桃冬日针爱大型志愿行动中‘最美编织义工’”“五星级红十字志愿者徽章”“重庆市红十字终身志愿者”、入选《和你在一起——重庆3.5学雷锋日特别晚会》“身边好人”人物榜、当选为重庆红十字志愿者协会第一届理事会理事、在墓园举行婚礼的陈茂秀？当我提及这些荣誉时，她笑着对我说：“做得不多，荣誉不少，惭愧！”

更让人意外的是，茂秀大姐思路清晰，十分健谈。当我问她是啥原因促使她走上了志愿者这条路时，她告诉我说：“有三个原因，一是受母亲的影响。中华人民共和国刚成立时，母亲是居委会的义务巡逻员，白天敲锣打鼓宣传党的政策，晚上与干部们出去查夜。二是受到单位和他人关怀资助的影响。20世纪80年代我妹妹得了白血病，当时家境非常困难，但是得到了单位工会和团委，以及很多同事、朋友和邻居们的资助。虽然几年后妹妹还是去世了，但人们善良的爱心帮助，党和政府的关怀却永远温暖着我们。三是受到政府抚养前夫和小叔子长大的影响。我前夫是个孤儿，7岁多父亲生病去世，13岁多母亲去世，他们兄弟俩是靠政府接济养大的。这一切都让我感动，想要报答党和政府、社会，所以很自然就爱上了做公益。”让陈茂秀走上公益志愿者这条路，还与2008年汶川地震有关。那天她无意中走进三峡广场，看到红十字会的工作人员在为灾区募捐，她捐款后，看到志愿者忙不过来，就主动做起了义工。其间，陈茂秀试探性地问了一句：“红十字会，平时都干些啥？”工作人员介绍说，比如扶贫济困、募捐救灾、宣传红十字法等。陈茂秀还了解到，人死之后，可以把器官捐给需要的人，一个人的器官可以救几个人的命，遗体再送到医疗机构、医科院校用于解剖研究。原来，志愿者用“人道、博爱、奉献”的红十字精神践行着大爱，可以为他人和社会做这么多有意义的事情，陈茂秀的眼界从此打开，渴望早日成为一名光荣的红十字志愿者。

“捐献遗体器官，既是为了纪念我的前夫，也是想以这种方式延续自己的生命。”在爱人去世10周年的2012年7月11日这天，60多岁的陈茂秀做了一个重要决定，到重庆红十字会填写了《遗体捐献登记表》和《人体器官捐献志愿书》，成了一名遗体器官捐献志愿者，并正式成为一名红十字会的志愿者。从此，陈茂秀带着仁爱和公益，走上了一条无私奉献的志愿者之路。

成为志愿者后，陈茂秀开始向身边的亲朋好友宣传介绍遗体器官捐献相关知识，用自己的行动去影响、带动周围的人，用遗体器官捐献志愿者的大爱，拯救更多的生命，促进人们传统旧观念的改变。

“在中国，遗体器官捐献起步较晚，人们会轻易接受你的宣传吗？”我问陈茂秀。

“一开始抵触还是很大。”陈茂秀给我讲述了几件令她难堪的事例。

“我成为志愿者后，在渝北两路遇到一个60多岁患有心脏病的老人，他找到我要办理器官捐献登记。我说要征得亲属的同意才能办理，因为百年之后，亲属才是执行人。到他家后，儿子坚决不同意，质疑我是骗子。直到我们一起到了红十字会，工作人员给他们讲了遗体器官捐献有关知识和社会意义、法律法规后，才同意。”

“2016年，应南坪的一对老夫妻要求，我和两名志愿者去他们家里办理注册遗体器官捐献手续，正在填表，女儿突然回家了，不友好地质问我们，‘你们是谁？来我家干啥？’我们说明来意后，谁知迎来了一连串地斥责，‘你们吃多了！跑到家里来多管闲事了！’那对老夫妻说，‘他们是我们请来的，我们自己的事自己做主！’女儿回怼说，‘好！我从此不再管你们，以后我也不用回家了！’气氛顿时紧张起来。我见状，立马说，‘大家都冷静一下，意见统一了再说。’女儿抓起表格一把就撕了扔进了垃圾桶。我们难堪得就想钻地缝了，只能灰溜溜走了。心里那个难受啊，真是没法说。”停了停，陈茂秀又接着告诉我说，“隔了半个月，那对老夫妻又来电话了，说意见统一了，让我们去办。这次去，女儿一开门，就给我们赔礼道歉。”

“2018 年 6 月，我们志愿者一行三人到观音桥步行街向市民宣传红十字法，发放《人体器官捐献手册》。当我们把手册递给一个路人时，那人一看，一把扔到地上说，‘真是晦气！’我低头捡手册时，心里有说不出的委屈。”

“听说，有一次你在参加活动时，突发心脏病？很危险吧？”我问陈茂秀。

“那是 2016 年的清明节，参加红十字会在璧山福寿园举办的公祭活动。头天晚上就感觉不舒服，睡不着，又不敢吃安眠药，怕第二天起不来床耽误时间，就开了一晚上电视。活动有分工，我是工作人员，如果去不了，我那一块儿工作就没人管。第二天一到现场，有人说我就像打了鸡血似的，忙得完全忘记了哪里不舒服。到中午时，我突然感觉头晕得厉害，非常难受，以为是低血糖，吃了几颗糖还是不见好。活动结束回家倒头就睡，睡到半夜实在坚持不住了才到医院检查，结果是冠心病。谢谢阎王爷不收我，我还有好多事情没做完呢。”我真不知道说啥好，用她丈夫的话说，她就是一个没有编制、没有工资的“公务员”。

“你就没有后悔的时候吗？”我打断陈茂秀的话问道。

“怎么没有，不图任何报酬，没有丁点收入，还要经常赔上交通费、礼品费，没日没夜整天去宣传、上门服务，作息不规律，三餐不饱是常有的事，还不时被人误解，甚至骂出门去，图个啥？有时候真有放弃的念头。”陈茂秀话锋一转，“但一想到那么多人在等着器官移植救命，那么多家庭在痛苦中煎熬，有气就自己劝自己吧。”陈茂秀接着说，“别人不接受，也正好说明我们的工作还不到位，‘入土为安’‘发肤受之父母’的传统观念几千年了，不是一朝一夕就能改变的。”

“那有没有让你们感动的事情呢？”我问道。

“有啊！”陈茂秀说，“回兴街道文化中心有个工作人员，找我咨询后要办理器官捐献登记，但是家人全部反对，我说必须家人同意才行。有一次我们在他所在社区搞遗体器官捐献宣传活动，他把家人全部叫到现场，让我为他家人讲解。结果，不仅一家四口人全部办理了登记手续，而且全家都成了志愿者。”陈茂秀高兴地继续告诉我说，“2018 年到北碚为一对夫妻办理登记手续，女儿知道后，也要办理。还有一对刚结婚的小夫妻，也主动找到我做了捐献登记。”陈茂秀看到宣传有了效果，也给她增添了信心，先后 20 多人在陈茂秀他们的宣传下做了登记注册，成了“遗体器官捐献”的志愿者，有的还加入了陈茂秀的红十字队伍中。

随着对志愿者事业的参与越来越深，陈茂秀发现，在中国器官捐献事业还处于初级阶段，遗体器官捐献存在巨大的供求缺口，仅靠几个人走街串巷做宣传，力量太单薄了。陈茂秀萌生了组建一支队伍的想法，并得到了市红十字会的大力支持。担任队长后，陈茂秀无法承诺以待遇招兵买马，只能依靠不厌其烦地宣传拉队伍。陈茂秀发展队员，不求数量，以人员素质为标准。她说，首先要热爱志愿者这个行业，必须要有奉献精神，能够熟练掌握运用红十字法，了解遗体器官捐献条例。首先入队的，都是办理了遗体器官捐献登记注册的 8 名人员。经过几年的考察发展，目前已经拥有了一支 60 多人的专业志愿者队伍。从开展第一场志愿服务活动时的手忙脚乱，到如今举办活动逾百场的井井有条；从单一的遗体器官捐献宣传，到服务形式的日益丰富，一切都顺风顺水。她带领志愿者出现在哪里，红十字的大爱精神就传播到哪里，他们已经成为大重庆一道亮丽的风景线。

从此，陈茂秀带领志愿者们顶酷暑，冒严寒，做宣传，搞募捐，忙得不亦乐乎。她根据队员居住片区，划分成志愿者小组，分片区服务，或根据任务不同，临时组合。她自己也记不清多少次走进公交、地铁、轻轨、火车站。她带领志愿者先后走进了重庆交通大学、重庆邮电大学、南方翻译学院等高等院校，与大学生志愿者一起做宣传；走进渝北仙桃街道和庆路社区、回兴街宝圣东路社区、科兰路社区、宝桐路社区、金兰路社区、红石路社区、高崖路社区、龙溪街道花卉园西路社区；还四次走进人数众多的重庆知青联谊会，进行宣传登记；走进长安下属零配件和巴南天然气分公司企业做宣传，在两家企业发展了12名志愿者；走进重庆市阳光助老中心、鲁能十一街区、东方紫竹苑社区、重庆第九人民医院；走进回兴敬老院、悦来康养中心敬老院、化龙桥卫生服务院康养中心；走进重庆肿瘤医院、重庆附二院、重庆市中医院和大量社区医院。从2014年成立志愿者队伍到现在，陈茂秀带领志愿者为1000余人办理了捐献登记手续。陈茂秀说，已经有23人实施了遗体器官捐献，其中两名是志愿者队员，拯救了数十个家庭上百个危重病人。

陈茂秀说，他们不仅仅局限于宣传和发展志愿者队伍，还注重陪伴安抚那些特殊群体的捐献者家属。

“我们在工作中经常遇到器官捐献者家属在医院非常悲痛，特别是一些聋哑人的特殊家庭，在亲人去世捐献器官时，因为听不见，说不出，悲恸欲绝。人心都是肉长的，聋哑人失去了亲人，就失去了物资和精神的双重依靠，这个时候，我们志愿者必须像亲人一样上前安抚，甚至处理完后事，还要到家里去慰问安抚。”天生善良、慈悲的陈茂秀有着一副菩萨心肠。

疫情期间，陈茂秀和志愿者们毅然出现在了防疫一线。

2020年春节，新冠疫情来袭，为了配合制止疫情蔓延传播，陈茂秀组织志愿者深入各自所在小区参加防控防疫，协助管控出入车辆及人员出行、测体温、查看出门条、帮业主购买口罩、利用小喇叭宣传防疫知识、为隔离人员运送物资到家门口、联系理发师为业主理发、维持安全距离秩序等，一直坚持到疫情禁令解除。令陈茂秀感到欣慰的是，因为缺口罩，一些业主主动买来送给他们，有的还送来了牛奶、水果、消毒液和一次性手套。陈茂秀和志愿者们，付出的是艰辛，承担的是风险，收获的却是关爱和感动。

“疫情来势凶猛，你们就不怕感染吗？”我问道。

“怕！正因为怕才要防，防不住更可怕！危难时期，总得有人站出来吧？我们志愿者不能缺席！”想象得出，那一刻的陈茂秀和志愿者们，应该是一群不惧生死的勇敢形象。

在陈茂秀的心里，似乎装满的都是志愿者的责任。即使自己的生日，想到的依然是志愿者的责任。

2017 年 4 月 26 日，是陈茂秀 62 岁生日，朋友们要为她庆祝，她却邀约志愿者们一起走上轻轨 2 号线的车厢和车站，去宣传《中华人民共和国红十字会法》。她说，这是她今生过得最有意义的一次生日，那些外国友人，也向他们伸出了大拇指。

陈茂秀为了让红十字精神更深更广地进入市民的心里，就变着花样以不同形式出现在人们眼前。她组织志愿者，把红十字精神融入歌舞里，他们创编的舞蹈《共筑中国梦》《感恩》，多次登上重庆电视台，通过媒体网络和街道社区的文艺宣传平台，将志愿者的风采带到了全市人民群众的眼前……所到之处，不仅吸引了越来越多的人成了遗体器官捐献志愿者，也吸引了一批又一批的爱心人士加入红十字会志愿者宣传服务队中，让更多的市民了解到了遗体器官捐献对生命和社会的重大意义。

如果说，陈茂秀带领的志愿者服务队，每天从事的只是单一的遗体器官捐献宣传活动，那对志愿者的了解也太片面了。他们行走在爱的路上，爱的方向只有一个，而为他人、为社会解围济困付出爱的方式，却是多种多样的。

其实，在未成立重庆志愿者服务队之前，陈茂秀早就开始了爱的行动，把爱的触角伸向了那些特殊的贫困家庭。当我问及这些情况时，陈茂秀如数家珍。

“2010 年 9 月，为了帮助在重庆医科大学儿童团医院住院治疗的贵州患白血病的贫困儿童赵鹏，我将自己花了 3 个多月绣的十字绣，义买了 3000 元资助给患者，并通过重庆电视台发起了爱心捐助，一直到赵鹏病愈出院。”陈茂秀继续告诉我说，“2011 年 12 月，我去社区办事，看见一老人搀扶着三十来岁的儿子到社区领取粮油。我问社区书记，得知他们是残疾人家庭、低保户，年轻人有一个患轻微脑瘫的女儿。我马上掏出准备买菜的100元钱给了那个年轻人，问了电话和家庭住址，买东西去他们家慰问。一家五口，儿子儿媳都是盲人，加上脑瘫的孙女儿，生活全靠两个老人，经济十分窘迫。他们都是失地农民，用土地赔偿款按揭了一套小居室房子，毛坯房就住进去了，家具都是捡来的。全家人的希望，都寄托在年幼的孙女身上，盼望孩子快快长大。孩子不仅有轻微脑瘫，还高度近视，而且走路不正常，但特别聪明，还有一双灵巧的小手。这个家不仅贫困，而且气氛沉闷。我得知孩子喜欢弹琴，就给她买了一架几百元的电子琴，还在杨家坪为她请了一个教授钢琴的老师，教了四次就再也不教了，我就接着教。每年六一儿童节，我都会给孩子买裙子和文具，春节给孩子包红包，一坚持就是十年。”陈茂秀继续告诉我说，“今年孩子上高一了，爷爷却突然得了肺癌，家庭陷入了极度贫困，上学更加困难。我向区红十字会汇报，市红十字会给孩子申请了助学计划。前几天联系了一家叫重庆荣阳工贸有限责任公司的私企，企业党支部承诺愿意为孩子捐助上学，解决了孩子的上学困难。这个家，我将继续跟踪帮助下去。”

“你平时碰到孤寡老人也管吗？”我问道。

“管啊，只要有困难，我们都要管。”陈茂秀告诉我说，“我家住渝北区回兴街道，这个街道有四多：贫困户多，残疾家庭多，失独家庭多（独生子女）、孤寡老人多，一共有30多户。他们不仅贫困，而且都很孤独。我联系了重庆芳华医院、新兴医院、重庆恩居地产。企业负责出钱出物，我们志愿者负责入户慰问，已经坚持了3年，他们的困难得到了较大的缓解。”陈茂秀停顿了一下接着说，“2015年，孤寡老人迪迪大姐因双眼白内障住院手术，没人照顾。我就召集志愿者一起担负起了照顾她的责任，直到痊愈出院送回家。”

“听说你和你现在的先生是在墓园举行的婚礼？怎么会在那种地方？”实际上，我是在网上看到的消息。

陈茂秀笑了笑说：“这件事传得很广，中央电视台新闻频道和重庆各家新闻平台都有报道。”在陈茂秀描述下，我仿佛回到了那个奇异的婚礼现场。

2021 年 3 月 28 日，璧山西郊福寿园纪念碑前暖阳当空，人头攒动，花团锦簇，彩带飘扬。以青山下的陵园为背景，在碑文上 4044 名遗体器官捐献者的陪伴下和数百名前来祝贺的来宾、志愿者的见证下，身穿婚纱 65 岁的陈茂秀和西装革履 74 岁的易泽成，走上了墓园广场上的婚礼现场。

在婚礼现场，陈茂秀听到不少闲言碎语，说他们不正常，在墓园举行婚礼不吉利，陈茂秀当没听见一样。婚礼与碑林，喜事与白事，生与死在同一个场景里同框，强烈撞击着人们的情感与视觉。婚礼主角笑容可掬，来宾的微笑和掌声，给予了他们最美好的祝福，一切都显得如此温馨、祥和、自然、得体。

“我们都是遗体器官捐献者，百年之后，这里就是我们的家，没有啥好忌讳的。这里有 4044 名遗体器官捐献者，他们都是离开世界的往生者，他们用遗体捐献的方式，将自己的一部分留在了人间，为我们做出了榜样……”婚礼上，陈茂秀的侃侃而谈，让人们忘记了这里是墓园，而是人间天堂。这是她提前到来的“临终思考”，也是一个志愿者献出大爱的生死告白。其实，在他们夫妇看来很简单，人死后只剩一副皮囊，成灰入土，不留痕迹。美好地活着，也美好地离开，活着有爱，死后留爱。生命没有了痕迹，爱却还在路上继续行走。

救护救助——天使来到我身边

应急救护　绽放在生命里的光

泥　文

“有一种付出叫博爱，有一种奉献叫救死扶伤。”这个理念代表着红十字人道工作者的付出和担当。红十字会人在人道主义路上一直无怨无悔地砥砺前行，这是推进和谐社会建设的需要，也是维护世界和平发展的需要，更是人类文明进步的需要。

习近平在中国红十字会第十次全国会员代表大会上指出，国际红十字运动已经有 150 多年的历史，红十字组织是全世界影响范围最广、认同程度最高的国际组织。红十字是一种精神，更是一面旗帜，跨越国界、种族、信仰，引领着世界范围内的人道主义运动。他强调，近年来，中国红十字会在重大灾害救援、保护生命健康、促进人类和平进步等方面发挥了重要作用。

没错，在“不忘初心，牢记使命”的责任与担当里，在各种自然灾害和生命健康面前，为社会的和谐与和平，重庆市红十字会人一直在积极努力地发挥自己不可或缺的作用。贯彻落实健康中国“人民至上、生命至上”的理念，让社会各界广泛参与应急救护培训；让广大群众积极参与红十字应急救护工作，掌握救护知识和急救技能，在突发事件发生时能够出手相救，保护易受损群体的生命与安全！

有一句话说，你要帮助人，你得有那个能力才行。没有那个能力，你想帮助人，也是心有余而力不足的。甚至，有些时候会帮倒忙，或者给需要帮助的人造成伤害。那么这时你的志愿和公益就会受到质疑和排斥。

作为红十字人，在应急救援救护时，必须有专业的、系统的、有条理的救援救助技能和专业知识。这些专业的、系统的、有条理的应急救援、救护技能和专业知识哪里来？这是红十字会该做的事。一双手抵不过两双手，一个人抵不过两个人。在志愿和公益面前，在责任和担当面前，只有发动更多的人参与，让更多的人懂得，才能形成一个有效的应急救援、救护链条，让红十字事业长效生态发展，重庆市红十字会一直在负重前行。

一、一切只为“战”

“请问，单人徒手搬运伤病员的方法有哪几种？”

“有拖行法、扶行法、抱持法、爬行法、背驮法。”

“关于骨折固定，下列哪些是正确的？A. 将脱出的骨折端立即送回伤口内；B. 开放性骨折不要冲洗；C. 一定要超关节固定；D. 暴露肢体末端。”

“BCD 是正确的。回答完毕。”

“中风的三项简易判断方法是什么？”

“我的回答是：1. 面部不对称；2. 言语不清楚；3. 让伤病员抬双手（检验两侧肌力是否对称）。”

“有关检伤分类卡，下列哪些是正确的？A. 咖啡色——中度损伤；B. 红色——重度损伤；C. 黑色——死亡；D. 绿色——轻度损伤。”

“我的回答是 BCD。”

“中国红十字会的宗旨是什么？”

“1. 为了保护人的生命和健康；2. 维护人的尊严；3. 发扬人道主义精神；4. 促进和平进步事业。回答完毕。”

“对成人心源性心搏骤停的患者，你在现场首先要做的是什么？”

“首先要做的事是呼救、拨打急救电话。”

……

2021年7月29日，重庆市第二届红十字应急救护大赛在荣昌区教育培训中心如火如荼地进行着。他们从应急救护理论知识的问答，到应急救护单项技能比赛；从生动激情的应急救护演讲到应急救护场景的演练，每一个环节、每一个细节都体现出重庆市红十字会志愿者们“关爱生命，‘救’在身边”的责任和担当。

“报告队长，现场无明火，无浓烟，已疏散围观人群，拉上警戒线，可以展开救护。”

“喂喂，是120吗？这里是火灾现场，我是红十字会救护队队长，发现一人无呼吸心脏骤停，一人左前臂闭合性骨折，一人右小腿皮肤Ⅱ度烧伤，一人上臂擦伤……”

在队长有序的安排下，各个应急救护队员各就各位，按部就班。心肺复苏、骨折固定、创伤救护等应急救护工作有序展开。从骨折固定到伤口处理，从AED除颤到徒手胸外按压，队员们的救护工作有条不紊、细致细心，力争不让患者造成第二次伤害。

这次竞赛，除了火灾现场的应急救护演练，还有交通事故现场、踩踏现场、运动伤害现场、地震灾害现场、触电现场等现场应急救护演练，每一个不同的应急救护现场所需的救护知识与技能要求有相同点，也有不同点，每一个参赛队员的技术动作都准确无误。

这次大赛，旨在集中展示红十字会应急救护培训成果，检验应急救护技能实际应用能力。这是继2019年7月19日重庆市首届红十字应急救护大赛“红心侠‘救’在身边”之后的又一次检验红十字志愿者们应急救护技能的举措。比赛不是最终目的，最重要的是要让志愿者们更深层次认识到掌握应急救护技能、规范技术流程的重要性，这是对伤病人员负责，也是对自己的奉献行为负责。

俗话说，冰冻三尺非一日之寒。这些成功、成熟的应急救护专业技能和专业的知识储备，都是经过无数次训练、无数次背诵记忆得来的。

2021 年 9 月 15 日，笔者跟随重庆市红十字会的工作人员走进重庆市红十字会应急救护培训基地——重庆市工业职业管理学校，亲历了一场应急救护培训的体验过程，心肺复苏、气道异物梗阻、创伤救护等救护技术，培训师熟练运用、准确传达、规范操作，无不显示着一个红十字应急救护人的素养和能力。

培训师给我们边示范边解说："心脏复苏首先从现场环境评估开始。其次采取眼看、耳听、手拍的方式判断患者意识，然后根据病情进行施救处理。在施救的过程中，还应注意对救护人、伤病员或旁观者可能造成伤害的隐患。比如，火灾、车祸、化学事故等引发的伤害，在应急救护时应采取的措施和手段是有区别的。"

他告诉我们，在应急救护的过程中，一定要保证安全——自身的安全和患者的安全。只有在安全、自身能力应许的情况下进行施救，这样才能有效救护，不误己误人。

我们知道，经医学多年的研究发现，人的心跳、呼吸骤停后，4 分钟内急救，存活率为 50%；每延迟 1 分钟急救，存活率下降 10%；而 10 分钟后，存活率几乎为 0。我们稍稍注意一下，就会发现，每往后拖延 1 分钟，患者就基本少了一半的存活机会。4 到 6 分钟，是救活一条生命的最佳黄金时间。如果心肺复苏时间拖得越长，那么脑缺氧也就越严重，有可能后遗症也就越严重。从这些理论常识上，我们可以看到时间在生命面前的重要性。

我们知道，医院应急救护有 120，但 120 赶到事故发生现场是需要时间的，这个时候，应急救护显得特别重要。有数据显示，全世界每年有 1500 多万人死于心脏骤停，中国每年有 50 多万人死于心脏骤停。这是一个多么可怕的数据。

心脏骤停无处不在，大街上、商场里、办公室、球场、交通事故现场、火灾现场、触电事故现场、学校、机关、农村广袤的土地上……红十字会知道应急救护对于生命的重要性，但光靠红十字会有限的人手是不够的。这需要全社会行动起来，形成一个自救互救的救援网络体系，以期最大限度地降低意外死亡或者伤残率。

在讲到伤情救护时，培训师说："如遇倒地不动的受伤人员，我们首先应双手轻拍他的肩部，低头大声呼喊受伤人员。如果 10 秒钟内无任何反应，应是昏迷了。若反应迟钝，表情淡漠，还不合情理的烦躁或想睡觉，这种情况应是伤情严重。对于这种因伤情导致意识不清的伤员，不要随意翻动，他有可能还有我们没有发现的脊柱骨折或者四肢骨折等。我们应避免伤害的二次发生。在这个过程中，要一边进行一边安慰伤病员，减轻他的思想负担和因过度惊恐造成的心理创伤……"

他给我们上了一堂我们没有经历过的课，也让我们意识到应急救护对于大众生活中的重要性，也提醒我们，在救护过程中首先要亮明自己的身份，以消除伤病员的疑虑和法律的自我保护；如果伤病员没有意识，要向周边的人群说明；要规范施救、文明施救，避免误会发生。这让笔者知道了那些参赛的应急救护队员们的不容易，他们精神的可嘉之处。

重庆市红十字会作为社会应急救护培训的主体，推动、传播应急救护技能和知识，是他们的责任。建立应急救护师资队伍，深入贯彻落实《国务院关于促进红十字事业发展的意见》，充分发挥在公众参与应急救护培训的主体作用，积极推动红十字救护培训进社区、进农村、进学校、进企业、进机关"五进"工作。

救护师资经过培训后，应急救护的各种技能和知识必须过硬，经考核合格后才能持证上岗这是必要条件。有一组数据可以看出他们在这些年的努力：

2015 年救护师资培训 75 人，救护员培训 19994 人，机动车驾驶员培训 590794 人；2016 年救护师资培训 147 人，救护员培训 17564 人，机动车驾驶员培训 521013 人；2017 年救护师资培训 138 人，救护员培训 24244 人，机动车驾驶员培训 503412 人，"五进"普及培训 214217 人次；2018 年救护师资培训287人，救护员培训19862人，机动车驾驶员培训462707人，“五进”普及培训305051人次；2019年救护师资培训380人，救护员培训22100人，“五进”普及培训262695人次；2020年救护师资培训379人，救护员培训8733人，“五进”普及培训235595人次。2021年救护师资培训403人，救护员培训32063人，“五进”培训322844人次。这些数据，是他们不懈地努力和付出换来的。为有效提高广大人民群众面对突发事件的紧急救护处理能力，提供了有力的保证，最大限度地减少了伤亡，挽救了生命。

二、“救”在身边

培训与不断的训练，是为了后面遇到突发情况，自己作为红十字人或者红十字志愿者，能够第一时间站出来，能够抓住有效的黄金时间挽救濒临生命危险的伤病人员。

这样的突发情况无处不在。人们自身健康的突发原因或者灾害的突发原因，总有那么多不确定因素。在远离医院而又没有医生进行紧急救护时怎么办？这就是红十字人和红十字志愿者们该挺身而出的时候了。

在重庆市广阔的疆域里，有38个区县和几个经开区，3000多万人（外来人群不算）。面对这个庞大的人群和疆域，当险情出现时，要实现处处有人开展应急救护，最大限度地降低人员伤亡率这个目标，只有不断地推行“人人学急救，急救为人人”的理念，让各阶层人士参与其中，奉献自己的一份力。基于社会现状，重庆市红十字会不断努力，除了开启人们的思想，还积极开展应急救护专业知识和技能的培训。救护概论、心肺复苏、创伤救护、常见急症、意外伤害等理论与实践相结合。培训重点突出，教学方法灵活多样。实操、试讲、分组训练、场景演练等内容，让各个学员之间分工配合密切，提高合作、团结的团队精神。懂得和能够开展应急救护工作。这些成绩是有目共睹的。有句话说，坚持付出之下，必有回响。

案例一：

曾庆飞是重庆市红十字会培养的一名救护师。

2021年5月28日15点20分左右，曾庆飞与妻子一起准备到保家镇的岳父家，驾车行至保家镇高速公路入口处时，看到前方停着一辆大巴车，周围围着很多人，心想一定是出了什么事情。他刚将车停靠在路边安全区域，就听到一阵紧急呼叫："快来帮忙，他快不行了！快救救他！"

曾庆飞心里一紧，想都没想，向大巴车飞跑过去。只见几个人正抬着一个十几岁的少年往车下走，他已处于昏迷状态。曾庆飞挤了过去，探身查看，少年呼吸不畅，四肢僵硬，手掌充血严重，满头大汗，脸色煞白。同行的都是十几岁的孩子，缺乏急救知识；围观的人想是也不懂应急救护技能，尽管心急如焚，却不知道该如何帮助他。有几名少年尝试着拍打他、掐人中，但昏迷的少年依旧没有反应。

"不要掐人中，现在这种情况没用。快打120，这里让我来，我接受过专业应急救护培训，请相信我。"曾庆飞立即阻止他们。尽管他也是第一次遇到这种情况，但经过红十字会应急救护培训，知道这是心脏疾病原因导致的。

他深知此时的每一秒都关乎生死，容不得半点犹豫。他立刻跪在患者旁边，将他的姿势调整为水平仰卧位状态，进一步检查。发现患者此时已无心跳、无脉搏，呼吸已处于若有若无状态，情况已到最危险时刻。

必须实施心肺复苏。这个念头在曾庆飞脑海里一闪，当即按心肺复苏步骤行动起来。"01、02、03……"他默念胸外按压的次数。当按了二十几下时，少年的喉结动了，紧闭的嘴开始慢慢张开，颈动脉也开始跳动，气息逐渐顺畅起来，一分钟左右便醒了过来。周围的人长长地舒了一口气，朝着曾庆飞竖起了大拇指。热烈的掌声自发地响了起来。

待少年情况缓解之后，曾庆飞询问了少年的发病情况和身体状况，直到救护车到达，与医务人员交接清楚之后才驾车离开。

虽然抢救少年让他从昏迷到苏醒只用了8分钟，但现场所有人都度过了一段紧张而又漫长的时间。而大家不知道的是，曾庆飞刚刚拿到红十字会应急救护师资证书不久，没想到这么快就救了一个年轻的生命。当问他为什么会挺身而出时，他淡定地说："当时没多想，不管他是什么情况，只要还有一丝希望，我都会尽我所能去抢救，这是我参加红十字会应急救护培训的初衷。"

案例二：

2021年6月22日下午，胥兴菊在重庆市垫江县明月天街十字路口惠民药房上班，突如其来的一声巨响吓了她一跳。"糟啦，出事了！"她立即跑出药房，药房前的十字路口发生了车祸，一位伤者正倒在路边。

伤者右手手腕不断出血，右脸颊上方血肿，右头部擦伤，右脚多处擦伤，意识清楚，暂无生命危险。

胥兴菊快速赶上前去，一边让旁边的人拨打急救电话120，一边安抚伤者："我是红十字会救护员，我学过急救，别怕！"她让同事从店内拿来纱布绷带，快速帮伤者止血包扎。随后，她耐心陪伴伤者直至120救护车到来，将伤者顺利移交到医护人员手中才离开。

胥兴菊，37岁。6月18日参加垫江县红十字会举办的首期应急救护员培训班，成为一名合格的救护员。她取得救护员证的当天晚上，帮助过一位特殊的患者——1名一岁半的幼童，左手背被开水烫伤的应急救护处理。在家长焦急万分的情况下，她沉着冷静的查看伤情，并根据学到的烫伤处理技能进行了及时处理。这次车祸应急救护处理，是她在培训后短短4天里，在红十字会所学的救护技能第二次发挥作用。

对于这次救助伤者的事她颇有感慨："如果这件事发生在6月18日之前，那我可能就不会上前救助伤者，因为我不会急救技能和急救处理方法，反而会帮'倒忙'。没想到自己刚学会了应急救护技能，这么快就派上了用场。"

案例三：

意外来的时候，都是出人意料的，让人防不胜防。走路是，吃饭也是。

2020年1月3日中午，周晓娟和同事一起到一家火锅店吃火锅。当大家说说笑笑走进火锅店时，看到一位60多岁的老人脸色铁青，呼吸困难，表情痛苦。她立即停住脚步。在红十字会学过应急救护技能的周晓娟，敏锐地初步判断，这应该是气道被异物梗阻了。她快步上前对老人的儿子说："你好，我是红十字会志愿者，我学过应急救护知识，你按我说的做……"

这需要使用"海姆立克急救法"对其进行救治。

她让旁边的两人搀扶着老人，由一位较高的中年男子站在老人身后，一条腿在老人的两腿之间呈弓步，一条腿在后伸直，再让他双臂环抱住老人的腰部，使老人上身前倾，再让其一只手握空拳，拳眼贴在老人肚脐上两横指的地方，另一只手抱住拳头，快速地用力向身体后上方进行冲击……经过几次用力，老人吐出一个食物团，人也慢慢地缓过气来，在场的人松了一口气。老人的家人一个劲儿地道谢。

同年4月20日，周晓娟还使用海姆立克急救法让一位2岁的孩子化险为夷。

周晓娟常对人说，急救知识的普及在生活中很重要，也很适用。

周晓娟，重庆市涪陵区红十字会志愿者。由于她初心不改的责任心和奉献精神，荣获过2019年中国红十字会总会颁发的志愿服务四星级奖章。

案例四：

舒适是重庆市红十字会救护助理讲师，也是红十字救护员。

2021年6月19日清晨，天上下着雨。他洗漱妥当，穿上红十字小马甲，出门去参加新一天的救护员培训活动。

出门不久，舒适看见一名身穿白色衬衫、黑色西裤的男子正侧躺在路边。在前方十来米的地方，有一辆刚刚停下来的小面包车打着应急灯。这样躺在雨水里，那一定是出现了伤害或者身体健康状况异常。

他没有犹豫，立即把车停在路边。他顾不上将车熄火，拉紧手刹、打开应急灯后，从车上快速跳下，径直朝地上侧躺的男子跑了过去。是车祸受伤。

围观的人越来越多。而此时，鲜红的血液正从伤者的头顶渗透出来。他用手压着伤口，但鲜血还是从手掌和头发缝隙里流出来。

见到此景，舒适立即从车的后备厢里拿出急救包，让面包车司机把三角警示牌放置到伤者身后50米远的地方，并让他马上拨打120、110。

舒适戴好手套，迅速拿出敷料对伤者头部进行止血，同时不停地与伤者对话：“别担心，我是红十字救护员。请不要移动。如还有哪里受伤了，请告诉我。”受到安抚的伤者小声地告诉舒适，自己过马路时被小面包车撞倒了，头部伤口处和右踝部都很痛。舒适观察到伤者意识清醒、应答准确，无明显呼吸局促且口唇红润，表明生命体征平稳，心里暗暗舒了一口气。

头部伤口止血后，舒适从急救包中拿出三角巾进行包扎，并进一步询问伤者有无头痛想吐，有无脖子疼，检查胸腹部、四肢时其他部位有无疼痛肿胀等。经过一系列检查，伤者疑似右踝闭合性骨折。

舒适立即对伤者右踝部进行固定，一方面减轻他的疼痛，另一方面便于120急救车到达后进行转运。

舒适轻轻解开伤者鞋带，脱去他的右脚皮鞋，让他试着微动脚趾，触摸其脚趾、足背动脉，这一路检查下来，初步判断，他右踝骨折并没有合并血管神经的伤害。舒适用急救包内的塑形夹板对他右踝部进行了固定，之后再次进行检查，确认自己的固定没有对他造成二次伤害。伤者疼痛有所减轻后，舒适请面包车司机帮忙把自己副驾上柔软的靠枕拿来放在伤者已经固定好的右踝下，让伤者减轻疼痛。

急救处理完成后，在等待120急救车的过程中，舒适一直陪在伤者身边，安慰他，鼓励他。直到救护车到达现场。

舒适将现场处理情况反馈给120救护人员，并协助将伤者抬上担架后，心里的石头才彻底落了地。

在回顾整个救助过程时，舒适说，自己感受最深的是红十字带给人的值得信任的力量。因为身穿红十字小马甲和自我介绍时说自己是红十字救护员，伤者在被救助过程中，心态从十分紧张转变为越来越平静，并对舒适的询问和处理一直积极配合。

这些都源于志愿和奉献，源于红十字的应急救护技能和理论知识给了他底气。在加入红十字应急救护志愿者团队后，舒适曾多次参加各类公益活动、危急事件处理以及抢险救灾。比如，2020年的新冠肺炎疫情，前往湖北防疫一线；保障复工复产专题防疫消杀；参加2020年长江中下游流域抗洪抢险，转移被困群众；参与2020年南滨路抗洪一线，转移被困人员及物资……他总是出现在社会需求最紧迫的地方，用实际行动践行着“人道、博爱、奉献”的红十字精神，也诠释着新时代红十字人的风采和担当……

案例五：

2021年10月23日下午3点左右，在南滨路大鱼海棠公园入口附近，一名50多岁的男子毫无征兆地倒在地上，立刻就有路过市民上前施救。5月刚拿到红十字会颁发的心脏复苏培训证书的王勇也在附近，他正穿着人偶衣服为自己的宠物店做宣传，看到有人倒地的情况，立即飞奔过来。发现正在实施救援的热心群众手法不太专业，王勇立即亮出自己的急救证，接替下热心群众。初步检查后王勇发现，男子心腹没起伏，拍打呼叫无反应，已经心脏骤停。

王勇说：“这种情况我必须要站出来救人，因为这个心脏骤停黄金救助只有4分钟的时间，如果是超过4分钟希望很渺茫，当时已经有人打120了，120最少是20分钟以上才能到。”

“首先我对他进行人工呼吸，在不能排除倒地患者有其他传染性疾病的前提下，首先我要保护自己，在做好自我保护前提下，才能实施安全的急救，所以就地取材，用自己当时穿的人偶服装手套做隔离，因为手套的材质还是比较透气的，及时对患者进行口对口的人工呼吸。”

在两轮按压和口对口人工呼吸后，倒地男子有了反应，慢慢苏醒过来。热心市民陈先生用手机记录了整个救援过程。市民陈先生说：“我当时没想到这个发传单的居然会救人，经过这个事情后，我以后也要去学这个急救，学会了以后还可以救人呢”。

为了鼓励王勇挺身而出救人生命的行为，重庆市红十字会决定授予王勇“最美救护员”称号。11月1日下午，在重庆市红十字会七楼会议室，重庆市红十字会副会长毛荣志将重庆市“最美救护员”的奖牌授予王勇，感谢他在群众危难时刻挺身而出、见义勇为，救护他人生命。

王勇救人的事迹得到了中央电视台、新华社、人民日报等全国30多家媒体的宣传报道，好多群众纷纷联系王勇想找他学习急救知识。10月23日，在王勇的协调下，重庆市红十字会于11月23日在王勇所在的社区举办了一场应急救护公益培训，有五十几名热心市民前来参加培训，王勇身着红十字志愿者马甲协助救护师资开展现场培训。

一段名为“快打120！我是红十字志愿者，让我来！”的视频在网上各平台及朋友圈内疯传。重庆一名红十字志愿者在滨江公园遇倒地昏迷病人，路见危难一声吼，该出手时就出手，利用平时所学急救知识，让患者转危为安，一时传为佳话。脱掉小熊装救人的王勇，也掀起了一场人人学急救的热潮。王勇救人的这段视频上传到网上后，引起了网友的广泛热议，大家对王勇的行为纷纷点赞——

网友“方兴志”说：“了不起的小伙子，我为他的行为点32个赞。”

网友“苏琴”说：“这个社会因为有你们而变得更美好更有爱了，让爱洒满每一个角落，致敬最可爱的人。”

网友“比目是条鱼”说：“太惊险了，还好遇到这个会急救的志愿者老师哦，不然后果不堪设想……万幸！”

同时，网友们也表达了对掌握急救技能的必要性和迫切性——

网友“吉救团·黄猛”说：“救人一命胜造七级浮屠，为我们可爱的志愿者点赞。只要我们多学习救命技能，社会就会更安全。”

网友“小云”说：“我上周才参加了红会培训，这个学了真的有用。”

网友“信”说：“正能量满满，很专业。我们也应当积极地去学习救护知识，帮助身边的人。”

网友“炫月”说：“学习急救以后不仅可以自救，而且还可以救人！我也想去红十字会学急救！怎么报名？”

对于这些评价，王勇表示：“我只是一个平凡的志愿者，我最想呼吁的是，人人学急救，急救为人人，尊重生命，危急时刻能够挺身而出。”

这样的例子还有很多，这是重庆市红十字会在应急救护培训工作中做出的贡献；在“人人学急救，急救为人人”的理念支撑下进行全民推广得到的回音。让这种良好的氛围得到应有的广泛传播，为保障人民群众的生命安全提供有效的保障，是增进社会和谐、维护人民福祉的一项民心工程。

生命至上
——记重庆市红十字基金会疾病应急救助工作

俞为文

提起红十字，你首先想到的是什么？

是高高飘扬的红十字旗帜？是救死扶伤的白衣战士？是呼啸而过与死亡竞跑的救护车？是停在路边默默等待的献血车？是佩戴着红十字臂章在路边展开急救的人员？是培训会耐心讲解应急救护知识技能的志愿者？……

是的，这些都与红十字有关，处处闪耀“人道、博爱、奉献”的红十字精神。

重大灾害救援，有他们的身影；保护生命健康，有他们的身影；扶危济困，有他们的身影！

他们展现出一种向上向善的力量，把温暖和关爱洒向四方！

然而，还有更多的红十字人在默默奉献，无私付出！为了一个病患者，他们在挥汗奔走；为了解决一个贫病者的医疗费用，他们尽心尽责，无怨无悔；为了解决求助者的困难，他们四处联络，八方求援！

他们和求助者素不相识，却将一颗爱心奉献。

为了生命之花绽放，他们甘愿像绿叶，默默奉献出他们的青春、他们的热血、他们的力量、他们的爱。

重庆市红十字基金会疾病应急救助基金管理办公室的工作者，就是这样的人。

截至2021年12月底，重庆市共接收审核、批准报批了1903家医疗机构，申报75240名急危重伤病患者，救助资金12315.66万元，疾病应急救助资金申请发放突破亿元大关。

数字的背后，是多少人的生命获得了新生，是多少家庭获得了扶持和温暖。数字的背后，是红十字人多少个日日夜夜的辛勤劳作，默默付出！

“采得百花成蜜后，为谁辛苦为谁甜？”为的是那些病患者，为的是那些贫困者，为的是那些求助者……让他们感受到社会的爱与温暖。

“人道、博爱、奉献”就是他们酿造的最美、最甜的蜜！

一、关爱生命，“救”在身边

当你服务他人的时候，人生不再是毫无意义的。

——葛登纳

有时候，行走在街道边，偶尔会看到一两个蓬头垢面、衣衫褴褛、身无分文的流浪者、行乞者，如果他们突发疾病、重病，倒在街头，被“110”或热心人送到医院，你也许会发问，医院会救治他们吗？会给他们做急救手术吗？

可以肯定地回答：会的。因为2013年起建立疾病应急救助制度，极少数因身份不明，无能力支付医疗费用的急重危伤病患者，都可以获得急救。

2018年7月的一天。骄阳似火，重庆市渝中区菜园坝火车站人来人往，出站进站，熙熙攘攘。一个壮年男子突然歪倒在地，一时半会儿并未起身，几个行色匆匆的旅人，停下脚步，站在旁边，呼喊他：

“喂，喂，你怎么了？”

“快起来。”

大家发现，倒地的男子毫无反应，失去了意识。

“好像不行了，赶快报警。”于是有人掏出了手机，向 110 报警。

由于“110”“120”联动机制，110、120 的车辆很快就抵达了现场。120 的医护人员立即对该名男子进行急救处理，随即将他送上救护车。

“呜、呜、呜呜。”救护车载着病人，呼啸而去。

病人被送到了重庆市急救医疗中心急诊科。医院在紧急处理中发现，该病人随身没有任何身份证明和联系方式。救人如救火，刻不容缓，“救人要紧，其他的随后再说。”医院立即给病人急救施治，保住了病人的生命。

该病人急救医疗费用 4627.38 元，病人却没有支付能力，由于病人意识混乱，也未得到有用的信息。

经渝中区两路口派出所核查，仍未查明该患者身份，于是医院按照《重庆市疾病应急救助实施细则》的要求，以“身份不明”救助对象上报重庆市红十字基金会疾病应急救助基金管理办公室（以下简称市红基会疾管办）。

市红基会疾管办接到申请后，迅速核实了患者的情况、病情，核查了医疗机构上报的救助申请表、收费票据、费用清单、出入院记录、病历等资料，及时向市卫生健康委、市财政局递交了拨款申请，解决了这笔“救命钱”。

对于这名不明身份的男子，医院能及时施救，就是因为“疾病应急救助制度”。制度的建立，既是健全多层次医疗保障体系的重要内容，也是解决人民群众实际困难的客观要求，更是坚持以人为本、构建和谐社会的具体体现，也是该制度建立的意义所在。

“对于所产生的费用，医院可以向疾病应急救助基金申请补助，这样医院也不用担心经费问题。”疾病应急救助基金管理办公室的工作人员说。

“医疗机构及其工作人员必须及时有效地对急重危伤患者施救，不得以任何理由拒绝、推诿或拖延救治。”该名同志介绍说，“这样就做到了‘应救尽救’，最大限度地保障病患者的生命权利！”

在整个救治过程中，实行了联动机制，疾病应急救助基金管理办公室负责救助资金的审核，是其中一环，但这也是最重要的一环，既保障病人的生命健康权益，又保障了医院的利益。

“听到病人得到救治，我们就感到很高兴，枯燥的工作觉得很有意义。”市红基会疾管办工作人员说。

他们的言行，正如著名心理学葛登纳说：“当你服务他人的时候，人生不再是毫无意义的。”

这正是红十字人的写照，正是红十字精神的写照！

二、应急救助，情暖人间

人民的愉快就是我的报酬。

——居里夫人

在电视剧中，我们经常看到，有人因没有钱而被拒之门外；有人因为没有钱而在手术室外号啕大哭。

“疾病应急救助制度的建立，就是要防止这种情形的发生。”市红基会疾管办工作人员说，“让所有需要急救的患者，都得到及时有效地治疗。”

按照《国务院办公厅关于建立疾病应急救助制度的指导意见》（国办发〔2013〕15 号），无法查明身份患者所发生的急救费用，身份明确但无力缴费的患者所拖欠的急救费用，都可以向疾病应急救助基金申请补助。

1

2015 年 12 月，重庆市急救医疗中心神外科收治一名自发性脑出血病人阳某菊，抢救治疗费共 56323.69 元。

然而，经过了解，该病人本身就是重点救助对象，家庭极为困难，病人的儿子意外去世，儿媳不知去向，病人两夫妻带着一个孙子勉强度日，救治时还发现，该患者社保脱保，本人已无力承担急救费用。

医院经过实地调查了解情况后，与当地民政部门沟通交流，确认该患者是低保人员，属于救助对象，于是向疾病应急救助基金提交申请。经过严格地审核，重庆市疾病应急救助基金给予了最高 30000 元的拨款，不仅解决了阳某菊一家的难题，也解决了医院的后顾之忧。

“感谢你们让我走上了康复之路！”病人及其家属热泪盈眶，感谢市红基会、医院，感谢党和政府给予他们的帮助。

“运用疾病应急救助制度，把国家健康扶贫、精准扶贫落到实处，挽救了一个病人，就会挽救一个家庭。”市红基会疾管办的工作人员说。

2

“你们要帮帮我，我们没得法子了。”

2021 年 9 月 3 日，一位白发苍苍的 70 多岁的患者家属来到了重庆市潼南区人民医院医患关系办，向他们苦恼地请求。负责疾病应急救助的工作人员热情地接待了他，向他了解情况。

原来患者名叫谭某强，男，35 岁，家住潼南区柏梓镇，负担很重。父母均在 80 岁左右，体弱多病；两个 7 岁和 10 岁年幼的孩子，小孩母亲离家多年，杳无音信。谭某强为了生计，外出广州务工，不幸的事却再次降临，让这个本来就艰难的家庭，雪上加霜。

2021 年 8 月 29 日，谭某强骑电瓶车回家途中摔倒，立即前往广州市第一人民医院就诊，摄片检查后诊断“颈椎骨折伴颈髓损伤、开放性左髌骨骨折”，简单处理后，于 2021 年 9 月 2 日转回潼南区人民医院骨科继续治疗。病情经此耽误，情况一下子就变得危急起来，诊断为“外伤致颈部疼痛伴四肢瘫”，急需手术，而患者因家庭贫困，无力支付手术费用。

疾病应急救助工作人员接到求助后，立即向当地村委及民政部门核实了患者身份，面对患者目前的病情和面临的困境，工作人员急人之所急，第一时间提交救助申请，2021 年 9 月 7 日，患者顺利进行了手术治疗。

对于谭某强来说，这个秋天是难忘的。疾病应急救助让他渡过了眼前的难关，戴着颈部固定护托，原本忧心忡忡的他，脸上也露出了一丝难得的笑容，感觉这个金秋多了一份暖意。

疾病应急救助，情暖金秋……

3

“丁零，丁零零”，2021 年 6 月 28 日中午，一阵急促的电话铃声打破了医院的宁静。

“龙岗中心卫生院吗？我快不行了，救护车快来接我……”

医院急诊科室护士汪川拿起电话，电话那头就传来一位老人微弱的声音。护士汪川详细询问了地址后通知了司机和医生立即前去。

当医护人员来到患者家时，一阵恶臭，迎面扑来，只见一位身体瘦弱，衣裳破烂的老人蜷缩在床，有气无力，手里还拿着一个老年机。医护人员立即将病人抬上救护车，带上氧气管后转运到医院。

在回医院的路上，接诊医生于霞了解到，病人名叫谢某模，家住大足区宝顶镇，今年 84 岁，未婚，无子女，系特困人员。患有支气管哮喘、慢性阻塞性肺炎、冠心病等多种疾病，再加上年事已高，身体每况愈下。今天他突然感到身体不适，咳嗽、气喘、呼吸困难，只得打电话求救。

情况非常危急，医院立即为该病人开启了绿色通道，开始急救。谢大爷经过治疗，病情逐渐稳定，在医院护理人员的悉心照顾下，康复得很快，康复后在医护人员护送下返回家中。

然而让谢大爷焦虑的是：医疗费用怎么办？

“你放心，我们向市红基会给你申请疾病应急救助！”

医院的工作人员在他耳边大声地告诉他。

医院的医保工作人员随后联系了市红基会及民政办，确认了谢大爷的特困身份，向市红基会疾病应急救助管理办公室申请了救助资金，解决了谢大爷剩余的医院费用问题，也解除了谢大爷的担忧和焦虑，让他能安心休养。

这只是成千上万受资助的 3 个例子，这些都是身份明确但无力缴费的患者，疾病应急救助基金，帮助了他们。

有哪些身份明确的人员是在疾病应急救助范围之中呢？根据《重庆市疾病应急救助实施细则》：一是重点救助对象。包括最低生活保障家庭成员、特困人员（含城市“三无”人员、农村五保对象和事实无人抚养困境儿童）、城乡孤儿；二是低收入救助对象。包括在乡重点优抚对象（不含 1—6 级残疾军人）、城乡重度（1—2 级）残疾人员、民政部门建档特殊困难人员、家庭经济困难在校大学生等低收入人员；三是因病致贫家庭重病患者。即发生高额医疗费用、超过家庭承受能力、基本生活出现严重困难家庭中的重病患者；四是已纳入计划生育特别扶助的符合民政救助条件的计划生育特殊家庭父母。

自 2013 年 2 月至 2021 年底，重庆市急救医疗中心申请救助人数 1807 人，申请救助金额 12555313.97 元；大足区龙岗中心卫生院申请救助人数 4053 人，申请救助金额 2480506.35 元。

“这只是全市医疗机构中的两所医院，对贫困家庭的救助，坚持以人为本，应救尽救，让每一个危急的贫病者都能得到妥善地救治！”疾病应急救助基金管理办公室的主任鲜红说。

“特别的是，我们加强了乡镇卫生院申报流程的指导，既帮助到乡村的病人，也解决了基层医院急救医疗费用拖欠的压力。”鲜红介绍说。

口说无凭，数据为证：

重庆市垫江县高峰镇卫生院，申请救助人数 139 人，申请救助金额 57711.53 元。

重庆市南川区小河中心卫生院，申请救助人数 705 人，申请救助金额 378409.67 元。

重庆市南川区南平中心卫生院，申请救助人数893人，申请救助金额593832.00元。

……

数据在延伸，疾病应急救助就在延伸。把帮助写在了每一寸土地上，把关爱洒向每一个需要救助的人。

疾病应急救助工作开展以来，不但解决了乡镇农村患者“看病难、看病贵、患病不及时医治、能拖就拖”的问题；也解决了乡镇卫生院病人拖欠费用的问题，减少了基层医院的经济负担及压力。乡镇群众满意了，乡镇医护人员也满意了，极大地促进了社会和谐，保障了人民生命健康。

“办理疾病应急救助工作的医疗机构在增加，救助人数和救助金额在增加，这项工作越来越深入人心，体现出了越来越大的社会效益。这些收获都是对我们工作最大的激励，也是我们经办这项工作最大的收获。”疾病应急救助基金管理办公室的人说。

无数的病患者得到救治，无数的病患者家庭得到帮助，疾病应急救助工作让更多的人得到爱与关怀，让社会更加稳定，更加和谐，也让世界变得更加温暖。

尊重人的生命、维护人的尊严。这项工作，作为医疗救助的一部分，让成千上万人受惠，充分发挥了“救急难”的作用，为推进社会伦理道德建设贡献了力量，凸显出独特的意义。

三、默默奉献，香远益清

奉献乃生活的真正意义。

——阿德勒

纸的城墙，纸的山峦。

走进市疾病应急救助基金管理办公室，首先映入我眼帘的是纸墙、纸山。

每一个办公桌上，都垒着高高的资料，围成一道城墙，高达半米，长约一米多，工作人员就在纸墙后忙碌着。

“我们的工作就是和这些纸张、申请打交道。”市疾病应急救助基金管理办公室主任鲜红对我说，“但不能忽视这些纸张，每一张纸都关系着一个病患者的生命，一个家庭的幸福。”

听她这样介绍，我不由得对他们的工作肃然起敬。

谁曾想到，那些因救助而愁颜舒展的病患者的笑容中，有他们的一份辛劳；在那些因救助而脱离困境的家庭的幸福中，有他们的一份努力；那些把病人从死亡边上急救回来的医生的欣慰中，有他们的一份奉献。

他们为那些素不相识的人默默地努力，将一份份大爱通过这一页页的纸张，传递给那些需要帮助的人。

是这些纸张，将博爱、人道凝结在一起。

他们的工作枯燥、烦琐而且必须细致、认真。

他们必须审核收治的医疗机构填写《重庆市疾病应急救助基金申请表》；审核收费票据；审核 7 天内医疗机构盖章的医疗费用清单；审核门诊病人提供医疗机构盖章的病历复印件；审核住院病人提供医疗机构盖章的长期、临时医嘱及入院记录、出院小结及住院病案首页复印件；审核并确认患者身份。

“必须仔细，要让需要救助的人得到救助，也不能让不符合条件的人，混了进来。”市疾病应急救助基金管理办主任鲜红说，“要让基金花在该救助的人身上。”

他们的工作也很繁重，每一个人的申请表少则二三十页，多则四五十页，在 2018 年第三季度，他们就收到 73 家医疗机构，2834 名急危重伤病患者的申请，这样计算下来，这是多大的工作量啊！

“每一部分都要仔细，就是医疗费用清单，每一项都要核查，有时看得头昏眼花，视线模糊。”但是他们无怨无悔、兢兢业业，因为每一个申请表的后面，都包含着一个病患者的希望，一个病患者的期待。

“快速、及时、正规。让救助经费尽快地发放下去，让患者安心，让医院放心。”办公室主任鲜红说。为此他们的工作人员，有时不得不放弃休假，加班加点，尽职尽责，在每个季度都将救助信息审核完毕，公示出来。

他们的工作，得到国家疾病应急救助联合调研组高度评价：“重庆市疾病应急救助工作非常规范、有序、有效，主管部门配合密切，经办部门勤奋务实，总结的方法和经验值得向全国推广。毫无疑问，重庆市的疾病应急救助工作走在了全国的前列。”

因工作突出，成效显著，2019 年 12 月 30 日，国家卫生健康委医政管理局对重庆的疾病应急救助工作提出了表扬。

“遥知不是雪，为有暗香来。”这些为疾病应急救助而工作的人，在工作中，有着严谨认真团结进取的工作精神；在生活中，有着人道博爱奉献的红十字情怀。他们默默无闻，无私奉献，就像那净水之中的莲花，虽然无声无息，但“香远益清”，将“人道、博爱、奉献”的精神，远远传播！

生命至上，应急救助，大爱无疆。市疾病应急救助基金管理办公室的工作人员秉持着“开展人道救助，真心关爱群众，努力为国奉献、为民造福”的初心，在人民健康事业的道路上，砥砺前行。

困难救助　人生因此而美丽

泥　文

困难是一个灰暗的词，人一旦与它接触，就像太阳蒙上了一层黑纱，更深一点，那就是一层黑布；如果黑布再多几层，人就会看不到前方，看不到光亮，就会在人生的路上失去希望，失去动力，失去继续走下去的勇气。红十字会是为人类揭开黑布或者黑纱的人群组织起来的团体，他们的使命就是给人带去希望，带去动力和光亮。

一、得救是个女孩

幸福的生活是相似的，不幸的生活各有各的不幸。这在陈得救身上我们可以得到确认。但她在不幸的同时又是幸运的。不幸的是从娘的肚子里生下来，就被遗弃了，而幸运的是被好心人陈国方捡了回去；不幸的是从小肚里就长了一个瘤子，且越长越大，面对无钱医治听天由命的时候，幸运地得到了重庆市红十字会和志愿者们伸出的援手。

2003年6月的一天，70岁的陈国方起了个大早，早早地起了床，要到江津下坝赶场，买家里必须用的生活用品。江津下坝离他们住的地方——綦江县永新镇木瓜村有比较远的山路要走。人上年纪了，走路慢，不起大早，等赶到那里时，场就已经散了，要买点东西也没办法买。

在他上气不接下气赶路的时候，突然一声小孩的哭声传进耳朵。在他凝神静听时，又没有了。他以为自己听错了，四周看了看，接着往前走。没想到小孩的哭声又响了起来，这次他停下脚步，发现路边有一个破旧的背篓，小孩的哭声是从那里面传出来的。

小孩看到陈国方在看他，不哭了。陈国方明白，这是被遗弃的孩子。他知道，在农村里，被遗弃的基本都是女孩，要不就是生了无法治愈的病的孩子。他弯下腰将孩子抱了起来，是个女孩。在他直起腰时，孩子随身衣服包裹中夹着的一张破旧的纸条掉了下来，上面写着："这个娃儿是贵州人，生于 2002 年正月二十一日晚 1 点，她肚子里长了个牛（瘤）子。"

他想将这个孩子抱回家，给自己家添个香火。自己只有一个儿子，脑子有点不好使，30 多岁了也成不了家。但看到这张纸条，陈国方犹豫了。自己家本就穷，这孩子有病，哪来的钱医治？

陈国方放下孩子，想转身走开，可孩子哇哇地大哭起来，哭声凄惨，紧紧揪住他的心，让他无法挪动脚步。这可怜的孩子！遇到也是缘分，他将她带回了家，认作孙女。在取名字的时候，没有多少文化的他与老伴商量，怎么都想不出一个满意的名字。他最后想，这个孩子这么可怜，肚子里还有瘤子，就叫她"得救"吧。意思是遇到他们，她得救了，以后也能有好心人来救救她。

刚抱回家的时候，小得救只是哭，什么都不吃。看着她肚子上隆起的包，上面还有血丝，邻居们都说这个女孩养不活了。陈国方和老伴用新米推碎，弄成米浆一勺勺喂小得救，在他们不放弃地坚持下，她终于活了下来。

孩子一天天长大，肚子里的瘤子也跟着大起来，眼看着得救的肚子越来越鼓，两位老人心中焦急，但没有办法。

得救 11 岁的时候，身高只有 1.35 米，体重才 31 公斤，体型像八九岁的孩子。虽然一日三餐没少，可大部分营养都被肚子里的瘤子吸收掉了。前些年她小，身体弱，没办法读书。但现在 11 岁了，已经落后同龄人一大截。再不读书不行了。学校看到小得救的样子，不敢收。陈国方跑了几次镇里，找政府领导，终于获得了上学的机会。陈国方知道得救的身体状况，不让她干活，但书一定要读，哪怕穷。

小得救很懂事，学习很用心，在班里成绩一直很好。学校奖励过她大衣，油画棒。这让陈国方感到欣慰。但她身体里的瘤子越长越大，陈国方老两口，看在眼里，急在心里。2011 年，陈国方曾带她去重庆市肿瘤医院诊断过，医生说是畸胎瘤，有 3 个。孩子小，身体太差，动手术医生没把握。就算有把握，手术费用得七八万元，这家徒四壁的家庭，哪里拿得出这么多钱。他们虽然不甘心可也没有办法，只能抹着眼泪把小得救带回家。

诗人陆游有诗句曰："山重水复疑无路，柳暗花明又一村。"将这句用在小得救的处境里，似乎有点准确。重庆市红十字会在摸排后，在"博爱送万家"活动中，小得救的家庭成为他们救助的对象。

2012 年，重庆市红十字会募捐箱救助活动中，陈得救得到了重庆市红十字会发放的博爱助学款。也正是此时，重庆市红十字会工作人员秦红梅和参与宣传报道的媒体记者罗维发现小得救鼓囊囊的肚子，大得超乎想象。身子瘦弱矮小，脸色焦黄，让人止不住一阵心疼……在询问周边的人才知，小得救肚子里从小就长有瘤子。年龄越大，瘤子也越大。

几次下来，秦红梅基本了解到了这个家庭的具体情况。穷，没钱，家庭组成的结构特殊。陈国方老两口八十来岁。有个儿子，脑子有点不好使，没结婚。得救是捡来的。

秦红梅从第一次见到小得救后，在红十字会工作多年的她，知道这个家庭需要她。她把这个情况向领导反映，但也知道，红会的帮扶规定。小得救这种情况，红十字会只能协调，通过红十字志愿者的形式进行帮助。她为小得救四处奔走，寻找医院，寻找爱心人士，筹集做手术的费用。小得救的病情让秦红梅揪心，多么乖巧、聪明的孩子。其间，她找电视台记者，希望他们帮忙报道呼吁爱心人士伸出援手；她找爱心人士援助，或被婉拒，或一直等不到消息。

一转眼就是一年过去了。但秦红梅一直在为小得救的事努力。每想到小得救的事鼻子就会发酸。想到小得救挥舞着双手，瘦弱的身子在金黄的油菜花的映衬下那么可爱而又可怜……她的情绪就会控制不住、就会崩溃，泪水就会止不住往下流……

皇天不负有心人。2013年3月25日，在红十字会领导的协调下，小得救的事情终于有了转机。重庆市新桥医院普外科的专家答应免费为小得救进行会诊，事情在一步一步地露出曙光。

通过腹部影像学检查，再次得到确认小得救胸前的瘤子是畸胎瘤。包块大小为27厘米，如果不立即救治，会有恶化的风险，甚至危及生命。到此时，她的胸腔已经被包块挤压变形。由于病程偏长，已经对局部脏器产生了压迫，也对她的生长发育产生很大影响。动手术已经是迫在眉睫的事。

新桥医院决定收治这个孩子，估计花费要十几万元。医院领导听说陈得救的情况后，当即拍板："先救人，钱的事以后再说。"

不能再等了。重庆市红十字会一边在官方微信上发布募捐倡议书，一方面协调红十字志愿者夏麒麟、秦小木、秦鸿积极动员社会上的爱心人士伸出援手，为筹集手术费用努力。而新桥医院的专家则对陈得救的病情进行会诊，检查这一包块对呼吸系统、消化系统以及泌尿系统是否有影响。在会诊后做出最佳的手术方案。

募捐倡议书发出后，得到各方爱心人士积极响应：

"这次我捐100元吧，生活费不多了。"有大学生回复。

"亲，不买包了，明天给小女孩捐500元。"有女白领回复。

"我替胖米捐给小姐姐。"有年轻妈妈这样回复。

……

短短一天，在没有任何宣传的情况下，小得救收到了爱心捐助30150元。而这个数字还在增加。

红十字会志愿者秦小木，捐了一万元。

老兵自驾俱乐部的志愿者来了。

风行天下慈善版的版主，带着一万元捐款前来……

2014 年 4 月 3 日，新桥医院的专家们历时 6 个小时，将小得救肚子里重达 7.8 公斤的畸胎瘤成功取了出来。这个小女孩的生命轨迹，迎来了新生的阳光。

从出生就伴随陈得救的瘤子切除了，她终于可以像正常孩子一样生活和学习了。出院的时候，陈得救说："我回去以后可以读书了，还可以自己挣学费，爷爷就不辛苦了。"小得救说，她靠着自己的努力，获得过几百块钱奖学金。

陈得救病好后，红十字会的志愿者们并没有就这样放下。而是一直持续着帮扶至今。

他们之间，从帮助开始，慢慢建立了深厚的情谊，那是亲人般的情谊。重庆市红十字会志愿者秦小木和夏麒麟说："以前去木瓜村，是去帮助一个可怜生病的孩子，心情颇为沉重；而如今再去木瓜村，心情就像出了一趟久差回家，马上要见到自己女儿般欣喜和激动。"

村民们看到他们，纷纷笑着向得救家喊："得救，红十字会又来看你了！"

陈得救切除瘤子后，人长高了，胖了，出落成一个大姑娘了。成绩好，经常得到老师的夸奖。知道小得救的变化，志愿者们每一个人心里都十分激动。他们明白，这个死里逃生的小女孩，已是他们共同的女儿。

在漂亮可爱已是大姑娘的陈得救出现在志愿者们面前时，好几个志愿者眼眶湿润了。想想如果当初红十字会志愿者没有发现并救助她，或许就没有他们今天的相识；如果没有志愿者们不离不弃的守护，或许这个漂亮的女孩生命已经消逝。生命如此脆弱，而爱心却让它变得异常坚强。"小得救"的健康成长，就是对他们爱心的最好报答。

2021 年 4 月 17 日，一个青春阳光的少女的声音在白洁的婚礼上响起："我是新娘白洁的妹妹，今天是姐姐的婚礼，感谢她在我最困难的时候给予我的帮助，和多年如一日的照顾和陪伴。她让我有了健康、平安和喜乐。到现在我们已经认识8年有余，她陪伴着我成长。今天，我成了她的伴娘，能够在她身边陪着她出嫁，是我最最高兴的事情……”

发言的是已19岁的陈得救，梳着两个小辫儿，声音因为紧张有点微微颤抖。这个怯生生的发言，让原本人声鼎沸的婚礼现场一下子安静了下来。全场所有的来宾都将注意力集中在这个少女身上，认真聆听她讲述自己的心声。当大家得知这段发言背后的故事后，纷纷被这段美好的感情所感动，争相给予祝福。

在帮助陈得救的时候，刚到重庆市红十字会上班不久的白洁，就与其他同事和志愿者们一起，想方设法为她的手术募捐筹款。手术进行时，白洁在手术室外焦急等待；休养康复期间，白洁陪在小得救身边说话聊天梳头画画……渐渐地，白洁成了小得救最亲近、最知心的姐姐，成了她最值得依赖的“家人”。

如果说，从被扔掉的那一刻开始，陈国方给了陈得救第一次活下去的机会，那么重庆市红十字会的志愿者们是给她第二次生命的群体。“小得救”是幸运的，她于千万双渴望的眼睛中看到了对未来的希望；志愿者们也是幸福的，他们的一份付出收获了一份亲情。

二、陈晓平的房子

红十字会精准扶贫救穷也救急。

我想，那些年，天上落大雨，屋里落小雨；屋外吹大风，屋内吹小风。应该很多人都知道。是的，我也听说过，还看到过。但这是20世纪80年代的事了。如果不是红十字会，我不知道，这种状况的家庭在00后一代也还存在。

是的，是真的存在。我们的主人公叫陈晓平，重庆市涪陵区江东街道金桃村五组人。陈晓平的家庭状况浮现在大众的视野里，是红十字人敏感的心扒拉出来的故事。

陈晓平有一个完整的家，但并不是幸福的家。他是当地远近闻名的特困户。妻子杨秀兰是一个精神病患者。多年来，他一边做农活一边照顾妻子，还有家庭。红十字会志愿者孙蓉他们闻讯拜访的时候，52岁的他早已头发花白，满脸沧桑，皱纹密布。瘦削的身体裹在破破烂烂的衣服里，没有一点精神，本不错的人看上去就有点猥琐了。4岁多的儿子陈继飞，躲得远远的，耷拉着脑袋探望，一看就是严重缺乏营养，没有一点精神。衣裤破破烂烂，光着小脚丫，浑身脏兮兮的，不管怎么叫他，就是不理。

妻子为他生过5个孩子，但活下来的只有一个，是个儿子，陈晓平给他取名陈继飞，理所当然地成了他的命根子。小继飞出生的时候，被患病的妻子生在猪圈的粪坑里，不是邻居碰巧看见，并及时打捞起来，这条鲜活的小生命怕是早就不存在了。

陈晓平家虽有两间土墙瓦房，但墙壁上大片的黄土已经开始剥落，墙体到处是开裂的口子，足有一指多宽。在他狭小的堂屋里，杂物四处堆放，没有几样值钱的东西。有两样值钱的，一台家庭用的打米机，是社里补助买的，还有就是一个电饭锅。

卧房里黑黢黢一片，像一个垃圾袋，发出刺鼻的、带有霉臭气味，闻得让人想吐。屋后的屋檐下，是晴天装太阳、下雨成水塘的厨房。几块乱石搭成的灶台上面，一口被柴烟熏得漆黑的鼎锅被铁丝捆吊在屋檐横梁下，悬吊在鼎锅上面一块不到半斤的腊肉随风摇晃，好似在对来访的志愿者们打招呼。

屋外的另一个角落，是猪圈，但没有猪。除了圈底有几根木棒外，四周空空荡荡的，墙壁基本要垮塌完了。人说农家鸡鸣狗吠，在他这里听不到，他们一家三口，自己都生活得艰难，哪里还有剩余精力和吃食去养其他的东西。

陈晓平是一个老实本分、勤劳肯干的人。但因妻子患精神病，没有儿子时要照顾妻子，有了儿子得照顾妻子和儿子，能种庄稼的时间就少之又少。所以年长日久，连吃饭都困难。这些年来，靠政府的低保救助，靠周边的邻居朋友们施舍，偶尔去附近找点零活做，卖点自己种的小菜，买油买盐和交纳电费，打着补丁一样生活。

这就是陈晓平家的生活现状，孙蓉与志愿者们看得鼻子发酸，比听到的还要具体得多。她想，如何才能帮助这个家庭？如何才能解决好陈晓平照顾妻子和儿子的问题，让他没有后顾之忧，能够把更多的时间和精力投入生产劳动中去？让这个家庭逐渐摆脱贫困。

这个家庭太需要人帮助了。如果没有人帮助，它还会一如既往地延续下去，或者会更糟。孙蓉认为，作为红十字志愿者，有责任和义务伸出援手。她将这个情况向上级做了反映，争取得到红十字会的支持和肯定。

红十字会的领导们知道，陈晓平这种情况不得到有效地帮扶，将成为社会的负担，与党和政府脱贫迈向小康的精神严重不符。不只是陈晓平夫妻这代人不能脱贫，他的儿子陈继飞也将生活在贫困之中，被贫困折磨。

有了上级领导的支持，孙蓉作为一个红十字志愿者，肩负社会责任感，她呼唤起一大批志愿者，行动了起来。从 2008 年下半年开始，陈晓平的家庭就成了志愿者的重点帮扶对象。

采取什么帮扶措施才能达到最佳效果，志愿者们对此进行了无数次讨论。最后，大家一致认为，仅靠捐款捐物的“输血”手段，那只是一时的事，不是长久之计。要彻底改变陈晓平家庭的贫穷面貌，必须要结合他家庭的实际，采取精准的扶贫办法，让他自立自强起来，才能让他家庭真正摆脱贫困，进入自己想要的生活。

集思广益过后，红十字会领导给出中肯的答案：“扶贫扶志、输血造血”双管齐下，“改善条件、发展生产、治疗疾病、接受教育”四条有效措施同时进行。既立足于当前，更着眼于未来，是一个短期收效、中期见效、长期成效的可持续帮扶的好办法。

为“改善条件”，红十字会的志愿者们捐款买来砖瓦，为他家盖起了厨房，可以遮风挡雨、遮阴蔽日；修起了猪圈，垒起了鸡窝，买来了猪崽和鸡仔，并指导喂猪养鸡，发展起了养殖业。

为“发展生产”，红十字会的志愿者们把陈晓平从照顾患病的妻子和视为“命根子”的儿子中解放了出来，使其有了更多的时间和精力从事生产劳动。通过上网查询相关科技资料，指导他栽种水稻、玉米、芋头、红薯、洋芋和蔬菜等粮食作物。农闲时帮他联系到附近私人企业打工挣钱，不仅实现了粮食自给，而且还增加了经济收入。

为“治疗疾病”，志愿者联系区精神病医院，送杨秀兰到医院接受正规治疗，使她的病情得到了稳定，治疗回家后也能做点力所能及的家务活，减少他的后顾之忧。

为“接受教育”，志愿者们送4岁多的小陈继飞，到志愿者谭英在城内开办的幼儿园免费学习，两年后又转送到城内一所较好的小学免费读书。住在谭英家里。

俗话说，精诚所至，金石为开。一分耕耘，一分收获。春种一粒籽，秋收万颗米。

陈晓平在志愿者们的帮助下，每年通过养猪、养鸡、种芋头和打短工等经济纯收入达到了1万元左右；水稻、玉米等主要粮食达到了2000斤以上；灶上悬挂的腊肉也有几十甚至上百斤。

节俭的陈晓平，深知挣钱不容易。除家庭生活必要开支外，他把剩余的钱都存入了银行。2015年，他用自己的存款4.5万元和政府补助款3.5万元共计8万元，新建了一栋面积120平方米的钢筋水泥房。他的家庭由此发生了翻天覆地的变化。他不仅逐渐摆脱了贫困，而且还走上了致富之路。

摆脱贫困的陈晓平逢人便说：“没有红十字会志愿者们的长期帮助，我家就不可能有现在的好日子。”

如今，憨厚老实的陈晓平已进入花甲之年，但他总觉得自己还有一股使不完的劲儿。他说，这是红十字会志愿者给了他力量。虽然他无法回报，但他希望给儿子创造一个好的条件，让儿子好好学习，将来报效国家，报答志愿者。

其实，他不再贫困，是对红十字会最好的报答；他不再贫困，是对红十字会志愿者们唯一的报答。2014 年，重庆电视台播出《爱在百年》大型系列片第九集“大爱无言——志愿服务”；2016 年，重庆电视台播出《坚守人道阵地》专题片，都记述了红十字会志愿者们帮扶陈晓平家庭的感人事迹。

爱的路上同行人

张天国

因为有爱的事业陪伴，爱的路上，并不孤单，还有数不胜数的同行人。下面的聊天记录，就是一位志愿者——涪陵区红十字志愿服务队队长、涪陵区巾帼志愿服务队队长孙蓉，带领爱心团队奉献社会的爱心故事。

大多数人对志愿者这个群体鲜有了解，只知道他们都在做好事，具体做了些啥，并不十分清楚。8 月 3 日上午，我和孙蓉相约，在重庆市红十字会办公大楼里面对面坐下，随着她的叙述，我也行走在了爱的路上，开始了一次爱的洗礼。

“听说你做志愿者以来，得到了很多荣誉，四次进京开会，三次受到国家主席习近平的亲切接见，一次受到国家副主席李源潮的颁奖，这是莫大的光荣啊！”我率先打开了话题。

“做得不多，得到的很多，惭愧呀！”孙蓉谦虚地回答我。

“能告诉我，都是些啥荣誉吗？”我问道。

“正好前段时间记者采访需要，我整理了一下，马上发给你。”现在，我就把云绕在她头上的那些爱的光环，摘抄在这里，让它闪耀在读者眼前。

从 2006 年到 2021 年，15 年里，孙蓉因为在志愿服务活动中成绩突出，多次受到了中宣部、中央文明办、全国妇联、中国红十字会总会等的表彰，以及各大媒体的宣传报道。

“全国最美家庭奖”“全国文明家庭标兵户”“全国学习雷锋先进个人”“全国优秀红十字志愿者”“中国红十字五星级志愿者”“全国学习雷锋四个100优秀志愿者”“终身红十字志愿者”“重庆市三八红旗手”“重庆市三八红旗手标兵”“首届重庆市优秀志愿者”“重庆市文明市民”“重庆市助人为乐道德模范”“2015年3月感动重庆月度人物”“涪陵区首届文明市民标兵”“涪陵区十大优秀志愿者”“涪陵区四星级巾帼志愿者”“涪陵区优秀红十字志愿者”。

2015年5月，孙蓉作为重庆唯一的志愿者代表，参加了在北京人民大会堂召开的全国红十字会员代表大会，并受到国家主席习近平的亲切接见；同年5月，再次进京走进人民大会堂，参加了全国妇联举办的全国最美家庭颁奖仪式；2016年5月，第三次走进人民大会堂，参加全国最美家庭“五好”文明家庭标兵户颁奖仪式，国家副主席、中国红十字会名誉会长李源潮亲自为她颁奖；2016年12月，参加在北京京西宾馆召开的全国首届文明家庭表彰大会，第二次受到了国家主席习近平的亲切接见；2019年5月，再次作为重庆唯一志愿者代表，参加了在北京京西宾馆召开的全国红十字会员代表大会，第三次受到了国家主席习近平的亲切接见。她的先进事迹先后被中央电视台、《人民日报》《光明日报》《中国红十字报》《中国妇女报》《经济日报》、新华网、人民网等国内主流媒体和重庆市多家媒体报道，在社会上引起了强烈反响。

在这些令人眼花缭乱、夺人眼球的荣誉背后，孙蓉都做了哪些贡献？为何国家给了她这么多、这么高的荣誉？孙蓉向我讲述了15年志愿者生活的点点滴滴。

“你是什么情况下走上志愿者这条路的？”我问道。

“2006年5月，我偶然在涪风论坛上（涪陵在线）看到涪陵区大木乡双江小学的孩子需要一批书籍和体育用品。我的孩子都大了，我就把孩子的闲余书籍和象棋全都捐了。在捐献现场，看到几个年轻人忙不过来，我就主动上前帮他们分类打包。5月30日，我跟着他们把那些书籍和体育用品送到学校去。排队迎接我们的师生非常热情，老师们说，为了迎接我们，同学们都穿了最好的衣服，但我发现，他们穿的都是冬天的校服，孩子们个个都汗流满面。看看我们几个，穿的都是短袖，心里不是滋味儿，就想为他们做点啥。从那一刻开始，我就萌发了当志愿者的想法。从此，我就开始在涪风论坛上关注志愿者的服务动态。在论坛上我接触到涪陵特殊学校（聋哑学校），就跟其他志愿者一起去了学校。”孙蓉继续告诉我说，“当时正逢学生放月假，这些孩子大多是留守儿童，父母都在外打工，只带走了健康的孩子，这些有生理缺陷的孩子实际上是被遗弃了。他们无家可回，只能住在学校。一个健全的孩子尚且离不开父母亲情，何况是他们。孤独和失落伴随着他们的童年，更需要陪伴和温暖。但我发现一个问题。”孙蓉话锋一转告诉我说，“那些志愿者大多抱着一颗可怜他们的同情心，说国家有资助，衣食无忧，也应该满足了，我却不能苟同。我说，还应该从精神上、心理上去关心他们，他们更需要亲情式的陪伴，一旦因为孤独和亲情的缺失，就会给他们带来心理疾病，对他们的成长和对社会都有害无益。因为认识上的分歧，我就产生了自己组建一支志愿者队伍的想法。”孙蓉停顿了一下继续对我说，“做志愿者一直有个理念支撑着我。就是在扶危济困时，要把它当成自己的事来做，要用平等的心态对待他们，不能居高临下给人以施舍的感觉，这样会伤害到受助人的自尊心，即使做得再多，效果也不好。志愿者服务队人员增加后，我就是这样管理教育和要求我的队员的，特别是对待老人和孩子。”

“这就正式开启了你的志愿者之路了吧？你们的志愿者服务队叫啥名字？你是队长吧？”我打断孙蓉的话，问道。

“是的。开始叫‘涪陵爱心志愿者’，后来登记注册时，正式队名叫‘涪陵区红十字志愿服务队’，现在我任队长。”孙蓉继续对我讲述着她与那些特殊儿童的故事。

“队伍组建之初，包括我在内只有 2 人，我就叫上身边的几个朋友到学校去陪伴他们。一转眼到了年底，我看到孩子们都衣裳单薄，有的还穿凉鞋，冻得直发抖，有的还长了冻疮，实在心疼。我就组织人募捐，给他们买了一批过冬的棉衣棉鞋，50 多个孩子每人都有。我们送去衣物时，高年级的孩子并不信任我们，拒绝接受我们的捐助。因为以前其他志愿者送衣服时，不分型号大小一律用麻袋打包，由孩子自己去挑，不仅皱巴巴的，而且穿起来不合身，有的还很脏。我们却是提前给每个孩子量好身高胖瘦尺寸，不管是买的还是捐来的，都按大小尺寸分开，脏衣服还洗干净熨平整分类叠好，并在每套衣服里都写一封鼓励信。这时候，高年级的孩子就会跑过来说也想要。为了方便孩子们阅读，我和爱人杨忠民去公交公司联系捐赠了书架和图书；因为学校缺乏体育用品，孩子们几乎没有啥体育活动，我又去涪陵武警区分队给孩子们捐来了篮球、乒乓球、羽毛球等体育用品；为庆祝六一儿童节，又去涪陵大为石化公司捐来了学习用品。”看得出，孙蓉是在用真心真爱对待这些特殊的孩子。

“陪伴孩子，首先遇到的是沟通障碍。一开始我们不懂哑语，只能用纸笔交流才能慢慢进入他们的无声世界。他们向我们讲述受到的委屈，渴望得到理解和关怀。实际上，他们的内心世界非常丰富，也很脆弱，渴望表达，渴望亲情，但又无从得到。父母兄弟姐妹远在天涯，打电话又无法沟通，几年也难见上一面，即使偶尔见面也逐渐陌生了，甚至因为‘遗弃’而心生怨恨。我们的出现，对他们来说是一份意外的惊喜和温暖。我们不仅应该关心他们的物资保障，还应该关注他们的心理健康，做好心理疏导。陪伴只是一种方式，心与心的交流才能产生共鸣。特别是，这些特殊的孩子，都渴望我们能记住他们的名字。每个名字的每个字的手语表达方式和含义都不一样，而我们又不会哑语。记得有个叫冷星合的孩子，我只能装作很冷，再指天上的星星，再双手合拢，通过一连串的动作，才能叫出一个孩子的名字，叫不上名字的孩子就会很失望。用手语叫出 50 多个孩子的名字，实在太难了。为了和孩子们交流顺畅，我买了哑语书籍自学，吃饭睡觉走路都在练，有时做梦也在练，常常把自己从梦中练醒。年龄大了，学起来真的很难，有时一个手势要练习上百次才能记住。经过一年多的不断努力，现在基本上能与孩子沟通了，我也逐渐走进了孩子们的心里。”

“你是用真心在爱他们！”我打断孙蓉的话说。

“聋哑孩子都很敏感，是不是真心他们都能感觉得到。”孙蓉说，“生日，是孩子们最在乎的。我们为每个孩子都登记了生日，谁的生日一到，我们就会提上蛋糕准时出现在他们面前。在吃蛋糕时，我告诉他们，要与同学分享，目的是获得分享的快乐，培养他们的爱心。记得 2008 年冷星合过 9 岁生日时，冷星合顽皮地把蛋糕糊在我的脸上，我也糊在他的脸上。他竟突然含混不清地叫了我一声‘妈妈’，我激动地一把将孩子搂在怀里，眼泪止不住簌簌地往下掉，他也止不住地掉泪，在我怀里继续含混不清地重复叫‘妈妈’‘妈妈’……”听到这里，我的眼睛也湿了，孙蓉递给我一张纸巾。

交谈中，感觉孙蓉对孩子和老人给予了更多的关爱。

孙蓉在得知荔枝街道九年制学校里，很多学生都是留守儿童，他们需要特别的呵护。她就多次联系重庆市志愿者总队和中信银行涪陵支行，共同向世界银行申请并获得了近 5 万元的教育经费，在学校建立了涪陵区首个留守儿童心理辅导中心、图书室和少年求知园。40 名贫困留守儿童，每人每年还获得了 500 元的博爱助学金。孙蓉又挑选了 40 名志愿者，与 40 名贫困留守儿童一对一结对，当起了“代理家长”，像爱自己的孩子一样爱他们，让他们感受到了久违的亲情温暖。

一直心存“能帮到别人就是我的幸福”的孙蓉，对那些无依无靠的空巢老人更是心生悲悯，总想为他们做点啥。

“在我做志愿者服务中，接触的第一个老人是养老院的一位孤寡老人，她无子无女无亲属，逢年过节别的老人都有亲人来看望或者接回家团聚，她却是孤苦伶仃待在养老院，要么看街景，要么打瞌睡，要么自言自语，要么主动和路人搭讪，却很少有人理睬，很是孤独，我看到心里很不好受。之后我就坚持每个月带上小蛋糕去看她一次，陪她聊聊天，直至 2009 年去世。”孙蓉讲述着她与那些老人的爱心故事。

孙蓉了解到涪陵区崇义街道 80 多岁的老人况素华、敦仁街道 90 多岁的老人吴健娥膝下无子，亦无其他亲属的情况后，逢年过节孙蓉就带领志愿者带着礼物去看望她们。平时还到家里帮老人劈柴、扫地、洗衣、买菜、煮饭。老人生病了就联系医生看病，或守候打点滴，或帮忙买药喂药，连续几年到几位老人家里做事、陪聊，从未间断。时间一长，老人们就把孙蓉当成了自己女儿，要是长一点时间没去，他们就会站在窗口念念叨叨地张望。

她还根据老人病多体弱和容易走丢的现象，带领志愿者服务队，为 270 多名空巢老人安装了可以随身携带的巾帼爱心呼唤器，老人们如有需要只要一按按钮，志愿者就会随叫随到。孙蓉还创建了一个空巢老人加一个社区志愿者，再加一个专业志愿者的“1+1+1”帮扶模式，邀请具有专业服务技能的红十字社区志愿者参与到“巾帼爱心呼唤”行动中来，同时组织志愿者每月回访一次，竭尽所能地帮助他们解决一些具体困难，陪坐陪聊，疏解他们内心的孤独和寂寞。这种现代化加人性化的服务方式，给这些空巢孤独的老人，带来了极大的便利和温暖。

孙蓉的爱心故事还在路上延续着。

“有一个特殊的家庭，我持续跟踪帮扶了很多年，也是我最有成就感的帮扶案例。”孙蓉说的，是一个残破不堪的家。

2008 年 8 月，孙蓉与另外一名志愿者去磨盘沟帮扶一名之前帮扶的困难孩子，路过一户人家找水喝。他们看到的是，患有癫痫病的陈晓平，一间破烂不堪的土墙房，屋檐下的泥巴灶下雨天就无法做饭，只能挨饿（后来孙蓉的爱人帮搭了一个雨棚做饭），电饭煲是家里唯一的家用电器，全家存款只有 30 元。妻子是不能自理经常到处乱跑的精神病患者，因为缺钱，一直得不到治疗。家里无人种地和养殖，陈晓平要照顾患病的妻子和 4 岁的儿子陈继飞，只能在自己不发病时做些短工补贴家用，一家人的生活主要靠政府救济和乡亲们接济度日。出生在猪圈粪坑里的陈继飞，没吃过一口母乳，只吃了一袋山城奶粉，靠米糊糊喂养才长到了 4 岁，身体极度虚弱，经常感冒发烧。孙蓉他们正好碰上孩子患了病毒性脑膜炎。孙蓉顾不上回家看正在直播的奥运会闭幕式，马上把孩子送进了医院。因无钱无法住院治疗，孙蓉支付了入院费用后，又马上赶到武警区中队和大为石化公司，募捐了 2000 多元送到医院。她又和爱人商量，在涪风论坛和 QQ 群发帖子募捐，虽然帖子不合法，但为了救孩子啥也顾不上了。当时的涪陵区委书记张鸣看到帖子后，马上带领区妇联和民政局的领导赶到了医院。张鸣书记看到正在给孩子擦背降温的孙蓉，问她是孩子的母亲吗，孙蓉说是红十字会志愿者。受到触动的张鸣书记，立马代表区政府、妇联、民政局和爱心人士捐了一万多元，又建议医院减免了部分医疗费，剩余的钱，用于孩子补充营养和读书。孩子出院后，孙蓉与陈晓平商量，把孩子带到城里去上幼儿园，利用善款全托吃住在了这家开幼儿园的志愿者家里。每到周末，孙蓉就和爱人再接回去与父母团聚。上幼儿园之前，孙蓉为孩子洗澡洗衣服，让孩子干干净净走进了幼儿园。

从此，孙蓉为陈晓平这个家的改变操碎了心。

在帮扶中孙蓉认识到，想要这个家彻底翻身，不能靠输血，必须靠自身造血。但是，前期还得靠他们志愿者和政府的扶持。

为了给陈晓平妻子治病，孙蓉又联系了涪陵区红十字会，把他妻子送去精神病医院住院治疗，治疗费依然是孙蓉募捐而来的。出院后，病情基本稳定，在药物控制下不再复发，生活也能勉强自理。

孙蓉和志愿者们频繁出现在陈晓平家里，除了送去政府和红十字会的慰问金、粮油外，还帮助修猪圈、送猪仔、垒鸡窝、送鸡娃。有了志愿者的帮助和鼓励，陈晓平重拾了对生活的信心。他除了种地喂猪、养鸡鸭，还用村里补贴的打米机给乡邻打米收取加工费，并抽空打零工挣钱补贴家用。农忙季节，孙蓉又带领志愿者前去栽秧搭谷，施肥锄地。水稻成熟后，孙蓉又组织志愿者前去帮助收割，帮助买粮买鸡蛋，还以高于市场价购买回家。腾出手来的陈晓平，一心种植庄稼和养猪，一季水稻收入 2000 多斤，一窝猪仔能卖 4000 多元。到 2010 年春节，就有了 8000 多元的积蓄，家庭面貌得到了初步改变，孙蓉和陈晓平一家的脸上，都露出了久违的笑容。在志愿者的帮助下，转眼就来到了 2014 年，陈晓平已经有了 4.5 万元的存款。2015 年初，陈晓平开始筹建新房。一转眼，一套 120 平方米的砖瓦房修建好了。搬新家那天，陈晓平特意请来了孙蓉一行人，他高兴地对孙蓉说："你是这间破房子的最后一个客人，也是新房子的第一个客人！"

关于孙蓉和陈晓平一家的故事，到这里还没有结束。

新修房子后，陈晓平还欠了 4 万多的外债。孙蓉的帮扶之路也没结束，继续帮他忙活土地栽种和收割，继续帮他卖农产品。到 2019 年，不仅还清了全部外债，还购置了全部家用电器，还有近万元的余款。从此，这个曾经风雨飘摇的家，彻底改变了模样。附近四里八乡的村民们，都在传送着红十字会志愿者服务队的故事，说陈晓平一家遇到了贵人。

按说，故事到这里就该画句号了，可是因为孩子，爱的延续依然还在路上。

在扶持陈晓平一家脱贫致富的过程中，转眼间孩子陈继飞就到了上学的年龄。孙蓉为孩子联系了区红庙小学上一年级。学校得知孩子家的情况后，免除了全部学杂费，学校工会段主席还自费给孩子购买了校服，一直延续到小学毕业。转眼又到了上初中的年龄，孙蓉又为孩子联系了浙涪九年制学校上初中，学校又免除了部分学杂费，孙蓉从原来募捐里拿出一部分，又解决了陈继飞上初中的负担。孙蓉说，志愿者服务队有一个财务系统，专门为陈继飞开设了助学金科目。

"有人说，你对陈继飞比对自己的孩子还好，是这样吗？"我问孙蓉。

"肯定的。我从来没有对自己孩子操过这么多心。记得陈继飞住院时，由于陈晓平要照顾年迈的母亲和患病的妻子，我就一个人承担了照顾孩子的任务，白天黑夜地忙，我的心脏病又病发了。为了照顾孩子，我也住进了同一家医院，一边治疗，一边照顾孩子起居，给孩子喂药、倒水、穿脱衣服、接屎倒尿。我的孩子上学，从来没去开过家长会，都是爱人去开。自从陈继飞上学后，从小学到初中，每次开家长会都是我去，到现在我还在家长群里呢。我孩子现在都还开玩笑说我，‘妈，你啥时候这样心疼过我呀？’想起来还真是对不起自己的孩子。”

一眨眼，陈继飞初中又毕业了。根据孩子的想法，他想去卫校上学，好照顾年纪越来越大有病的父母，孙蓉就给他联系了涪陵区卫校。这个学校是“3+2”模式，可以接着升大专。陈继飞学习刻苦，专业成绩一直名列前茅。3 年下来，陈继飞已经在康复理疗科实习了。孙蓉还告诉我说，上学资金来源，自己出一点，动员志愿者募捐一点，重庆市红十字会博爱救助金出一点，就解决了全部上学费用。

一个支离破碎、濒临坍塌的家庭，在孙蓉等志愿者和政府以及社会各团体的持续扶持下，终于站了起来。看着那宽敞的住房，齐全的家电，治愈的疾病和孩子的健康成长，还有房前屋后遍地的庄稼、成群的鸡鸭，孙蓉真正体会到了一个志愿者的成就感和幸福感。人们怎能不感叹陈晓平一家赶上了好时代，享受了好政策，遇上了大好人。当涪陵一家传媒公司找到孙蓉，以她为主角拍摄宣传片时，孙蓉果断拒绝了片酬，而是把 2000 多元钱给了陈继飞，作为购买衣物和上学开销。

孙蓉救助孩子的故事，何止一个两个，她见不得孩子落难，只要一听说哪里有孩子需要救助，她就会出现在哪里。

2009 年底，孙蓉偶然得知涪陵职教中心的一个叫刘磊的农村学生，患了白血病需要做骨髓移植手术。家里由于为孩子治病不仅花光了全部积蓄，还卖掉了一家赖以栖身的房子，实在无法筹集数十万元的手术费。天性善良的孙蓉，想到了孩子对生命的渴望和父母无助绝望的神情。孙蓉走进医院，安慰刘磊父母说：“不要过于着急，你们想办法筹一点，社会帮一点，政府出一点，我们大家一起努力筹款救孩子。”孙蓉迅速组织志愿者以义演的方式为刘磊募捐。为了组织好这场募捐义演活动，孙蓉逐个落实演出人员、指导节目编排、联系演出场地、租借演出服装和音响设备，一场“与爱同行，感谢有你”的救助白血病儿童刘磊的专场募捐义演在涪陵广场举行。当天，60

多名红十字志愿者，自编自演了《感恩的心》《人间第一情》《孔雀飞来》《战台风》《美丽的草原我的家》《家乡》《爱的奉献》《等待》《感恩》和《草原晨曲》等舞蹈和独唱、手语舞、古筝弹唱、配乐诗朗诵等多种表演形式的节目。2 个多小时的义演非常成功，当时在外地学习的张鸣书记听说后，也特地电话委托区委秘书长代他带头捐款 500 元，同时致信赞扬了红十字社区志愿服务队的善举。市民也纷纷伸出援手，在募捐义演现场就为刘磊筹款近 6 万元，加上重庆市红十字会白血病基金筹集的 7 万元，刘磊实现了骨髓移植，最终痊愈出院。

“如果说帮助了需要帮助的人是一种幸福的话，那么，只有在做了志愿服务之后，才会有这种感觉。”孙蓉在一份心得体会中写道。在 15 年的时间里，孙蓉带领志愿者奔走在爱的路上，先后开展各类志愿服务活动 2255 场次，服务市民超过 5 万多人次，帮扶各类弱势群体 1000 多人次，志愿者服务队从最初的几个人发展到了今天的 560 多人。

随着活动的增加和受益的群众越来越多，红十字志愿服务队也被越来越多的人所知，孙蓉的电话也成了热线。

“孙阿姨，我今年考上了大学，但是家里很穷，上不起学，你能帮帮我吗？”

“孙大姐，我得了癌症，你能帮帮我吗？”

“孙老师，我老伴儿有老年痴呆，走丢了，你能帮我找找吗？”

“孙婆婆，我三岁的孩子走丢了，你能帮我找找吗？”

“孙嬢嬢，我妈高血压晕倒了，我家住在 8 楼没电梯，下不了楼，送不了医院，你能帮帮我吗？”

“我没钱买猪仔，大姐能帮帮我吗？”

……

孙蓉自己也不知道接到多少各种各样的求助电话，有时正在吃饭，有时刚刚睡下，有时在正在救助的路上或搞活动的现场。

“不管是谁，不管啥时间，只要有难，凡是需要我们志愿者出力的，我们都会竭尽所能，决不推迟。”要么她自己出面，要么发动志愿者前往。有相应国家政策的，她就引导他们到相应的部门寻求帮助，穷尽各种可能和救济手段，为他人解围济困。

十多年来，无论是每年组织开展的无偿献血、造血干细胞捐献、遗体和人体器官捐献、“5•8”世界红十字日、“6•14”世界献血者日、“5•12”国家防灾减灾日、“6•26”国际禁毒日、“12•1”世界艾滋病日、“12•5”国际志愿者日等宣传活动，还是组织志愿者开展学雷锋、扶危济困、敬老助残、抗震救灾、文明交通劝导、开展共青团市民学校和儿童家园等志愿服务项目活动，孙蓉既是组织者，也是践行者。

“开展这么多活动是需要经费的，你们持续这么多年，开展了那么多活动，经费从哪里来？”我问孙蓉。

“我们没有任何活动经费，人们也不了解开展志愿服务活动是需要成本的。参加的志愿者主要都是下岗工人、家庭妇女、老师和公务员、自由职业者，他们用自己的业余时间奉献爱心，每年只交30元作为组织的活动经费。如果把钱用到受助者身上，他们是很乐意的，但是再交多余的钱用在志愿者组织的活动上，就不怎么愿意了。而且我下岗没有工作，就只是靠爱人的工资维持一家人的生活。我不能把维持家里的生活费全部拿出来做志愿服务工作啊，所以经费是很困难的。其次是思想上的烦恼。比如，朋友不理解不支持，还开玩笑说：‘你去帮别人，还不如来帮我们，还有个人情。做志愿者又无利可图，又浪费精力浪费时间，何必呢？’甚至有人说，我是在出风头、作秀、爱虚荣。听到这些，心里很不是滋味儿，委屈找不到地方说，只能我们志愿者之间互相安慰。”听了孙蓉一席话，深感做一个合格、优秀的志愿者实在不易，他们靠的是无私的爱心和悲悯的情怀。

“既然有这么多困难，为什么还要坚持下去呢？”我继续追问道。

“这也是我一度困惑、挣扎的地方。人活着到底为啥？无非就是追求快乐和幸福。有的人为追名逐利而感到快乐幸福，有的人为升官发财而感到快乐幸福，还有的认为打麻将赢了钱就快乐。但是我觉得追求快乐幸福的方式多种多样，价值观取向不同，想法和行为方式也就不一样了。从大的方面讲，做志愿者是一种社会责任；从小的方面看，能帮助别人从困境、磨难中走出来，是一种美德。‘予人玫瑰，手留余香’，别人好过了，我们自己也会感到快乐幸福。所以，每次想要放弃的时候，我就问自己，我到底想要啥？我快乐幸福吗？往往在犹豫之际，一接到求助电话或者听说谁需要帮助，我就会毫不迟疑地跑去了。这才想明白，我原来是放不下志愿者这个角色的。既然做志愿者能给我带来快乐幸福，我为啥不坚持做下去？”孙蓉的回答，让我对志愿者这个群体，又多了一份理解和敬佩。

“看到你这么多奖项中，有一项是‘全国最美家庭奖’，这与志愿者工作有什么关系吗？”估计孙蓉没想到，我会提出这个问题。

“你问到这个，就不得不说我的爱人老杨了。”孙蓉停了停对我说。

“作为女人，特别是一个下岗女人，按说我应该把更多的心思和时间放在相夫教子上，或找一份工作改善家里的经济条件。但是我爱人不但没有阻止我，反而也加入了志愿者行列。一开始，我爱人是这个服务队的队长，我是秘书长。他把握全队的发展方向，策划志愿活动的具体方案，我是执行者。由于他是法院的陪审员，有一定的法律知识，他对每次志愿者服务活动提供法律、政策方面的评估，比如募捐的合法性、企业捐助冠名、受助者的合法合理性等。他既是队长，也是我们志愿服务队的法律顾问。特别是，他利用法律知识去帮助农民工和贫困家庭。记得蔺市镇村民赵康民，在打工时不幸跌入水池中摔伤，包工头送入医院后就不闻不问了，一家人整日以泪洗面，处于崩溃的境地。包工头只承诺给 3 万元了事，并且还恶言威胁。我爱人知道后，主动帮助他走了法律程序。通过一年两审的诉讼，判给了赵康明 135000 元的补偿金。我爱人也曾获得过重庆交通文明先进个人、重庆红十字优秀志愿者、涪陵区优秀志愿者和涪陵文民市民标兵，还让我们的团队获得了全国红十字先进志愿服务组织的称号。”没想到孙蓉的爱人也是一名优秀的志愿者爱心人士。

“现在你是队长，你爱人为啥不当队长了？”我突然想起了孙蓉现在是队长。

“我爱人已经不在了。”孙蓉低沉地告诉我。

“啊？”没想到，我的提问，勾起了孙蓉的伤心事。

“我爱人患了胆管细胞癌，2017年就去世了。爱人生前对我的工作帮助、支持非常大。”孙蓉沉浸在了对爱人的回忆之中。

“从做志愿服务开始，大小活动我们都一起想办法，一起做。去乡下看望留守儿童，他开车送；布置活动现场，他扛东西；做活动策划，他提建议，他一直都站在我身边，直到他站不起来为止。在他住院期间，我理应守候在病房照顾他，但是，志愿者这个行业，总是突发事情很多，不知道啥时候冷不丁就冒出一件急事来。记得爱人手术后不久的一天，我正在给爱人换衣服，突然接到电话，要我两天后去参加一个活动，而且要在活动上发言。一边是身患癌症还躺在病床上的爱人，一边是非去不可的活动，很难选择。爱人看出了我的为难，主动对我说：‘去吧，反正我就这样躺着，没什么大问题。这里有护士，有事我会按呼叫器。’爱人还躺在床上帮我写发言稿，他说，我写。写完打印出来，他又逐字逐句反复推敲修改，直到定稿满意为止。没想到，那是他帮我做的最后一件事……”孙蓉缓慢低沉地继续对我说，“临走前，爱人告诉我说，‘我走后，你一定要坚强一些。你把队长接过去，一定要带领志愿者坚持做下去。有法律风险的要多咨询，要明明白白做公益。’这是爱人对我的最后遗言……”

“社会上需要帮助的人很多，永远都会有。你打算做多久？”采访即将结束之际，我问孙蓉。

“志愿服务已经成了我的习惯，这是一件让我感到快乐幸福的事，我会和我的伙伴们永远做下去！直到做不动的那一天！”孙蓉的回答，让我为之一颤，也令我肃然起敬。

一代伟人曾经说过：“一个人做一件好事并不难，难的是一辈子做好事。”做志愿者也一样，难的是一辈子做志愿者。在他们身上所体现出的不是作秀，更不是所谓的虚荣，在奉行红十字会精神的过程中，他们不仅为他人增添了幸福指数，促进了社会的和谐安宁，也在爱的奉献中传递了正能量，自己的思想境界也得到了升华，用行动践行了社会主义核心价值观。毫无疑问，陈茂秀也好，孙蓉也好，众多的志愿者也好，行走在爱的路上的他们，还将一如既往前行，永不回头。

（注：少部分资料来自网络。）

天使之旅，爱心相随
——记重庆市儿童医疗救助基金会

俞为文

风雨兼程，爱心相随。

重庆市儿童医疗救助基金会走过了十六个年头。

作为重庆市最早救助大病儿童的基金会之一，基金会的工作人员一直心怀大爱，秉承“应救尽救”的理念，与病患儿童一路相随、相伴，给他们排困解难，给他们信心勇气，让天使的翅膀重新舒展，翱翔在生命的天空。

十六年来，爱心像冬日的阳光，驱散那些儿童血液中的阴霾，让他们重新绽开笑颜；十六年来，爱心像山间的清泉，弹响那些儿童心灵的琴弦，让他们重新看到生活的希望；十六年来，爱心像寒冷中吹过的一缕暖风，融去那些儿童身上的寒冰，让他们在人生的道路上轻装出发。

十六年来，基金会共募集资金上亿元，其中：捐赠收入五千余万元，政府补助拨款四千余万元，累计发放救助款九千余万元。成立十六年至今，实施患儿大病救助五千多人次，开展健康筛查超过十二万人次。

数字无言，人间有爱。

数字的背后，体现的是社会各界对儿童的关爱；数字的背后，体现的是红十字人的辛勤、奉献和爱；数字的背后，体现的是红十字会的“人道、博爱、奉献”的精神。

“人道、博爱、奉献”，在那些病患儿童的心中，燃烧起一簇簇生命之火。

“是爱也，动太阳而移群星。”伟大的意大利诗人但丁这样说。

一、一封信与一个基金会

重庆市儿童医疗救助基金会（以下简称儿基会）的成立，还得从一封信说起。

“我们是一群无助的家长，孩子患上了可怕的白血病和恶性肿瘤等难治病症，在极端无助的情况下，我们想到了政府，请救救挣扎在死亡线上的孩子……”

2005年6月的一天，余国强、华冠洁、武有香、张少明等二三十位白血病儿童家长，在走投无路、万般无奈的情况下，怀着忐忑的心情，怀着一份绝望中的希望，大起胆子，给市委、市政府写下了一封求助信。

白血病因为日本电视连续剧《血疑》而为大家所熟知，是一种严重的血液病。“其实儿童白血病的治愈率是非常高的，但绝大多数家长因支付不起昂贵的医疗费用而放弃治疗。孩子的病逝给亲人以沉重打击，家庭支离破碎，许多人长时间无法从悲痛中挣脱出来。”余国强说。据他所知，20世纪90年代上海就成立了少儿住院基金，救助50余万人次。在他的倡议下，他们聚在一起，商量给重庆市委、市政府领导写一封信：“让领导们知道我们的难处，关心我们的孩子，建议政府成立儿童医疗互助基金。”

最后，有19位家长郑重地签下他们的名字，也签下了他们内心的那一份期望。

2005 年 6 月 5 日，这封沉甸甸的求助信被送到时任重庆市委副书记、市长王鸿举的办公桌上。

纸张很轻，生命很重。

看着信上 19 名家长的签名，市长的面色凝重，内心异常沉重，他立即在信上做出批示："请召集民政、红十字会、卫生、妇联、共青团等单位同志议一次，努力把这种关系下一代的大事办成。我去看过儿童医院白血病科的孩子们，一个比一个可爱，一个比一个可怜。我想我们应该做三件事：一是卫生常识宣传，如新装修房屋不要急于入住，等等；二是动员全社会的力量，政府参与、领导、企业家、医务工作者带头，建立基金会；三是扩大干细胞捐赠库。"

人民的呼声就是工作的指令，各级部门雷厉风行，立即行动起来。相关工作有条不紊地快速推进：

6 月 16 日，重庆市政府办公厅组织相关部门召开专题研讨会，决定尽快成立重庆市儿童救助基金会。

7 月 7 日，重庆市红十字会收到市政府批复文件，明确由市红十字会牵头，市财政局、市民政局、市卫生局、市教委等有关单位共同发起筹建重庆市白血病儿童救助基金会。基金会性质为公募基金会，市红十字会为业务主管单位。

8 月 23 日，基金会完成民政局登记注册并获得登记证书，基金会正式成立。

此时，从求助信发出到基金会的成立，仅仅两个多月。

9 月 1 日，由市政府办公厅印发《白血病儿童救助基金募捐活动实施方案》，向全市各级各部门发起募捐倡议，市领导带头捐款，机关、企事业单位纷纷响应，爱心企业慷慨解囊。不到一个月，即募集资金 600 余万元。

9 月，基金会正式启动救助工作。当月，被确诊患有急性淋巴细胞白血病的 8 岁小玲顺利获得 2.5 万元资助款，成为第一批救助的孩子之一……

自此，无数的病患儿童得到救助，获得了新生。

2012 年 12 月，“重庆市白血病儿童救助基金会”通过重庆市民政局核准，更名为现在的“重庆市儿童医疗救助基金会”，救助病种从当初单一的儿童白血病扩大到儿童先天性心脏病、再生障碍性贫血等 7 个病种，以及儿童健康筛查等专项医疗救助。

爱，给孩子们打开生命的通道。

爱，让他们在人生的起点，重新扬帆起航。

二、生命之光，重新闪耀

每个孩子都是天使。

他们活泼可爱，像泉水在山间流淌；他们天真烂漫，像清风在花朵间嬉戏。他们在欢乐的海洋中自由徜徉，他们在幸福的港湾里甜蜜憩息。

他们当中却有这样的一群孩子，他们的童年，本应五光十色、灿烂多姿，但他们不得不忍受着白血病所带来的病痛折磨；他们的生活，本应五彩斑斓，朝气蓬勃，但他们不得不与病魔进行殊死搏斗，本该无忧无虑的年纪，他们却不得不与死亡拔河！

在他们最需要帮助的时候，在他们最需要关怀的时候，红十字工作者来到了他们身边，给他们带来了生命的希望和温暖！与他们风雨同舟，一路相伴。

让他们点燃生命之火，让生命之光重新闪耀！

让我们随着时光的镜头移动吧。

镜头 1：两面锦旗

2012 年 11 月的一天，冬寒料峭，冷风扑面。

小羽一家3口人却不顾寒冷，携着一面锦旗来到了当时的“白血病儿童救助基金会”。“小羽出院了，一定要来看看叔叔阿姨，感谢你们的关心。”小羽的母亲说。她把锦旗郑重地交到基金会领导的手上，上面写着：“救民水火千秋颂，困难之时伸援手”，感谢基金会的帮助，将孩子从死神手中拉了回来。

原来，小羽和姐姐出生在开县一户普通农民家庭。2011年2月，13岁的他不幸被查出患有慢性粒细胞白血病，这个消息犹如晴天霹雳，在这个普通的家庭上空炸响，一家人在惶惶不安中四处奔走，求医问药。还好，经检查小羽与姐姐骨髓配型成功，为了完成移植，小羽父母花光家中全部积蓄，但移植效果并不理想。

医生告诉小羽父母，唯一希望是为孩子再次回输造血干细胞。但是为了医治小羽，家庭早已负债累累，亲戚朋友都已借遍，再到哪里借钱呢？难道只能望“病”兴叹？向死神缴械？

就在一家人举步维艰之时，基金会的工作人员联系上他们，了解了他们的情况，及时向他们伸出了援手，向小羽发放了7万元救助款。

然而，不幸的是，随后进行的第2、第3、第4次造血干细胞回输均告失败。难道要眼见着孩子即将凋谢在花样年华？基金会的工作人员没有放弃，再次帮他申请“中央财政支持社会组织示范项目”，又为他们发放救助款2万元，解了一家人的燃眉之急。

所幸后来造血干细胞回输成功，2012年11月，小羽出院，一家人来到了基金会，送来了锦旗。

不抛弃，不放弃。在这个救助的过程，基金会的工作人员的行动，正体现了红十字会博爱的精神和人道的关怀。

无独有偶。2020年8月31日，七八位重庆血友病家属代表来到重庆市儿童医疗救助基金会，向儿基会赠送了一面锦旗，感谢儿基会对血友病儿童的救助。

血友病的孩子是一群“玻璃娃娃”，稍有一点磕碰、受伤，孩子的关节或皮下就会出血，每一次出血都伴随着疼痛以及高昂的药品花销。自2016年儿基会推出血友病儿童救助项目以来，已接受300余人次患儿的申请，发放血友病资助款150万余元，帮助贫困血友病儿童家庭渡过难关。

“扶弱济困送温暖，襄助血友抗病魔。”14个烫金大字，表达了他们对儿基会工作的认可和肯定。

“一面锦旗，既是信任，又是沉甸甸的责任。提醒我们要把工作做得更好。”儿基会的工作人员说。

十六年，时间在变，被救助的儿童在变，不变的永远是红十字会人那一颗为民的心，那一颗博爱的心。

镜头2：一封感谢信

尊敬的红十字会工作人员你们好！

我是萱萱的父亲，辛苦你们了，给予了孩子生命的一线希望，让孩子能有后续治疗的希望。

我们是建档贫困低保户，在医院申请了重庆两病报销，孩子生病以来我们四处借钱，由于我们是农村人，家里本来都贫困，亲朋好友也没什么钱！一路不吃不喝地走过来了，还好孩子听话乖巧懂事，想活下去，在医生高超手术配合下，我们治疗得很顺利。

特此感谢有你们让我们后续的治疗有了希望。

感谢国家、感谢党、感谢红十字会工作人员，辛苦你们！

此致

敬礼！

感谢人：萱萱　父亲代写

一封短短的感谢信，寥寥数语，朴实真诚，表达了他的感谢之情。

“其实这都是我们应该做的。”儿基会的工作人员说，“关爱儿童，让孩子们健康成长是我们共同的心声，我们秉承‘应救尽救’的观念，努力工作，为他们提供帮助。”

萱萱是一个可爱的，懂事的孩子，人见人爱。2019 年 12 月 15 日，年仅 4 岁的萱萱被诊断为急性普通 B 淋巴细胞白血病，突如其来的疾病，令他们措手不及，浓重的阴霾笼罩在他们的心房；从天而降的巨额治疗费，令本来就贫困的他们雪上加霜。萱萱住院后，她的父母又不得不辞掉工作专心照顾孩子，失去生活的来源让他们备感艰辛；孩子的化疗、医治的痛苦又让他们如坠深渊。

知道萱萱的情况后，儿基会的工作人员主动联系他们，帮助他们申报救助，并多次到医院去看望他们。由于萱萱的父母文化水平不高，儿基会的工作人员耐心地反复指导和帮助萱萱的父母完成了救助的资料申请，获得了中国红基会小天使基金 3 万元的资助，暂解他们的燃眉之急，后续的救助也在继续跟进中。

不仅是给病患儿童送去救助资金，帮助他们的父母填写相关的资料，儿基金的工作人员还经常去看望他们、关心他们、鼓励他们，与他们进行交流，给他们情感上的关爱和信心上的支持。

当他们再次看到小萱萱时，小萱萱状态很好，坐在小凳子上，开心地挥动着小红旗。萱萱的主治医生介绍说，小萱萱乐观、坚强、懂事，身体恢复得也很快，通过治疗后各项指标趋于稳定，病情也正在逐渐好转。

“这封朴实的信让我们看到工作的意义，给我们带来无限的力量。”重庆市儿童医疗救助基金会的工作人员说，“我们将继续发扬人道主义精神，救助病患儿童，让折翼的小天使们能够重新快乐地飞翔。”

2005 年 9 月自成立到现在，基金会筹资 4000 余万元，救助重庆市 1800

多名白血病儿童。

数字的背后，是生命闪光，是大爱无疆！

三、心的呼唤，爱的绽放

1

2021 年 10 月 22 日，一场丰富而别开生面的“渝藏情深·你我同行”活动在重庆儿童医院两江院区迪士尼欢乐屋举行。15 位来自西藏昌都的藏族先心病患儿与医护人员及市儿童医疗救助基金会的工作人员一起，度过一段美好、温馨而又快乐的时光。

这些孩子是“心动万家”佑心行动援藏项目第二批来渝接受手术的孩子，他们年龄最大的 14 岁，最小的 5 岁。2021 年 10 月 12 日在儿童医院医护人员的陪同下飞抵重庆，在医院接受专家会诊，并进行手术排期。

在医生、护士的精心安排下，手术非常成功，在他们即将踏上返程之际，市儿基会联合重医附属儿童医院共同开展了此次活动。通过活动，患病儿童及家属表达情绪，与医护人员进行情感交流，促进情感共融，表达对他们的人文关怀。

活动开始前，护士长详细地向他们讲解回家后的注意事项，并建立了微信群，随时了解他们的身体状况。

“现在我们分成两组，10 岁以下的一组，10 岁以上的一组。”现场的主持人喊道，“然后开始手工小物件制作和画画活动。”

现场的工作人员、护士和儿基会的小唐都分别加入不同的小组，和孩子们一起兴致勃勃地制作手工和画画，气氛和谐而友好。开始时，孩子们有些拘谨，渐渐地，他们放开了，情绪也高涨起来、热烈起来，受此影响，家长们纷纷加入制作。不一会儿，健壮的牦牛、奔腾的骏马、雄伟的白塔，展翅的飞机，千姿百态的手工，栩栩如生；鲜红的太阳、细密的雨丝，鲜艳的花朵……富有想象的儿童画，朴拙而充满稚气。

孩子们把这些亲手制作的手工和图画，送给医护人员，表达了内心的感谢之情。

“这是朝天门”“这是解放碑”“这是洪崖洞”……

医护人员也精心准备了重庆的特色建筑工艺品回赠给每一个患儿，并热情地给他们介绍，希望他们长大了，再来重庆看看这些富有特色的地方。

重庆市儿童医疗救助基金会也赠送给孩子们精美的米老鼠玩具，希望能给孩子们带来欢乐和安康。

对于此次来重庆看病、做手术，孩子们受到大家的一致关心和爱护，他们内心也感受到重庆的叔叔阿姨的情谊，有的在纸片上写下他们的心声。来自西藏芒康县宗西乡的小学五年级一班的扎西朗加这样写道：

> 以前的时候心里一点都不舒服，现在我很舒服。医生，谢谢你们给我手术，我永远都不会忘记。吃饭坐车什么都不用给钱，谢谢你们。

这充满稚气的语言，虽然他还不能完全了解他们来此手术的前因后果，但他幼小的内心，仍然怀着一份感恩之情。

次仁拉姆是一个腼腆的大女孩，不爱说话，但她在纸上写下了她的心语：

> 我真的感受到白衣天使的爱
> 真的有点舍不得离开这里
> 我内心感受到骄傲、自信，真的
> 谢谢你们免费资助
> 虽然我不会画画，但是我的内心
> 真的感到了。最后一句，谢谢！

千言万语，凝结成一句“谢谢”！这些患儿的心声，就是最高的赞誉。

“心动万家”佑心行动援藏项目于2021年9月16日启动，是由上海佑心慈善基金会、重庆市儿童医疗救助基金会、重庆医科大学附属儿童医院合作的专项救助项目，旨在援助西藏地区贫困家庭的先心病患儿实施手术，恢复健康。

“该项目由上海佑心慈善基金会出资大约300万元，计划3年内援助西藏100名经济困难家庭先心病患儿，将分批进行。第一批15名先心病患儿于9月中旬顺利完成手术后，已经返回家里。”儿基会理事长陈榜霞向笔者介绍，对西藏来渝手术的先天性心脏病患儿由儿童医院全程接管，儿基会负责资助部分医疗费用。

“这是第二批的15名孩子，他们将于周日踏上返程。”

“他们从此将像正常人一样，不再‘忧心’，走上崭新的人生道路！”陈榜霞由衷地为这些孩子高兴，话语里充满了喜悦。

2

也许小小是重庆市儿童医疗救助基金会救助的最小的一个儿童。

这位来自宁夏银川的孩子多灾多难，在出生之时，就因“胎儿宫内窘迫”而采取急救措施，在妈妈海慧自然分娩，呱呱坠地之后仅仅3天，她就被医生确诊为“主动脉缩窄近弓离断”，这是一种胎儿先天性心脏病，非常危险。在银川，为了救治她，家人已花费了不少费用，但病情未得到根本改善，好多人都劝海慧一家放弃治疗，以免人财两空。

但是身为母亲，海慧没有放弃，她和丈夫怀着最后的希望联系了重医附属儿童医院。病情十万火急，时间就是生命，儿童医院立即派出了救护车前往银川。

于是，救护车连夜兼程，挂着呼吸机的小小，马不停蹄，疾驰1200多公里抵达重庆。

小小被送到儿童医院时，情形相当糟糕，生命危在旦夕：肝肾功能极度异常、严重低蛋白、全身水肿明显、供应身体大动脉的动脉导管越来越细，病情随时可能恶化。

救人如救火，在小小入院后的 48 小时内，医院一方面紧急安排她做急诊手术；另一方面联系重庆市儿童医疗救助基金会为她争取可行的儿童大病救助方案，儿基会非常重视，立刻安排专人进行跟进。

2021 年 5 月 12 日，小小的手术在体外循环心脏停止跳动的情况下进行。小小仅有一个多月大，低体重、术前严重心功能衰竭，手术的难度相当大。医生凭着精湛的技艺，经历长达 6 小时手术后，小小迎来了新生的曙光。术后在重症监护室仅仅 5 天，小小就脱离了呼吸机转入了普通病房。

“没想到康复如此顺利！”主刀医生既感到欣慰，又感到出乎意料。

看到闪动着明亮的大眼睛，漂亮可爱的小小恢复了生机，母亲海慧笑逐颜开，开心不已。

2021 年 5 月 28 日上午，在第 71 个国际儿童节来临前夕，市红十字会一级巡视员刘祖礼率儿基会一行 3 人来到重庆医科大学附属儿童医院两江院区，对部分住院儿童进行了慰问，给孩子们带去了节日的礼物，并特别看望了小小。

“这是小小的第一个六一儿童节。”小小的姐姐海寒雪说。小小在重庆重获新生，重庆这座城市，包括六一这个节日，都将被她们一家人永远铭记。

针对小小的情况，市儿基会联合儿童医院制订专门的救助方案，在“水滴公益”申请资助，这项资助不受地域限制，最终经过大家的努力，申请了 3 万元的救助资金，帮助解决他们的经费难题。

为了心的呼唤，多少人在全力以赴。

为了心的新生，多少人在默默奉献。

2015 年 11 月至 2021 年 11 月，重庆市儿童医疗救助基金会共发放救助款 871 万元，救助 445 名患有先天性心脏病且需手术治疗的儿童。

潮平两岸阔，风正一帆悬。

近年来，儿基会取得显著成绩。2016 年至 2020 年，儿基会共募集资金 3887.94 万元。其中，募捐收入 2037.77 万元，政府补助收入 1747.5 万元（占 44.95%）。募捐收入超过了政府补助。

儿基会先后开展了“水滴公益”儿童大病项目、“山东脐血”项目、“克勇专项”“黄雪仪儿童呼吸公益专项”等项目，2016 年至 2020 年，支出资助资金 3000 余万元，救助病患儿童 2000 余人次。开展儿童健康筛查等调研活动，受益儿童达到 12 余万人次。

“救助的病种也在不断扩大，惠及更多的儿童。”理事长陈榜霞介绍，儿基会救助病种从最初的白血病扩大到先天性心脏病、重型再生障碍性贫血、淋巴瘤、地中海贫血、血友病、实体器官移植和儿童危重呼吸疾病等 8 种严重疾病。

“在内部管理上，制度化、规范化。”儿基会定期进行政策法规、项目管理、宣传策划、募捐资金等方面的培训。在政治思想、业务能力等多方面加强学习，提高员工综合素质。连续 3 次参加市民政局组织的社会组织等级评估，分别获得 AAAAA 和 AAAA 级基金会荣誉称号，儿童白血病医疗救助项目获得重庆日报 2020 年公益评选活动“十大公益项目”。

“作为儿基会的工作人员，我们永远在路上。”陈榜霞说，“发扬人道主义精神，在救助病患儿童，帮助大病儿童的道路上，没有终点！”

脱贫攻坚——为有源头活水来

咏梧村扶贫记

俞为文

引子：跨越时空的致敬

咏梧村是一个令人肃然起敬的地方，这是个曾经流淌血与火的地方。

它的名字来源于一位先烈的名字：彭咏梧。

彭咏梧，是小说《红岩》彭松涛的原型。生于1915年，1938年加入中国共产党，1940年任云阳县委书记。1945年，在地下斗争中与江竹筠（江姐）结为伴侣。为迎接中华人民共和国成立，1947年10月，他担任川东临时工作委员会委员、下川东地工委副书记，到下川东组织领导武装斗争任游击纵队政委。1947年12月17日，川东民主联军下川东纵队奉大巫支队成立，并发动了武装起义，给敌人以沉重地打击，使敌人心惊胆战。敌人调兵遣将，围剿“彭咏梧游击队”。1948年1月15日下午，彭咏梧带领游击队向巫溪方向转移，来到平安乡安子村黑沟淌，被尾追的国民党部队581团正规营包围。在战斗中他身负重伤，立即从身上取出同志们的组织关系和联络关系的纸张吞进肚里，不让它落入敌手。最后在掩护队员迅速突围时，他中弹壮烈牺牲。

为纪念这位英烈，2011 年 4 月，将奉节县平安乡的十王村和安子村合并更名为咏梧村。

这是英雄战斗过的地方，处处留下英雄的足迹。“箭楼”，他们曾在此休憩；锦山寨，他们曾在此转战。

咏梧村是有幸的，它因为英烈而扬名。

然而，从前的咏梧村是贫穷的。提起咏梧村，我们曾为英雄的牺牲而落泪，也曾为它的贫穷而落泪。

咏梧村是奉节县平安乡的一个小村。平安乡地处奉节县西北角，与巫溪、云阳三县交界，过去交通闭塞，经济落后，是重庆市级深度贫困乡之一。有一首民谣这样唱的：

有女不嫁平安槽，
一年到头磨儿摇，
想吃干的两坨苕，
想吃稀的两瓜瓢，
一吹一个洞，
一喝一条槽。

一首民谣，唱出了辛酸；一首民谣，唱出了无奈；一首民谣，唱出了凄凉。

人们曾经的生活景况，可见一斑，这样的民谣，令人心伤，令人落泪。

咏梧村作为贫困乡的贫困村，其状况也好不到哪儿去：

住的茅草窝，
睡的苞谷壳，
吃的三大坨。

“三大坨”指的是玉米、红薯、土豆，人们只能天天吃这些，吃得心厌，吃得心烦。住得差、睡得差、吃得差，人民群众生活，可谓苦不堪言。

“吃水看天、通信靠吼、交通靠走。”

这是村民戏谑，描述了他们生活的现实：没有水喝，通信困难，交通不便。长年累月，年轻人看不到希望，纷纷外出；老年人安于现状，得过且过。

咏梧村要奔小康，面临不小的难题。

号角在吹响，冲锋在发起。

2017 年 8 月 11 日，重庆市委召开常委会议，专题研究深化脱贫攻坚工作，审议通过了《关于深化脱贫攻坚的意见》和《关于完善我市国家重点贫困县脱贫摘帽计划的方案》《重庆市深度贫困乡（镇）定点包干脱贫攻坚行动方案》《全市脱贫攻坚问题整改工作方案》《关于调整市扶贫开发领导小组组成人员的通知》。18 日，重庆市召开了深化脱贫攻坚工作电视电话会议，聚焦深度贫困地区，更加坚定精准有效推进脱贫攻坚。

一场脱贫攻坚的战役打响了。向贫中之贫、困中之困、坚中之坚发起了最坚决最有力地冲击，扶贫工作小组纷纷进驻到乡村，而市红十字的扶贫干部李宗政、陈锐则先后深入奉节县平安乡咏梧村，担当村里的第一书记。

红十字会的干部带着“人道、博爱、奉献”的精神来到了咏梧村。

红十字会与红色的土地，这是红与红的握手，这是心与心的相助。

碉楼森森凋满树，川东英雄曾几度。

新器黄蓑复往日，而今识得先辈路。

六十多年前，彭咏梧等先烈为了人民的幸福、自由，而血洒热土；六十多年后，红十字会的干部，为了人民的富裕，拔除穷根，而汗滴热土。

两代人，为了一个共同的初心，而踏足这片土地。

“一定要打赢这场脱贫攻坚战！”红十字会的脱贫干部，扎根这片土地，用他们的辛勤、用他们的汗水、用他们的付出、用他们的奉献，帮助这片土地上的人民脱贫致富。他们以这种方式，跨越时空，向遥远的先烈致敬，不负他们甘洒热血的期望。

上篇：一泓清泉润民心

不要在该奋斗的年纪选择去偷懒，只有度过了一段连自己都被感动了的日子才会变成那个最好的自己。

——李宗政

一、慷慨出征

脱贫攻坚的战役打响。

按照重庆市委、市政府的要求，全市要进一步统一思想、凝聚力量，聚焦深度贫困地区，坚定精准有效地推进脱贫攻坚工作，确保如期高质量打赢脱贫攻坚战。

要打赢脱贫攻坚战，关键在人。

“要把扶贫工作力量配备好，要分类精准选派贫困村‘第一书记’”。

作为市政府办公厅扶贫集团成员单位——市红十字会，按照这个思路，选派深入贫困村里的“第一书记”，必须是精兵强将，确保完成任务。红十字会的领导，将单位里的人员梳理了一遍又一遍，慢慢地，陈锐、李宗政……一个个面孔渐渐地浮现出来了。

20多年的党员干部，退役军人，吃苦耐劳，具有坚韧的品质和很强的执行力，红十字会的领导人的脑海中，浮现出李宗政的形象。

李宗政是四川仁寿县人，1971年7月出生，1990—2009年在部队服役，2009年转业到重庆市红十字会工作，先后在办公室、赈济救护部任副调研员，2017年7月刚刚就任市红十字会机关党委专职副书记。作为一个老大哥，他宽厚、热情、心细，对年轻的同事总是充满了关心和爱护，总是急人之所难，解人之所忧，在红十字会的干部群众中，颇受人敬重。

“第一书记需要像你这样的干部。”领导找到李宗政征求意见，“你考虑考虑。”

“感谢党组织的信任，我作为一个退役军官，退伍不褪色，不讲条件，坚决服从！”李宗政随即向党组织回话。

虽然李宗政家庭有些困难，妻子在生病，孩子在上学，但作为一个老党员、退役军人，不讲条件，“招之即来、来之能战、战之必胜”一直是他心中的信念。“必须克服一切困难，完成任务。”李宗政说。

领导为他的勇气和慷慨所感动，看到年逾不惑的他即将披挂出征，不由得感慨：

“老李，你也不年轻了呀！让你挑重担……”

“我相信事在人为，只要有热情、有干劲，年龄不是问题。”他说。

“你没有农村基层的工作经验，以后的工作会遇到很多困难，你要有思想准备。”领导关切地说。

“正好去历练历练。”他说。部队的生活练就他坚韧不拔、永不服输的精神，他相信，有挑战困难的勇气，就有战胜困难的方法。

“说说你的想法？”

“迎接新的挑战，成为最好的自己。”李宗政说，“一个人，不要在该奋斗的年纪选择去偷懒，只有度过了一段连自己都被感动了的日子才会变成那个最好的自己。”

勇挑重担的决心，坚定不移的意志，红十字会的领导相信李宗政多年工作所显示的才智、能力、水平和经验，足以胜任脱贫攻坚的工作。于是，李宗政作为红十字会选派的脱贫攻坚工作的“第一书记”，下沉到咏梧村。

出征之时，在他心里，暗下决心，一定要干好扶贫工作，帮助老乡脱离贫困。

二、寻水之路

2017 年 9 月，咏梧村迎来了它的“第一书记”：一位瘦削、干练的人；一位热情、干劲十足的人。

然而，咏梧村的问题并不简单，李宗政迎来的第一难题就是：缺水。

咏梧村属于喀斯特地貌，地表异常缺水，没有稳定的水源，季节性缺水严重。一下雨，地表也留不住水，转眼就消失无踪。“水从地上走，人在山上愁”，正是这种写照。

那么，当地的人饮水怎么办？只能靠“天河水”和“楼板水”。“天河水”指的是用水桶、水盆等承接下雨天落下来的水；“楼板水”则是指从屋顶上流下来的水，极不卫生。或者到很远的并不洁净的山塘里挑水，一路颠簸，桶里水也所剩无几。有一首民歌就这样唱道：

吃的天河水，喝的泥汤汤。

挑了半天水，不到小半缸。

一到干旱季节，更是水比黄金，滴水难寻，百姓苦不堪言。

“只要有水喝，谁还管干不干净！”村里的人说。

村里缺水状况，作为村里的“第一书记”，李宗政看在眼里，急在心头，由此他踏上了寻水之路。

他经常头顶烈日、翻山越岭，走进一个又一个溶洞，寻找水源。溶洞里面常常怪石嶙峋、崎岖不平、坑坑洼洼、阴暗不明，李宗政带着人，手执电筒，摸索前进，越往里走，越发困难，稍不留意，就会摔倒在地，衣服被挂破，身体被刮伤，更是常事。但是一个一个的山洞都令人失望，都是枯水洞。

但是李宗政并不死心，平时走访村民时，也处处留心。

皇天不负有心人。2018 年 6 月，有一次，李宗政在一个名“马流水”的地方走访时，从一个村民口中了解到一个信息：一处山洞里有水源。于是他摸索着走进洞里，一步一步地往前挪动，终于在洞的深处发现了水源地。

这让他欣喜若狂，看着那汩汩冒出的水，就像是欢乐从心中流淌出来。

为了利用好这一处水源地，他不辞辛劳，前前后后5次进洞探查，带着工作队长戴书军、队员陶大奎、村支部胡美周、村主任殷胜清深入洞中勘察，联系地质队实地考察，了解地形、地貌、水质情况、如何开掘利用，等等。李宗政及时将情况报告时任驻乡工作队队长林凡、乡党委书记邹远珍，多方协调将此处的引水工程纳入脱贫饮水工程，在他的大力推动下，获得了项目支持、资金支持，很快建起一处蓄水池，容积为2000立方米，可解决2社200人村民吃水问题。

2018年10月10日上午10点，李宗政同驻村工作队队长戴书军、队员陶大奎，怀着万分激动的心情，一起来到“马流水”，将400多米引水管牵到蓄水池。

山路蜿蜒曲折，凹凸不平，一边是陡峭的山壁，一边是险峻悬崖，突然一声惊呼，李宗政右脚踏空，还好他及时抓住路边的藤蔓，身边的人也赶紧搭了一把手，稳住身形，才没有摔下悬崖。好险，惊魂未定，只听脚边的碎石子，沙沙地滚下山崖。

一泓清泉出深山。叮咚，叮咚，清清的水流注入蓄水池中。李宗政他们别提有多么高兴了，在他眼里，这些清清流水是珠玉、是宝石，迸溅着欢乐，迸溅着甘甜，而这欢乐和甘甜，汩汩地流进咏梧村百姓的心中。

清泉如心。这一泓清泉，鉴照的是共产党的心，扶贫干部的心，那一颗为民、为群众排忧解难，不辞辛劳的清洁、纯粹的心灵。就是这样的心灵，像泉水，润泽着一颗又一颗的百姓的心灵。

“水是我们的命啊！”咏梧村民老陈看到清水荡漾的蓄水池，感慨地说，“李书记可给我们解决了一个大问题。”

驻村工作队队长戴书军这样评价李宗政：“李书记工作非常务实，事事上心、处处细心、时时关心。”正因为如此，他才能发现一处水源地，看似偶然，实是必然。

涓涓细流，汇集成池。李宗政看着一泓清水，他深深地感到，每一个人都像是这样的一滴水，只要汇集在一起，就会成池、成塘，润泽万家。只要这样，心往一处想，劲往一处使，一定会使人民群众脱离贫困，过上幸福的生活。

“问渠那得清如许，为有源头活水来。”这“源头”是山中的水源之地，也是扶贫干部的一颗为民之心。

三、精准识贫

“摸准民情、找准穷根，不漏一户、不落一人。”这是识别贫困户的总体目标。

对于“第一书记”李宗政来讲，再次精准识别贫困户，是进村后的工作重心，要让扶贫的资金，真正用到贫困户身上。精准识别贫困户，既是工作的重点，也是工作的难点，不但要做大量繁复的工作，而且容易得罪人，评不上的，会怨你；撤掉的，会恨你。

但李宗政不怕，迎难而上，因为他有一颗公正务实的心。“按群众的话说，只要一碗水端平了，群众就不会骂你。”李宗政说，群众真正不满意的是那些凭着“人情”“关系”评上贫困户的，还有的是把关、审查不严当上贫困户的。

“我们要严格按照国家政策，识别贫困户。钱要花在刀刃上，不能让有些人浑水摸鱼，钻国家的空子。”李宗政介绍说，“扶贫，就犹如打靶一样，要精准，方能正中靶心。”曾经当过兵的李宗政生动地譬喻精准识贫。

按国家有关规定，所谓贫困户，可用两条标准来精准识别：一是严格执行 2016 年国家规定的脱贫标准，即农民人均年纯收入在 3026 元以下。二是要统筹考虑“两不愁，三保障”。“两不愁”就是稳定实现农村贫困人口不愁吃、不愁穿；“三保障”就是保障其义务教育、基本医疗和住房安全，是农村贫困人口脱贫的基本要求和核心指标。

“你们家收入是多少？有学生在上学吗？”

在农户的家里，李宗政坐在板凳上，与农户拉起了家常。

这是李宗政的第一个措施：开展地毯式摸排，两人一组入户摸家底。李宗政率先垂范，带着队员走村入户、起早贪黑、挨家挨户走访。他们爬山头、坐院头，足迹遍布山山岭岭；他们拉家常、聊发展，与群众亲切交谈，面对面交流。一一摸清家底，了解情况，记录在册。就这样一户户地走下来，身上满是尘土，鞋上沾满了泥，他说：“身上没有土、脚上没有泥，就不是一名合格的驻村第一书记。”

通过实地查看人畜饮水、村组道路、牛羊圈舍、危房改造、产业发展等情况，他们对每一户的情况了如指掌。

摸清家底后，第二个措施：以村民小组为单位开群众大会，比对“四进七不进、一出三不出”的标准要求，公开“评比”贫困户。

“四进”指的是具备下列条件之一，必须作为新增或返贫对象评定为贫困户的条件。即家庭年人均纯收入低于国家当年扶贫标准的农户；因缺资金有子女无法完成九年制义务教育的农户；无房户或唯一住房是危房，且自己无经济能力修建或改造的农户；因家庭成员患重大疾病或长期慢性病等，扣除各类政策救助后，自付医疗费用负担较重，家庭年人均纯收入处于国家扶贫标准以下的农户。

“七不进”指的七种不能评定贫困户的条件，即当年家庭年人均纯收入高于全市平均水平的农户；2014年以来，购房或修建新房，或高标准装修现有住房（不含因灾重建、易地扶贫搬迁和国家统征拆迁房屋）的农户；家庭拥有或使用轿车、船舶、工程机械及大型农机具的农户；家庭办有或投资企业，长期雇用他人从事生产经营活动，并在正常经营、正常纳税的农户；家庭成员中有正式编制的财政供养人员（贫困大学生毕业参加工作一年内除外）、村四职干部（有重大致贫原因除外）的农户；举家外出一年及一年以上，无法识别认定，且农户自愿放弃参加贫困户评定的农户；“农转城”人员不再进入全国扶贫开发信息系统，对于符合，整户转、原地住、没有享受城镇居民任何政策、“三保障”问题没有全面解决的对象，可以参照识别流程和方法，建立属地管理台账，只享受当地帮扶政策。

“他家的情况我们都清楚，我同意。”

“我觉得老李家不够格……”

在评比会上，群众七嘴八舌，纷纷发言，参与感极强。

不到两个月，李宗政组织召开了 8 场群众大会和数十次村支两委及工作队专题会，精准识别患重病大病户、五保户、低保户、残疾户、老人户、住房不安全户、临界贫困户、档外建档等特困、贫困对象，分门别类建立台账，既做到对象精准、底细明了，又做到公平公正、应扶尽扶。

经过这样的严格程序，新增了 10 户建档贫困户、16 户临界户和 14 户社会管理户。同时，对 20 户稳定脱贫户及时进行上报标注，对 7 户不符合条件的“贫困户”及时在系统中进行清退。

整个过程，严格、公正、公开、透明，不讲私情，不讲情面，评出真正的贫困户。

李宗政说：“作为一个人，要讲人性；作为一名党员，要讲党性；作为一名领导干部，要讲原则。”

“李书记真的很公道，我们服气！”大家纷纷赞扬。

群众满意了，老百姓服气了，民意得到了很大提升。

他这样的工作态度和工作方法，得到大家的一致认可，《人民日报》报道了他精准识贫的工作。

然而，对于那些没有评上“贫困户”的村民，李宗政并没有置之不理，而是在了解他们的困难后，尽可能地提供帮助。

村民李定祥家就是一个例子。

“我们要当贫困户，你看我们家，两个孩子读书，咋办呢？”年迈的妇女张文佑扬着几张纸，在村便民服务中心向工作人员嚷嚷。

“有什么困难，你讲给我们听。”李宗政和和气气地对她说。

原来她的儿子李定祥在珠海务工，有两个孩子，一个在读大学，一个在读初中，负担较重。李定祥自认家庭困难，写信申请“贫困户”，于是她来到村便民服务中心向村里反映了儿子的要求。

但是他家并不符合“贫困户”的条件，虽然如此，细心的李宗政却并没有甩手不管。他将李定祥家的困难放在了心上，这位红十字会来的干部，骨子里就有一颗博爱的心。

他联系自己的单位——市红十字会，为李定祥家安排3000元临时救助；同时又给同学和战友打电话募捐，通过奉节县红十字会向李定祥家转交7000元捐款，帮助他们渡过难关。

“真是太感谢你们了！”张文佑握着他们的手，连声道谢。

四、一心为民

“沉得下、待得住、找得着。”这样的书记，才是真正的“第一书记”。

李宗政正是这样的书记，他深入农户，真诚沟通，听民声、传民意、解民忧，切身体验困难群众的生产生活，感受困难群众的酸甜苦辣，真正在情感上贴近群众，从心灵上关心他们，想群众之所想，急群众之所急，千方百计为民解困、为民解难。

为此，他特地制作了联系卡，写上自己的名字、电话号码，方便村民与他沟通联系。“要让困难群众在需要时想得到、看得见、联系得上。”他这样说，也这样做。

他以自己的真诚、热情，赢得了群众的信任。

1

“哎呀，都跑了三趟了，这娃儿硬是不听话，油盐不进。”网格员蒋国菊唉声叹气。

“什么情况？说来听听。”李宗政说，群众的任何小事，他都不会放过。

于是网格员竹筒倒豆子，一五一十地向他说出缘由。

原来是康家的小孩康钊，才念初二，不知什么原因，辍学在家，网格员跑了 3 次去劝说他，毫无效果。

“走，让我们去看看。”李宗政拉上村支书一起，立即赶往康钊家里。

这是 2018 年 6 月上旬，赤日当头，骄阳似火，在户外行走，如同身在火炉，浑身大汗淋漓。但李宗政顾不上这些，他一心想了解这个孩子的情况。

“小伙子，怎么回事，跟叔叔说说。”李宗政在屋檐下，坐在竹椅上，挨着康钊坐着，亲切地问他。

康钊低垂着头，不说话。

李宗政观察身边的康钊，只见他情绪低落，目光忧郁，上身穿着一件桃形领的蓝色 T 恤衫，下身穿着一条牛仔裤，脚穿一双破烂凉鞋。

“叔叔给你买一双运动鞋，你看要得不？”李宗政真诚地对康钊说。几经开导，康钊看到他们是真心要帮助他，渐渐地放下心结，向他们敞开了心扉，大家终于明白了缘由。

康钊是在紧邻奉节县的巫溪县文峰初级中学读书，因为他是外地的，在那里没有要好的朋友，班上的一些同学就常欺负他。而受到欺负，没有朋友帮忙，也没有朋友可以叙说，渐渐地，他感到异常孤独。在那里读书，他感觉到很难受、很害怕。

“那你回来读书嘛！”李宗政顺势往下说。

“我不晓得在哪儿读？”康钊说。

“是呀，我们在学校又没有熟人。”康钊的父亲也插嘴说。

“竹园初级中学怎么样？我给你联系联系。”李宗政想了想说。

康钊父子高兴地同意了。

言出必行。李宗政立即联系竹园中学，几经交流，竹园中学同意接收这个插班生。

第二天，李宗政为康钊特别购买了运动鞋，同时还购买了毛巾、脸盆、牙刷、洗发水等必需用品，开车亲自将他送到学校。

2

2018 年 10 月 10 日，对咏梧村的人来说，是一个重要的日子。

因为这一天，一条跨村便民路竣工了。

下午两点钟，村支两委和驻村工作队、村民代表、业主代表、施工方代表，喜气洋洋地聚集在一起，迫不及待地想体验这一条便捷的道路。

这条道路从村便民服务中心直通到平安小学。

咏梧村地处山区，以前交通极不便利。人们常说："看到屋，走到哭；看到爷，走到黑。"说的是看到自己的家了，但是要走到家门口，会把人走哭；看到自己的亲人爷爷就在眼前，但是要走他跟前，要走到天黑。

后来交通改善了，修起了村级公路，往来多了一些方便。但是公路在山坡上盘旋回绕，路程也不短，步行就是难事。

比如说，村便民服务中心到平安小学，顺着公路走就得走上 15 里，大约需要一个小时，学生每天往返，苦不堪言。老年人接送孩子，蹒跚而行，更是令人心疼。

李宗政和村支两委经过考察，发现如果从山上直修一条道下来，可以大大缩短时间，给村民、学生带来极大的方便。然而，经过测算，修这样的一条道路，需要资金 20 万元。

这是一笔大数字，村里根本无法承担，于是筹措资金的重担，落在了李宗政的身上。

李宗政积极联络，争取到市红会项目资金 20 万元，使这条便捷道路成功建成。

这条便捷通道全长 1200 多米，包括 1000 余米人行路和 236 米硬化公路，它的完工，使村便民服务中心到平安小学，仅仅只要 15 分钟。

对李书记的这一"壮举"，群众赞不绝口。村民陈泽旺就说："主要感谢李书记，要不是他，不晓得好久才能修通……"

这是一条便民路，也是一条惠民路。它不仅是修在地上，更是修在人心里。

自驻村以来，李宗政就心系百姓，脑海里时刻装着百姓，先后帮助村民协调解决困难 20 余件。为提升贫困乡村医生的医疗水平，积极协调市卫生健康委和市红会开展乡村医生培训。联系社会爱心人士对 10 余名困难学生进行一对一的结对帮扶；为 6 户遭受火灾、39 户遭受洪灾损失的困难群众及时协调市红会进行了救助。

因为这些事迹，他先后被评为奉节县脱贫攻坚先进个人、重庆市扶贫开发先进个人。

一枝一叶总关情，一丝一缕亦为念。这些点点滴滴、桩桩件件，都彰显了一个扶贫干部心系群众的情怀，一个扶贫干部服务为民的精神。

下篇：青春从此未缺席

珍惜当下

方能不负韶华

——陈锐

一、不负韶华：为了青春的焕彩

“杲杲冬日光，明暖真可爱。”2018 年 12 月 18 日，太阳露出久违的笑脸，温暖而又明亮的光芒，给冬日寒冷的咏梧村洒下一层和暖的金辉。就在这一天，红十字会的陈锐，踏上咏梧村的土地，走马上任奉节县平安乡咏梧村第一书记。

李宗政是重庆市红十字会机关党委专职副书记，驻村一年多，由于劳累过度，在体检中发现多处亮起红灯，已不能坚持，不得不提前中断第一书记工作。

即将卸任的第一书记李宗政心里不舍，这里的山岭阡陌留下了他的足迹，这里的房檐地头有着他的身影；一草一木都令他依恋，一家一户都令他牵挂。他带着陈锐走访了 32 户贫困户，其中 21 户在家，每一户事无巨细，一点一滴地交代，生怕漏了什么。陈锐则跟在他的身后，拿着笔记本，详细地记录村民信息，也生怕漏了什么。一天下来，就记录了大半本。

末了，两位红十字会的干部，双手紧紧地握在了一起。

这紧紧的一握，有嘱托、有担当；这紧紧的一握，有期许，也有豪情……

这紧紧的一握，陈锐接过李宗政手中的接力棒，也接过脱贫攻坚的大旗。

一天的工作，充实，劳累，信息量大，足够他细细消化。陈锐心里有一种初来的新鲜、兴奋，以及对未来工作的设想，令他心涛起伏，久久不能平息。直到晚上 11 点 16 分，他还沉浸在这种情绪中，以至于他在朋友圈发出他就任“第一书记”的感言：“珍惜当下，方能不负韶华；守护近人，身边的爱才长久。”表达了年轻人敢于担当，甘于奉献，让青春韶华更加璀璨的豪情；也表达红十字人特有的博爱、大爱的情怀。

陈锐出生于 1985 年，2008 年在从开州区丰乐街道滴水村一名大学生村官起步，参与三峡库区二期移民搬迁工作，具有丰富的农村基层工作经验。

“派你去是因你有基层工作经验，也算是临危受命，肯定会有一定压力，希望你不辱使命，继续发扬务实工作、昂扬向上的精神。”重庆市红十字会领导殷殷嘱托。

陈锐当即表示：“扶贫攻坚，这是国家的大政，富农惠农的大好事，作为红十字会的干部，责无旁贷、当仁不让。”

早在一年前，他听说要派他下去，他就摩拳擦掌，时刻准备着。后来单位选派李宗政担当咏梧村的第一书记，现在李宗政因身体原因不能胜任，单位决定派他前去接替。“老李为扶贫，倾尽心力，接过他的接力棒，义不容辞。”陈锐斩钉截铁地说。

“九万里风鹏正举。”一场脱贫攻坚的战役，在广阔的土地打响。无数的干部，投身在这场战役中，展现他们全部的热情、智慧、精神，闪耀出生命的光华。陈锐也不想错过，这位满怀诗心的年轻人，要把自己的青春，写在这个波澜壮阔的画卷上，宏大的战役中。

要让自己的生命与时代的节拍押韵！

这是他内心的豪情，一个“80后”青年的壮志。

在2019年3月29日，陈锐参加了贫困村第一书记示范培训班，他深有感触，写下这样的句子勉励自己：

“人面相去，此行千里。

岁岁年年，前赴后继。

愿大家都守土有责，尽职免责。”

他深深地感受到肩上沉甸甸的责任，表达了自己“守土有责、守土负责、守土尽责”的担当和决心。

二、一泉锦绣：为了百姓的“渴”望

为寻一泉锦绣水

迤逦崎岖遍阡陌

——陈锐

1.找水

“我们村啊，首要的问题就是吃水的问题……”

“水比油贵啊……”

“吃水，那不得看天。别看现在有水吃，几天不下雨就难了……”

在走访中，村民首先向陈锐反映的就是“喝水难”的问题，担忧之情，溢于言表。对于村民的忧虑和情绪，陈锐设身处地，将心比心，感同身受。

村民的忧虑就是他的忧虑，村民的担心就是他的担心。

困扰着咏梧村的，依然是“水”的问题。

“我们还是要彻底解决水的问题……”在每周的问题研判会上，陈锐将这问题提了出来。经过一番探讨之后，决定再建一口蓄水池。于是，村支两委和驻村工作队兵分三路，再度踏上“漫长”的寻水之路。

李宗政和陈锐，两任咏梧村第一书记，为了解决百姓的“渴”望，前赴后继，踏上寻水之路。

“为寻一泉锦绣水，迤逦崎岖遍阡陌。”真正行动起来，才知道这绝非易事。为了寻找水源的位置，陈锐往山坡上去找，他踏上了一个又一个陡峭的山坡，走了一条又一条崎岖的道路，满身尘土。他走访村里的老人打听有关水源的一星半点的传说，遇到一个农户就询问一下水源的见闻。他下到一个又一个的溶洞，查找、探寻，有的溶洞非常的狭长，但他总是尽量往里走，希望能有意外的发现。

“溶洞越往里走，里面越是狭窄，越是崎岖难行。”他不知摔过多少跟头，甚至牛仔裤都被磨破了洞，但走过的 10 多处都是枯水溶洞。

他没有放弃，继续寻找。功夫不负有心人，最后大家在马流水附近再找到了 3 处新的渗水源地，通过整合，把几个点的水都引流到马流水水池中。

2.借水

“黄梅时节家家雨，青草池塘处处蛙。”梅雨时节，在咏梧村却是另一种景象：处处蛙声，家家无雨。2019 年 5 月以来，这个高山地区 20 多天连晴无雨，甚至周边都下雨，这里却没有雨，村民日渐烦忧。他们担心的事情终于发生了，水源地渐渐干涸，水池也几近枯竭，人们的饮水真成了问题。

陈锐和村干部忧心忡忡，坐立不安。

为解燃眉之急，陈锐联系了水管站，请洒水车、消防车从山上到山下，为每一户村民送水。村民看到“小陈书记”带着洒水车、消防车挨家挨户送水，都交口称赞：“政府就是好啊，心系百姓，送水上门。”

“小陈书记”此举赢得大家的认可，和百姓心一下拉近了，大家对他也亲近多了。

但陈锐知道，这只是权宜之计。在送水的过程中，他听说邻村的巫溪县松涛村有水，爱思考的他就琢磨开了：

“为啥同样的海拔，他们那边有水？”

为了解开这个疑问，他向邻近的村民打探，原来松涛村有个活水源，蓄水量丰富，供应本村绰绰有余，陈锐就萌生了向邻村“借水”的想法。他向平安乡乡长文晓林汇报后，在文乡长的带领下风风火火地去“借水”，几经谈判，松涛村终于同意调水。在架设管道引水的时候，陈锐亲自上阵，铺设管道，村民也自发前来帮忙。

当一股清澈的水流涌出，喷珠溅雪，如琼浆玉液，落入池中，村民纷纷拍手叫好。借来的水将最大的池塘注满，人们饮水暂时无忧，个个都对“小陈书记”竖起了大拇指。

2019 年 6 月 21 日，全国各地普降大雨，“一夜山雨千塘满”，咏梧村也喜降甘霖，全村的饮水池都蓄满了水。

“多情一夜千山雨，消尽人间万斛愁。”真是一场“及时雨”啊，咏梧村人的忧虑一扫而空，大家兴高采烈，脸上绽开了久违的笑颜。

因水结缘，跟咏梧村一起经历了盼水找水，修堰等水，寻水送水，借水引水的陈锐更是五味杂陈，喜不自禁：

“一夜骤雨，云销雨霁。水满池沉，所忧散去。”

3.管水

“树绕村庄，水满陂塘。倚东风，豪兴徜徉。”咏梧景致，如诗如画。

池池清水，琳琅满目，需要精心管护。

陈锐与村两委一道，在蓄水池扩容整修和管网建设上进行了布局。一方面，针对新找到的 3 个取水点，申报并新建完成了 1 个 2000 方的朱家湾水池，3 个拦水堰，将新水源的水并入现有的蓄水池中。自此，前后建好 19 口水池，包括倒叉垭口水池（800 方）、马流水水池（2000 方）等，彻底解决了全村上下供水不足的问题。另一方面，对照水池蓄水量和全村农户分布的情况，制订了一个管网整改方案，保障了全村 4 个社的水源取水分布均匀。

如何管理好水，这是陈锐和村支两委在思考的问题。

“授权并信任才是有效的管理之道。”正如著名的管理专家柯维说的那样，陈锐决定采取“放手式”管理方法，充分发挥老百姓的参与性、主动性。

这来源于他的亲身体验。

在马流水水池、朱家湾水池的修建中，在没有任何组织的情况下，村里的许多村民都自发前来，加入这些惠民的工程中。

“城里来的干部这样费心费力，都是在为我们做好事，我们更应该多出力。”做工的老陈说。

村民李和平开始很抵触，后来看到陈锐和村里干部挖水渠、找水，亲力亲为，不辞辛劳，前后奔走，无怨无悔，帮助咏梧村解决饮水的问题，深受感动，在找水的过程中主动前来，用镰刀砍开荆棘藤蔓，带着大家爬坡上坎。

“需要我带路，随时叫我。”他挥舞着沾着藤屑的镰刀说。从此后，他和村民朱光炳等经常出现在找水的队伍中。

这使陈锐认识到，社会治理需要老百姓自己的参与。

陈锐与乡政府驻村指挥长、村支两委商议后决定，在评定公益性岗位的工作中，只由村委会来指定岗位职责和服务范围，而具体的岗位人选，则“放手”由分社召开群众大会来决定。

比如，在管水这个问题上，村民汪圣兵推荐了李和平，大家都觉得他很公平，也很勤快，得到村民大会的认可，当上了管水负责人。后来成立了管水协会，李和平还成了管水协会的理事长。

通过管水协会，村民水表的安装、阶梯水价的制定，水费的使用，管网维护和设施管理，都由大家自行决定。

同样的方法也用在其他 25 个公益性岗位上，人选由村民选举产生，并接受村民严格地监督，一旦有投诉，就取消该村民的公益性岗位。这样一来，选出来的人员都是兢兢业业、勤勤恳恳的人，避免了以前存在的“人情岗”“空饷岗”。这些选上的人在工作上也尽心尽责，“就算他一时忙不过来，比如说掰苞谷、种洋芋去了，他就让亲戚朋友顶岗，把工作完成。”村民说。

这样选任方法，让大家有了知情权、决定权，得到村民的一致拥护。

随后村里还成立道路管护协会、红白理事会、村民调解理事会等 6 个群众组织，都是由村民推举，村委批准，参与村里事务管理，充分调动了广大群众的积极性和主动性，真正做到了群众自治。

三、东风带喜：为了产业的发展

东风带喜坊间满

家家兴业换新颜

——陈锐

要使贫困的村民真正脱贫，就必须要让他们增加收入，而增加收入的必经之路就是发展产业。

“授人以鱼，不如授人以渔。”产业扶贫是最有成效、最稳定、防止返贫的最佳脱贫方式。习近平总书记指出，“发展产业是实现脱贫的根本之策，要因地制宜，把培育产业作为推动脱贫攻坚的根本出路。”通过产业激活他们的“自我造血”能力，真正做到自力更生，永久脱贫。

发展产业，是陈锐另一个重要任务。在产业发展的道路上，他不断深入了解当地生态环境、人文特色、历史文化、优势特长，有的放矢地选择产业，在这个过程中，渐渐完成了角色的转变，让自己从“他乡客”成了咏悟人。

记录1：“收支账”

时间：2019年1月15日

地点：咏梧村3社、4社

主持：咏梧村第一书记陈锐

“陈书记，你给我们带来的项目是好项目，引进企业以2块5保底价收购也为我们省了不少事。但是据我了解，邻村巫溪县去年的收购价是3块多、4 块多，都是挣钱，我们为啥不去卖给巫溪的呢？”

在咏梧村 3、4 社陈锐主持的院坝会上，农户汪圣兵提出了疑问。

陈锐怔住了，说不出话来。

原来刚到基层的陈锐为了调整产业结构，改变咏梧村传统“三大坨”（玉米、红薯、土豆）种植模式，积极联系，向太极集团争取到 200 亩中药材前胡种植项目。项目一经敲定，激情满怀的他立即组织召开院坝会，邀请技术员讲解种植技术，在会上还亲自为大家核算了投入和产出的收入账。

但是村民反应并不热烈，积极性也不高。与他内心的期望大有差距，村民汪圣兵算的账却令他准备不足，张口结舌。

出师不利。铩羽而归的陈锐没有气馁，暗下决心：要做足功课，把好事办好。

他先后走访了村里、乡里去年种植大户，实地了解了收成情况，存量情况，收购加工企业的经营状况，打听了解了周边乡镇、区县的种植数据和供求关系。

胸有成竹的他召开了第二次院坝会。

“去年前胡的种植只有巫溪县 400 亩，价格是可以卖到 3 块多、4 块多。但是今年仅仅平安乡就规划了 4000 亩，还有周边区县大量种植，供大于求，必然会导致价格下跌，现在我们看似吃亏了，从长远来看，是有了收入的保障。”

陈锐从 2019 年周边扩大种植规模影响供求关系作为突破口，循循善诱，化解大家的担心。

为了彻底打消村民的顾虑，陈锐提出了一个两全其美的方法。

“你可以一部分卖给太极集团，一部分到市场销售。”

最终，村民被说动了，咏梧村种植 200 亩前胡，其中 100 多亩被返乡创业的年轻人钟长富认领，剩下的被诸多农户零散认领。仍有担心的乡亲们也以土地流转、劳动务工的方式参与。

果不其然，正如陈锐所预测的那样，第二年由于供过于求，前胡的价格跌到 0.5 元每斤，而咏梧村的前胡种植户的收入得到保障。

“小陈书记真是料事如神啊，幸好听他的，我们没有亏。”种植户感叹地说。

“从这件事上看，我们既要准备充分，对事情要做实、做好！同时要有耐心，对群众有益的事，不要轻言放弃！群众最终才会真正得到好处。”陈锐总结说。

“近前云雾唤天明，远黛春山色未醒。未觉阶前落英梦，一寸光阴不可轻。”

云开天明，春山如黛，又一个咏梧的早晨到来。陈锐早早出门，“一寸光阴不可轻”，他要抓紧时间，带领村民早些走上产业致富的道路。

记录 2：试验田

时间：2019 年 3 月 11 日

地点：长坪村前胡种植试验田

人员：驻村扶贫干部

太阳当头，热情似火。几位城里来的驻村干部撸起袖子、挽起裤管，在地里锄地、扯草。他们汗流浃背，大颗大颗的汗水从额头滴落土中；他们腰酸腿疼，不时伸腰歇一口气，但他们的心里仍是乐呵呵的。

“真干啊！”

“不像是做样子！”

“真难为这些城里来的书生！”

不少乡亲们感到新奇，围拢过来，看见这些平时待在大城市、坐在大机关的处长科长们，像农民一样甩开膀子、拿起工具下地，不由得在旁边指指点点。一些群众甚至赶了几里地，专门来看这些扶贫干部们是不是搞的“样子货”。

“村民富不富，关键看干部。”

在推动产业脱贫的道路上，驻村干部常常遇到许多阻力，村民的疑虑，村民的担心，不但咏梧村有，全乡各村都有，而干部们却缺乏强有力的证据。为改变单一的行政说教的宣传方式，陈锐与驻平安乡驻乡工作队以及几个第一书记经常商讨，决定实施一个大胆的计划：驻村干部先行先试带动引导。

“纸上得来终觉浅，绝知此事要躬行。”他们坚信“实践出真知”。

于是他们自掏腰包一万多元，先用1850元在长坪村租了5亩地，搞了一块“前胡种植试验田”，要亲自种出赚钱的前胡给乡亲们看，让“试验田”的榜样，引导更多的农民群众调整产业结构。

于是就出现了上面的情景。

2019年3月以来，他们在工作队龚平处长带领下，先后两次亲自锄地、扯草、撒种、施肥。不时有驻村干部经常去转悠看管，像照顾自己的宝贝一样；不时邀请技术指导员，现场指导种植。

榜样的力量是无声的。群众是实在人，他们不信虚的，相信眼见为实。干部的“前胡种植试验田”让他们吃下了定心丸。

“干部都在种，肯定不会错。”村民放下了心，纷纷要求种植，前胡种植产业得到有效地推广。

记录3：撂荒地

时间：2019年6月17日

地点：前胡种植地

人员：钟长富，陈锐

“陈书记，你看看，今年种下的100亩前胡，有40亩直接都不发芽。土地都是从村民那里流转的，这样撂荒下去，我的损失不小呀！”种植前胡大户钟长富，指着撂荒地，忧心忡忡地对陈锐说。

这可是大问题，陈锐也心急火燎，立即和村产业发展组的同志现场勘查，初步判定是种子质量原因。他又立即与种子供应的企业进行了沟通和报备，协调好种植农户与引进企业的关系。

撂荒的土地怎么办？农户的损失怎么办？望着眼前的土地，陈锐的脑海里灵光一闪：万寿菊。村里规划的万寿菊的育苗期正好是这个时节，改种万寿菊，刚好解决了土地撂荒问题，又能弥补前胡的经济损失。

陈锐与村支两委商议后，立马牵线搭桥，让钟长富与另一家本地的中药材企业签订了供销合同，把撂荒的 40 亩地全种上“朵朵圆角分”的万寿菊。

2019 年 9 月，金黄色的万寿菊竞相开放，争芳斗艳，一畦畦金灿灿的花朵点亮田野。“小陈书记真有办法，你看，我的万寿菊丰收了。”钟长富的脸上露出笑颜，像盛开的金菊一样鲜亮。

红霞一许露闲秋，金菊几簇农忙收。
蹚过世事风尘去，胜却春色物华留。

漫山药材的清香和乡亲们收成的喜悦，让陈锐心里也万分舒畅，他高兴地写下诗歌，记录此时的心情。百姓的欢乐就是他的欢乐，百姓的收获就是他的收获，他觉得工作更有意义了。

上下齐心，在大家的努力下，咏梧村的产业得到很大的发展。种植了万寿菊 200 亩、辣椒 100 多亩、脆李 1200 多亩、黄精 400 亩，贝母 600 亩，金果梨 800 亩……粮经比由以前的 7:3，变成了 3:7，形成了可观的经济产业带。“东风带喜坊间满，家家兴业换新颜！”正是当前咏梧村的写照。

扎根基层，不负韶华，守土有责，未来可期！这是陈锐坚守第一书记岗位的决心和心声。

四、坚守初心：为了群众的幸福

若是山灵虚怀谷

青山难遮树梢头

——陈锐

1.一袋李子　饱含深情

“陈书记，您辛苦了，我代表村民们来看你了。”

2019年7月1日下午4点，重庆奉节县渝东医院12楼，平安乡咏梧村的村民蒋业安，提着一袋李子走进病房，笑容满面地对躺在20号病房，身着病号服的陈锐说。

“这是刚从自家李子树上摘下来的，来，品尝一下。”身穿灰色的传统纽袢衬衣，满脸皱纹的蒋业安笑盈盈地将一袋脆李递给陈锐。

不久前，陈锐在为村民家中引水的过程中，不慎受伤造成肘部粉碎性骨折，住进了医院。

“小陈书记”为了百姓能饮上水，因公受伤，村民于心不忍，时常牵挂他。蒋业安就在自家李树上精挑细选，摘下最甜的奉节脆李，带着村民们的心意，专程坐车从平安乡赶到医院看望陈书记。

“感谢你为我们做了那么多好事和实事，希望你早日康复。”蒋业安满怀情意地说。

对于看望他们的第一书记陈锐，蒋业安说：“几个月下来，‘小陈书记’和我们结下了情谊，他的为人、他的辛劳、他的努力，还为我们受了伤，都是为了我们能过好日子，我们都看在眼里，我们的心也是肉长的……”

“幸福不忘共产党。村里面的路灯亮了，村民腰包鼓起来了……如果没有扶贫干部的辛苦付出，这是做梦也不敢想的事。”蒋业安说起村里变化，说起扶贫干部，就止不住口。

“大伙不仅希望陈书记早日康复，还希望他早日工作，继续带领我们干出新成绩，过上好日子！”蒋业安最后说。

“朱衣河水秋渐凉，永安渡头仍绿妆。”乡亲牵挂陈锐，陈锐也牵挂乡亲，思念咏梧的一草一木，一砖一瓦。他恨不得立即撤掉石膏，回到大伙中间，此时他放心不下的是正值国务院扶贫办开展贫困县退出第三方评估验收，手术一周后就返回岗位，圆满完成了评估验收任务，咏梧村脱贫帮扶工作受了国务院第三方评估小组的高度评价。

小小一袋李子，饱含了村民一片深情，既表达村民对陈锐的深厚情谊，也包含了对他工作的高度认可。

2.一则故事，助民解难

“你看我的女儿，这个唧个办哟？”贫困户张海菊找到陈锐，说起她的女儿，就忍不住落泪。

原来她的女儿汪圣艳，是全家人的骄傲。小女孩学习成绩非常好，小学毕业时以全县第 8 名考取了奉节县最好的中学——奉节巴蜀中学。可惜的是，小女孩入校学习的第一年，就得了抑郁症，一心想要轻生。本来她和丈夫都在外面打工，可为了孩子，只得回来照顾她。她带着孩子跑了很多家医院，甚至来到重庆的大医院，看病吃药，收效甚微。

“我们一天都把她盯着，心怕一会儿又想不开了。”一家人时常提心吊胆，不得安生。

陈锐于是和驻村工作队队长戴书军一起到奉节巴蜀中学，找她的班主任聊了聊，了解情况。班主任说小女孩成绩相当好，但因为抑郁症，不想学习，一心只想着轻生，没有办法。

百姓的难处就是自己的难处，陈锐将这件事时刻放在心上，休假或者出差回到重庆主城，他就四处打听，终于找到一家名叫“为人人”的心理咨询所，可以通过心理干预，治好这种病。

2020 年暑假，刚好汪圣艳的姐姐汪圣桂在重庆打工，于是陈锐将汪圣艳带到重庆，在“为人人”心理咨询所进行心理治疗。经过两个月的心理疏导、干预，小女孩康复了，高高兴兴地回到了奉节，继续上学。

但是几千元的心理咨询费，对于这个贫穷的家庭，则是一个不小的数字。为了不增加他们的负担，陈锐通过自己的工作经费解决了这笔费用，汪圣艳一家对此非常感动。

自那以后，陈锐经常和他们保持联系，时常了解情况，听到汪圣艳在学校状况良好，他的心里就感到非常欣慰。当他了解到汪圣艳的姐姐汪圣桂在重庆打工，离家很远，就想办法将她介绍到奉节一家物流公司工作，使她可以时常回家团聚。

一袋李子，寄托了百姓的情谊；一则故事，表现了驻村干部的情怀。办实事、做好事、解难事，体现了一个扶贫干部尽职尽责的精神；解民忧、纾民困、暖民心，展现了一个扶贫干部心系百姓的情怀。

驻村以来，陈锐协调各方资源，成为一名基层发展的助力人。“红十字便民路”“乡村光明行”路灯设施、修缮养老幸福院、人饮水池排危工程、医疗设施改善……一桩桩工程，都刻写在咏梧村的土地上；他积极开展助学、助医、助困活动，组织市内三甲医院为平安乡群众开展义诊送药活动2次、组织爱心人士到平安乡开展消费扶贫活动……一件件事例，都深刻在咏梧人的心里。

为此，陈锐先后获得了奉节县脱贫攻坚先进个人、重庆市脱贫攻坚先进个人。

“捧着一颗心来，不带半根草去”，他的奉献、他的奋斗、他的精神、他的风尚、他的廉洁，充分展现了扶贫干部的良好形象……

尾声：青山乘风送青山

“村路修到户，水管牵到屋，家家有产业，户户像别墅。”如今的咏梧，焕然一新，民谣也透露出抑制不住的欢欣。

2019 年 12 月 5 日，据有关报道，重庆市奉节县退出国家扶贫开发工作重点县，整体实现脱贫摘帽。

“一部中国史，就是一部中华民族同贫困做斗争的历史。”2021 年 2 月 25 日上午，全国脱贫攻坚总结表彰大会举行，习近平总书记庄严宣告：脱贫攻坚战取得全面胜利！

“时代造就英雄，伟大来自平凡。”红十字会两任“第一书记”和咏梧村的干部群众一起奋斗，按时地、高质量地打赢脱贫攻坚战！

他们的汗水，他们的辛劳，无愧于这片红色的土地。

他们的身上，正是体现了“上下同心、尽锐出战、精准务实、开拓创新、攻坚克难、不负人民”的脱贫攻坚精神。

“樱桃花笑一年春，吹到农忙炊烟深。”人民幸福，百姓安康，他们这样的成绩，无愧于曾经在这里征战的先烈远隔时空的期许。

离别乡村，他们依然豪情满怀：“平安乡里寄平安，青山乘风送青山。”

脱贫攻坚　我们一路前行

泥　文

脱贫攻坚，不是哪一个人的事，是一种集体行为，是每一个国人都该为之努力和奋斗的事。在深入学习贯彻习近平视察重庆重要讲话精神中，重庆市红十字会牢记总书记提出的“红十字是一种精神，更是一面旗帜”，解决“两不愁，三保障”的殷殷嘱托，围绕中心，服务大局，坚持以服务民生为导向，大力弘扬“人道、博爱、奉献”的红十字精神，积极履行红十字法赋予的职责，广泛开展人道工作，助力脱贫攻坚，发挥党和政府在人道领域的助手作用。2017 年以来，投入扶贫帮扶资金超过 2000 万元，以实际行动践行红十字会作为人道助手的责任和担当。

一、“桃花源”之美

2009 年，重庆市全面打响扶贫攻坚战，要求到 2017 年实现贫困县“摘帽”，13 万贫困人口越线的脱贫目标。在党和政府的引领下，以“人道、奉献、博爱”为处世宗旨、行事原则的重庆市红十字会怎甘落后。

重庆市酉阳土家族苗族自治县有“桃花源”之称，但彼时却是全市贫困面最广、贫困程度最深的贫困县之一。它地处武陵山区腹地，多达 18 个民族混居，致贫原因错综复杂，全县 130 个贫困村，“村村有本难念的经”。

腴地乡的上腴村是贫困村之一。别看它的名字很美，而实际是地形复杂，山高坡陡，河谷幽深，交通不便。村民们看病远、饮水难，守着酉阳“桃花源”的美名，却一直难以摘掉戴在头上的贫困帽子。

“要全面实现整村脱贫，必须解决交通问题和饮水困难，大规模发展种植业、养殖业，把田地里的出产变成老百姓手中的真金白银。”对于腴地乡的情况和发展方向，腴地乡党委书记倪伟心里很清楚，但苦于没有资金扶持，一直有心无力。

2009 年，重庆市红十字会常务副会长周清梅经过几次带队赴腴地乡实地勘察，与乡、村两级干部和村民代表座谈交流，了解实际情况后，决定在当地援建人畜饮水、博爱卫生站等硬件工程，优先解决村民饮水和看病两大难题。这给上腴村脱贫攻坚带去了信心和希望。

2011 年，选址在腴地乡高庄村后头坡的博爱饮水工程破土动工了。这里地理位置高，比较居中，可以覆盖周边的 4 个村。在大家齐心协力，夜以继日努力地建设下，博爱饮水工程于 2012 年投入使用，上腴村等 4 个村，1283 位村民，终于不用远天远地地去挑水找水了。

看到干净清亮的水从水龙头里汩汩流出来，村民们第一次有了幸福的感觉。这梦一样的事，以前只在城里见过，哪里会想到，在自己的生活里实现了。村民黄道树拧开水龙头，用水瓢接了一瓢水，快速从头上淋下，那冰凉的感觉，让他知道这不是梦，是事实。

“以前喝水要去天坑挑，一条土路往返要一个多小时，客人来了喝水可以，想要洗漱那就难了。”舀起一瓢水，黄道树递给远道而来的客人洗脸擦手，黝黑的额头笑出一道道深深的皱纹。

饮水、交通是腴地乡的大问题，一旦得到解决，脱贫、富起来的路就好走多了。贫困村发展种植、养殖业就有了基础。在重庆市政府办公厅扶贫集团的指导下，在重庆市红十字会的对口帮扶下，全县不少村落的基础设施得到翻修重建，一些比较稳定的支柱产业和优势产业已逐步形成。重庆市红十字会、酉阳红十字会积极参与，实施“引进企业，种给农民看；培育专业合作社，带着农民干；完善服务体系，农民自己干”的三步走战略，全乡11800亩土地实现了集中规模经营，土地流转率达55%，2200余农户通过土地入股和租赁、基地务工、直接参与特色产业经营等方式实现了多渠道持续稳定增收。

村民吴克峰是村里的贫困户，家中种植粮食蔬菜仅能自给自足。扶贫攻坚走进酉阳后，县红十字会、乡政府多次邀请农业专家进村入户为村民进行种植培训及技术支持，引进社会爱心企业为农户提供三包政策（包种子、包技术、包收购），为农户免除了后顾之忧。

在专家指导下，吴克峰从种植中药材起步，先种一个品种，几十亩地；再扩大到多个品种，五百亩地；最后成了村里第一批脱贫致富的人。

“仅2015年，中药材产业就带动上腴村贫困户185人，年人均增收3200元。预计今年底可实现带动贫困户240人，实现年人均增收3600元。”腴地乡党委书记倪伟说，“红十字会的精准扶贫策略不一味追求大项目、大手笔，而是切实为农户出点子、想办法，帮助农户制订发展规划和增收计划。”

天馆乡魏市村的名声响，十里八乡都知道，但它与腴地乡上腴村一样，都是因为贫困，才远近闻名。魏市村距离县城45公里，连接县城的只有唯一的一条依山而建的土路，不能通汽车，村民们去一趟县城，往返最少需要两天。

他们去县城，先步行一个多小时去乡里，再换乘公共汽车，在土公路上颠来簸去，人被颠得晕来转去、没有精神了才能到县城。因山高路远，交通不便，村民种植的农产品卖不出去，村外的好商品和技术引不进来，看到山外的人富起来了，村民们也只有望山兴叹，兴叹之余也只剩下梦想和希望。

重庆市红十字会了解情况后，经过现场走访勘察后商议，决定捐资50万元在魏市村修筑一条6公里的通组公路。让大家不再受没有一条出山的公路的苦，也让他们对脱贫充满希望，有一句广告词：“要想富，先修路。”这是不变的道理。

一年后，通组公路打通，以往因交通而闭塞的魏市村，有了一条与外界互通有无的道路，为实现致富梦想打下了基础。养殖、花草、苗木……这些就地生财的经济作物，先后在这里栽种了起来，取代了传统农业栽种，形成了全村新的经济支柱，人均收入与2009年以前的2684元比，翻了好几番。

腴地乡上腴村、板桥乡板桥村、天馆乡魏市村、板溪镇摇铃村、官清乡石坝村……全面打响酉阳扶贫攻坚战7年来，红十字会的帮扶足迹遍及酉阳多个乡村，带动一户又一户有想法、有意愿、有能力的贫困户脱贫致富。越来越多的村民开始看到希望，返乡创业，在山沟里、峡谷里修圈舍、搭大棚，把昔日贫穷闭塞的“桃花源”点缀得丰饶美丽。

二、咏梧村第一书记

2015年11月23日，中共中央政治局审议通过《关于打赢脱贫攻坚战的决定》。11月27日至28日，中央扶贫开发工作会议在北京召开。中共中央总书记、国家主席、中央军委主席习近平强调，消除贫困、改善民生、逐步实现共同富裕，是社会主义的本质要求，是中国共产党的重要使命。11月29日，《中共中央、国务院关于打赢脱贫攻坚战的决定》发布。2019年3月5日，国务院总理李克强在2019年政府工作报告中提出，打好精准脱贫攻坚战。10月，国家脱贫攻坚普查领导小组成立。在这样的背景下，诞生了一个词——第一书记。

网搜了一下，第一书记是指从各级机关优秀年轻干部、后备干部，国有企业、事业单位的优秀人员和以往因年龄原因从领导岗位上调整下来、尚未退休的干部中选派到村（一般为软弱涣散村和贫困村）担任党组织负责人的党员。显然，陈锐是前者。

人说陈锐做第一书记是临危受命，似乎这个形容不是太确切，但也有相对应景的地方，那就是原第一书记——重庆市红十字会机关党委专职副书记李宗政，由于身体原因不得已提前中断第一书记工作。

陈锐年轻，时年 34 岁，彼时任重庆市红十字会一级主任科员。别看他岁数不算太大，但具有丰富的基层工作经历。大学毕业后，作为重庆市首批大学生村官，他离开繁华的大都市，来到广袤的农村，到开州区丰乐街道滴水村上任，与当地的老百姓打成一片。在农村里摸爬滚打的他，知道农村里生活的不容易和艰辛。也曾参与过具有划时代意义的宏大事业——三峡库区二期移民搬迁工作，对于做好基层工作有相当多的阅历和经历。

那天，他刚到办公室，重庆市红十字会的领导找到他："派你去是因你有基层工作经验，也算是临危受命，肯定会有一定压力，希望你不辱使命，继续发扬务实工作、昂扬向上的精神。"是组织的安排，是领导的意愿，那还有什么值得犹豫的？陈锐点着头说："一定服从组织安排，不辜负领导的期望。"就这样抛下住在主城的妻儿，去了重庆市奉节县的平安乡。

平安乡是市级深度贫困乡镇之一，地处奉节西北角，与云阳、巫溪两县边界相连，距奉节县城近 100 公里。

陈锐就这样做了重庆市红十字会派驻平安乡咏梧村的第一书记。这一天是 2018 年 12 月 18 日，太阳露出久违的笑脸，这是冬日里难得的暖阳。

红十字会本就以"人道、奉献、博爱"为宗旨，扶危济困亦是初衷。尽管有这些心理认识垫底，但他深知参与深度扶贫，是红十字会责无旁贷、义不容辞的责任，有一条未知的路需要自己用尽全力去给予光亮。他在微信朋友圈里曾发过这样一条朋友圈，用于勉励自己："人面相去，此行千里。岁岁年年，前赴后继。愿大家都守土有责，尽职免责。"

咏梧村是川东游击纵队政委彭咏梧在奉节县平安乡活动和战斗过的地方，也是他壮烈牺牲的地方。咏梧村原名安子村黑沟淌。2011 年 4 月，为纪念烈士彭咏梧，而改名为咏梧村。这是一个以喀斯特地貌为主，海拔高度在 800 米至 1100 米的高山峡谷地带，道路闭塞，水源资源奇差。常规的农作物除了玉米、红苕、洋芋、油菜外，再也难种其他东西。

上任后，陈锐一头扎入工作中，除了吃喝拉撒，基本没有停歇。作为在农村工作过多年的他，他深知“两不愁，三保障”对于农村人的重要性。

不管做任何事，必须做到有的放矢，这是陈锐工作以来的信条。

接任的第一天，他在前第一书记李宗政的带领下，一口气走访了 21 户在家的贫困户。每到一个村民家里，陈锐就在一旁详细地记录村民信息。一天下来，陈锐的笔记本已用掉大半。从这些记录里，他知道压力比他想象的还要大。但他明白，要做好农村基层工作，必须要与他们打成一片，知道他们的生存状况，懂得他们急需的和想要的。只有这样，你才能有效地开展扶贫攻坚工作。

对于第一天的工作，陈锐的内心充满无限感慨。当晚 23 点 16 分，他在微信朋友圈发出他的第一条就职感悟：“珍惜当下，方能不负韶华，守护近人，身边的爱才长久。”

作为扶贫攻坚的第一书记，走入村民家访问调查是必不可少的环节。才开始村民们抱有排斥的心理，但由于交往的深入，他们发现，陈锐不光有才华，还心地好。陈锐来这里之前的压力，在乡亲们的热情里，逐渐转化为蓬勃的动力。

“每户农户都是我们的亲人，我们不能错过任何一家，都要走访到。”陈锐知道，人都是有感情的，你对他好，他对你好，这样关系才能很好地建立，脱贫攻坚工作才好做。如果将自己高高摆放在干部的位置上，很多事不容易开展。在传统的思想里，他们接受的心理就会多一层障碍。

在走访过程中不断有村民反映缺水。其实他也知道，这里一年四季靠天吃水。天上下雨，这里的水就好点；下雨的时间间隔长了，吃水难的问题就特别严重，要走很远的地方去找水，浪费了大量的时间和人力。

仔细了解情况，认真分析后，陈锐决定在村里建一口蓄水池。可水池建好了，水从哪里来呢？这是一个严重的问题。问天要水，那是不现实的；问地要水，那也无可奈何。

此后，驻村工作队和村支两委便开启了艰难的寻水之路。

这里有大山，大山里多溶洞。要寻水，只能到溶洞里去找。但进溶洞寻水，那就是探险。其实，以前有村民到周边的溶洞去寻找过，没找到水，就是找到水，他们也没办法弄到村子里，最后是不了了之。

怀揣着希望，陈锐在一个又一个溶洞里穿来爬去，摔倒了爬起来又往前走，摔倒过多少次，他不记得了。但找寻的 10 多处都是枯水溶洞，哪里有水！

与咏梧村交界的巫溪县松涛村有水，为啥海拔差不多，这里会没有水呢？陈锐在心里一遍遍地发问，尽管不甘心，但这是事实。大自然的结构不是人能够完全搞懂的。

松涛村附近有活水源头，且一年四季水流不断，可不可以从那里“借”水过来呢？而“借”水也不是那么容易的事，这山高坡陡、弯多路远的地方，难度是可想而知的。

陈锐的这个想法得到了平安乡政府和全村人民的大力支持，筹集资金，组织 13 名公益性修建水池的队伍。在修建过程中，没想到村民们自发前来加入这场充满喜悦的建设工程。没有人组织他们，没有人号召他们，在没有报酬的情况下，成了全村人民的集体项目。

在陈锐的带领、在全村人的齐心协力下，咏梧村建起了一口 2500 方的朱家湾水池，3 社和 4 社 200 多户村民饮水难题得到了彻底解决。他这新上任的第一书记，也得到了全村人民的拥护和肯定。

然而，在喜悦的同时也有不测的风云。陈锐在为村民家中引水时摔伤骨折住进了医院。但他不后悔。

陈锐摔伤住院了，村民们不仅希望这位来自红十字会的第一书记早日康复，同时也在期待陈锐早日“复职”。他们说陈书记是真正来帮助大家解决问题做实事的人。大家充满感激，期待继续在陈锐的带领下摆脱贫困，过上好日子……

如今的咏梧村在重庆市红十字会的帮助下修建了便民路、配备了卫生院医疗设施，多处蓄水池……每年的“博爱送万家”活动中，红十字会将装满棉被、大米等物资的温暖包送到咏梧村的贫困百姓家。如今的平安乡，关门山大桥通车了，村里面的路灯亮了，腰包一天天鼓起来……如果没有政府的脱贫攻坚政策的引领，没有扶贫干部的辛苦付出，这些是根本不可能实现的。

帮扶与脱贫，精准脱贫与脱贫攻坚，是党和政府、政府和人民之间齐心协力该做的事。作为以扶危济困为行为准则的红十字会，重庆红十字会一直在行动，以政策为准绳，从人道出发，一步一步地实现红十字人心中的愿望。调研、派人，寻求有识之士合作，从资金帮扶到技术物种帮扶，用“授人以鱼不如授人以渔”的最终帮扶理念，让昔日在贫困边缘挣扎的人群站了起来、富了起来、强了起来。我们在前面看到的是个例，其实个例已经凸显了红十字会的精神，还有很多个例在他们的这种精神里开花结果，展现着人世之美。

乡村振兴　一步一个脚印里前行

——记重庆市红十字会“乡村振兴”第一书记周洪荣

泥　文

乡村振兴，是党在十九大提出的战略决策，是脱贫攻坚成果的巩固。习近平强调：“有了好的决策、好的蓝图，关键在落实。”但这个“落实”不是一件容易的事。之前，在脱贫攻坚的过程中积累了一些帮扶经验，可乡村振兴却是一项全新工作，具体实施起来，会面临很多旧的、新的问题。

为了将脱贫攻坚与乡村振兴有效连接，重庆市红十字会将之作为履行法定职责首要内容写入“十四五”红十字事业发展规划，纳入后续工作重点，并在资金投入、助学助困等具体措施上做了初步安排。在新时代展现其担当与作为，贡献应有的智慧和力量。

为了很好地“落实”，重庆市红十字会系统地深学笃用习近平关于乡村振兴的重要指示精神，力求精准把握中央部署和重庆市委、市政府要求，按照重庆市委组织部工作安排，提高政治站位，强化帮扶意识，注重实际效果，切实发挥红十字会社会救助作用，成立以党组书记为组长的乡村振兴帮扶工作领导小组，落实一名领导具体分管，业务部门具体负责，选派一名责任心强、能干事会干事的一级调研员担任驻村第一书记。让推动乡村振兴帮扶工作见行动，也见决心。开展驻村书记履职前的党课学习，让第一书记更好地为乡村振兴服务。

周洪荣就是这个第一书记。

2021 年 5 月 17 日，在重庆市红十字会领导的信任和期待里，周洪荣进驻重庆市开州区厚坝镇石龙村。

这时节，石龙村正是漫山遍野花开叶绿。远远望去，层次高低分明，色彩分明，鸟语和花香阵阵传来，这大自然的馈赠，村民的房舍点缀其中，让人有想亲近的冲动。作为从农村走出来的人，周洪荣备感亲切。在城市生活了几十年，他也知道石龙村的差距，更知道自己此行的目的。

石龙村面积 5.5 平方公里，14 个村民小组，1668 户，总人口 5452 人。典型的喀斯特山地风貌，坡坎岩壁，制约了村民们前进的步伐，成了市级贫困山村。经脱贫攻坚帮扶后，201 户 599 人走出了贫困的阴影；其监测对象 2 户 6 人；低保户 120 户 199 人；特困户 60 人；残疾人 160 人，其中重度残 79 人；大病 34 人；慢性病 47 人。这一组数据，让周洪荣对眼前的花红叶绿产生了隐忧。这青山绿水，生活在如此环境里的人，由于自身生活条件，想来也是没有心情去理会。他感到自己的责任重大。脱贫了的，如果帮扶不好，有可能再度陷入贫困。低保、特困、病中人、残疾人群……这些父老乡亲，多像自己很多年前没有离开川西家乡时的父老乡亲。

在周洪荣驻村走访后，他将情况如实向重庆市红十字会相关领导汇报。村委会的办公场地设施差，村民的人居环境差，村民们劳动之余的休闲娱乐地几乎没有，等等，没有一样不让他看在眼里急在心里。

2021 年 5 月 28 日，重庆市红十字会党组书记、常务副会长李如元带领赈济救护部一行，前往开州区厚坝镇石龙村，专题调研重庆市红十字会对口帮扶的乡村振兴工作。对周洪荣反映的情况进行调研、谋划、帮扶措施，特制订了阶段性的十条帮扶计划。但要把每一条按时保质实施好，不是一件容易的事，这要周洪荣这个第一书记去履行好自己的职责，点点面面都应准确切实把握到位。

周洪荣带着“乡村振兴”这个神圣的使命走进石龙村，眼睛触及的每一个地方都牵扯着他的心。村委会的办公设施简陋简易，很多接近原始状态的办公方式。仅有的几台办公用的电脑，运行起来像年迈的老者，步履蹒跚，严重影响办公效率。没有LED显示屏，每次开比较重要的会或者村务活动，只能去做广告横幅。比较落后的条幅，拉起来不仅费时费力，还花钱，办事效率也落后一大截。

为提高为民办事的效率，办公阵地建设，刻不容缓。2021年5月28日，李如元在调研后，首先资助了2万元，购买电脑4台，有效地提升了石龙村委便民服务中心的办公能力。

经多方协调，2021年9月16日，重庆市红十字会党组成员、秘书长、机关党委书记徐伟，办公室支部书记、主任彭超，器官捐献办支部书记、主任周学跃为石龙村委带来喜讯。村委会办公楼前终于安装上了LED显示屏，大会议室安装上了LED显示屏，同时还安装了一台87英寸的触摸显示器，用于对村民们及党员们的教育培训。

办公阵地建设得到升级，村民们劳动之余的休闲娱乐阵地也不能落下。村民娱乐设施建设，旨在提高村民们的生活质量。

经过走访和考察，发现村委会办公楼前有一块坝子，在脱贫攻坚时硬化了，但因是水泥砂浆浇筑，时间长了，就晴天一地灰，雨天污水横流。周洪荣向重庆红十字会的领导们汇报和建议，这块坝子正好可以做个半球场，然后增加一些锻炼身体的器材，让周边的村民们在劳动之余有一个休闲活动的去处。这样可以一举两得，地面按球场的要求打造后，也就不会风一吹就尘烟漫天了。2021年9月16日，重庆市红十字志愿者协会副会长冯健经过考查后，立即拍板，捐赠3.4万元，将院坝整治改建成了村民劳动之余的活动健身场所。

看着那些在刚建成不久的球场上打篮球，或到健身器材上锻炼身体的村民们，周洪荣一边舒心地微笑，一边与向自己打招呼的村民们点头致意。

“乡村振兴”工作，那是千头万绪，不可能一蹴而就。但只要行动起来，一样一样地做，一件一件地抓，就会离“振兴”近一步，乡村振兴也就会实现。

在这个过程中，周洪荣明白，村民们的人居环境差，这是一个经年累月的问题，要彻底改变，还真得费一番工夫。

周洪荣知道，要改变，就得将村民们的内生动力激发出来。只要自己去做一次工作，能有一点改变那也是成功。他还知道，装睡的人叫不醒的道理。

石龙村养殖的村民比较多，但多是家庭式喂养，所以鸡粪、鸭粪遍地都是。在走访过程中，他看到很多村民端着一碗饭，鸡鸭的粪便摆在面前，像一张网一样将他们网在中间，看得他触目惊心。他立即纠正他们的这种行为，给他们讲解卫生常识，给他们讲人的生活应该是自己给自己创造一个健康卫生的生活环境。他将他们与城市人的环境做对比：“我们农村人，虽然永远比不上城里的生活环境。但至少要让自己一天比一天好。你们这样生活，是在给你们的儿子女儿做示范。他们也像你们这样生活，然后他们的儿子女儿也像他们一样。如果这样延续下去，那你们后代的生活环境就永远不会改变，永远生活在垃圾堆里、粪堆里。有可能随时会因环境差而引起身体不适或生病，严重影响健康，让自己的生活质量低下。我想，你们不希望是这个样子吧？”

周洪荣的这个反问，让村民们黯然失色。

村公路两边也有很多圈养鸡鸭的。从路边经过，臭味特别大，有时一阵风吹来，会让人有窒息的感觉。他去动员他们尽量将圈养地点搬离到离村公路远一点的地方，及时清理鸡鸭粪便。去协调那些因搬移地点而产生的问题，比如土地。如果实在没地方可以搬移，就给他们做工作，尽力做好粪便的及时清理。

院坝会是周洪荣开展工作的一个阵地。他知道，只有从认识上让村民们改变了，才是真正的改变。在“两不愁，三保障”的政策里，也有少数人因拿到政府的帮扶款自豪的。这是一个严重的思想认识错误问题。他对村民们说，就算你拿到帮扶款，有吃有喝了，但别人会对你低看一眼，你自己晚上睡觉也会睡不踏实。他给党员干部培训时说：“我们要走在前面，村民们有一双眼睛，是盯着我们的。我行动了，他们才会动起来。只有我们长期动起来，才能有效地感化他们。”

周洪荣说，扶贫扶智，脱贫换志，振兴立志。给村民们开院坝会，他时常说：“我们的生活状况不能拿差的人比，要拿生活状况强的人比。在对比的过程中，自立着改变自己。只有这样，日子才会得到根本改变，才会一天比一天好。这样才能真正地自立自强起来。”

每次院坝会后，周洪荣都会及时走访脱贫户、特困户、重疾户及其他村民，与他们聊家常、摆龙门阵，用轻松的方式促进他们的自强意识，同时也收集他们的意见和建议，好让乡村振兴工作能够有效落地。当然，也有不是很配合的村民，比如一户魏姓村民，给他讲解政府的政策及要求时，他是认真听了，但行动却严重滞后。走访了几次后，还是看不到应有的行动。

一天中午，周洪荣与工作队的何宗安、张豪一起来到他家，看到他端着饭正蹲在鸡粪满地坝的屋檐下吃饭，且吃得很香。

周洪荣他们踮着脚，像避雷一样在鸡粪里寻找安全的位置下脚。魏姓村民看到他们来了，嘿嘿笑了一下，想转身进屋，被叫住了。周洪荣说：“你那碗里除了饭香，是不是还有一种香啊？”说得他愣住了，“哪里有啊？没有没有。”

“鸡屎香啊。”

“啊……”魏姓村民尴尬地笑了笑，站在那里不知该怎么办才好。

“我们是来给你打扫地坝的。”话一说完，就拿起扫把扫了起来。

魏姓村民哪里还好意思，进屋将碗放下，跑出来抢过扫把扫了起来。

看着扫得干干净净的地方，周洪荣说：“这下是不是好多了？”

“是好多了。”

“只是碗里少了一种香味啦？”周洪荣调侃了一下。

魏姓村民嘿嘿笑了起来。最后接受建议，将鸡圈养起来。房前屋后再也不脏乱了。

周洪荣知道，只要坚持，事情一样一样做，一定能得到很好的改变和发展。乡村振兴，就未来可期。

周洪荣作为第一书记驻村后，晚上住在村委安排的住宿里。住宿就在办公室楼上。

一栋一楼一底十数间房子的地方，一到晚上，就只有他一个人。

山村的夜是静寂的，静寂得有些怕人。白天热热闹闹的村委办公室，一到晚上就只剩下周洪荣一个人。四周村民的居住房，要不没有人在家，要不离得相对较远。他入驻的第一个晚上，无月，无星，伸手不见五指。偶有风吹拂，好似人来。他听到响动，立即从床上爬起来，可打开门，并无人来。伞降兵运动员出身的他，也忍不住心里发紧。

在城市里，听惯了人声与车辆声的嘈杂，渴望静，可当面对静得怕人的静时，心里又是另一番滋味。睡不着，出去走走，无路灯，看不清路面，只能凭白天的记忆，将脚试着迈出去。心里有点害怕，找一根棍子带在身边，一来防止村民家喂养的看家狗，趁夜的黑，突然对自己发起攻击；二是预防其他意外事件发生。

他边走边想，这里的村民在这里长年累月居住，是怎么过来的啊？如今年轻人都到城里打拼去了，留守在家的老年人，没有路灯，他们过得该是多么辛苦？要是这乡村公路有路灯，那该多好啊！

经过一段时间的切身体会，他将这个现象向重庆市红十字会各级领导反映，得到领导们的第一时间响应并大力支持，这也是阶段性帮扶的十条计划之一。

周洪荣知道自己这个第一书记的作用，有困难时解决困难，也知道一己之力的局限性。除了寻求领导们的支持，也需要石龙村村委们的大力支持，不然，就是有再好的想法和点子，也没办法在乡村振兴里贡献一份力。

他也知道，自己是一个杠杆的作用。2021 年 9 月 22 日，重庆市红十字会党组成员、副会长毛荣志带领机关部门人员到石龙村进行考查核实，落实了路灯的解决方法。

取得了领导们的支持，获得了石龙村委的积极响应，那么这个事情就好办了。2021 年 10 月 13 日，100 盏太阳能路灯 20 万元款项到位。这 100 盏太阳能路灯，经过全面考虑，从入村的那个村公路路口开始，经村委办公室，然后沿着石龙村主公路延伸。

村主公路点亮了，这一次性地投入，却带来了长期的光明，大家心里都亮堂了起来。那些村民一看到路灯就说："这是重庆红十字会做的好事，我们晚上再也不怕走夜路了，再也不用担心因看不清路摔倒了。以前只听说过大城市里有路灯，没想到，我们这山咔咔里，也能享受一回。城里的路灯还花电费，我们这个什么也不管。"在村民们的口音里，能体会到他们享受的快乐和满足。

作为红十字人、乡村振兴第一书记，周洪荣除了有巩固脱贫攻坚成果，乡村振兴的责任和义务。村民人居环境改善、产业致富帮扶都是他必须要做的事。在这期间，红十字的关爱精神也得到了有力地推广和发挥。宣传应急救护知识、实施应急救护培训活动，将应急救援技能带进龙石村村民们的心中、脑海中，让他们懂得自救和救人的方法。

在这些日子里，重庆市红十字会向龙石村捐赠应急救护包 230 个；开展义诊，免费发放药品价值 2.6 万元；对 5 位贫困大学生，每位每学年资助 2000 元，一直到他们研究生毕业；关爱留守儿童，在"六一儿童节"发放价值 5 万元大礼包 100 个，等等。这些也是乡村振兴的一个战略方针和实际行动。到 2021 年底，在周洪荣入驻石龙村的半年多里，对于重庆市红十字会关于石龙村"乡村振兴"的阶段性十条方案中，除了翻修村公路因材料价格上涨，原承建单位没能及时实施外，其他的都按时得到了完成。在重庆市红十字会的实际行动里，我们有理由相信，在来年，一条城镇化的马路一定会在石龙村门前环绕……

博爱的光芒（散文）

博爱之光

吴佳骏

“死亡和太阳令人不可逼视。”

当我的脑海里闪过法国作家拉罗什福科说的这句话时，我正置身在西郊福寿园的一片绿草地前，凝视着重庆市人体器官捐献纪念园进入了遐想。这是深秋季节，天阴沉沉的，要下雨又下不来，四周一片寂静，只有微风吹刮树叶的声音，一阵大一阵小地从左侧的山坡传来，像是在向这些平凡而又伟大的捐献者致敬。

我默默地伫立良久，随后，手拿一枝菊花，慢慢地走到那座“生命的乐章”雕塑下，恭敬地献到纪念碑前，以表达我对捐献者的崇敬之情，以及对他们无私奉献精神的礼赞。那一刻，我仿佛置身于一种庄严和肃穆的世界中。心绪良多——诸如活着的意义？生命的价值？死亡是生命的终结吗？人死以后还能以什么方式继续活着？……当然，这一切所思所想，都是眼前这些器官捐献者带给我的启悟。一个人在滚滚红尘中活久了，尤其又处在当下这么一个碎片化、娱乐化、浮躁化的时代，我们很容易迷失自己，离自己的心越来越远，很难有片刻时间沉静下来，去想一想那些活着之上的务虚之思，那些形而上的终极追问。但我想，人毕竟跟猫和狗等动物不同，我们有情感、有想法、有境界，我们除了填饱肚子，还得给自己的精神寻找一个安放之地，给自己的人生一个圆满的交代。否则，生而为人，也就会失去生命本身的意义，将沉入虚无的黑洞。故我们才时刻需要反省自己，以更加严肃认真的态度去对待自己的生活，包括对死亡的认知和思考。

但事实上，受中国传统文化观念之影响，大多数人都忌讳谈论死亡。好像死亡是一个冷酷无情的刽子手，谁谈论它就会盯上谁。人从呱呱坠地起，就有人不断在告诫，一定要说吉利话，不要说晦气话，即使有人不小心说到死，也要赶紧朝地上吐三口唾液，意思是将晦气湮没掉。然而，从宇宙的自然规律而言，有生必有死，谁都无法逃避这一结局。即使我们谁都不去谈论死，我们所有人也在每天都在一步一步地走向死亡。正如美国作家托马斯·林奇在《殡葬人手记》中写的那样："每时每刻都有人死去，并不偏重于一星期的某一天或一年的某一月，也没有哪个季节显得特别。星辰的运行，月亮的盈亏，各种宗教节日，皆不预其事。死亡的地点更是草率随便。在雪佛莱车里、在养老院、在浴室、在洲际公路上、在急诊室、在手术台上、在宝马轿车里，直立或躺着，人们随时撒手西归。"因此，既然死无处不在，时刻都在发生，那么我认为，正视死亡恰恰是对活着的尊重——因为只有死亡才衬托出活着的珍贵。一个不敢或害怕谈论死亡的人，他的人生境界和幸福指数必然会大打折扣。死也许并不是一种陨灭，而是一种重生。纪念园里的每一位器官捐献者，都在用他们的故事告诉我们，生命的谢幕也可如火星，光芒四射；也可如烟花，灿烂一片天空。

这让我不得不感激修建这个纪念园的重庆市红十字会，如果不是他们，我也不会在这个秋天走进这片园子，对生命做出以上理性地思索。而那些器官捐献者的名字，也不会被刻上石碑，被人永久地缅怀和铭记。他们用自己的死，拯救了许多人的生，这样的人理应受到社会各界的关心。什么叫尊重生命，这就叫尊重生命。非但如此，建造这个纪念园，还能让更多的人关注遗体器官捐献事业，为更广泛的人带去福音，它真正体现了"人道、博爱、奉献"的红十字精神。

我相信爱的救赎作用。

但恕我直言，在此之前，我并不真正了解红十字会。在很多场合，我都听到当有人谈论起红十字会的时候，语气充满了讥讽，甚至谩骂。我自认为还算一个客观之人，对自己不清楚的行业，一般不多置喙，只默默地听着旁人的议论。可生活在如今这个自媒体时代，每天都被各种海潮般的信息所包裹，我也或多或少从网络上见过一些对红十字会的报道，老实说，印象也不是特别好。假如不是这次有机会深入走进它，说不定我的误会还会加深。每次看到一篇负面新闻的时候，我都在想，难道红十字会真就是这样的吗？这老让我想起它的创始人亨利·杜南——一个出生于日内瓦的商人之子，在经历过索尔弗利诺战争之后，眼见满地尸横遍野，生灵涂炭，他的心灵遭到深深的创伤。受人性向善的动力驱使，他依凭自身的力量，发起战地救护。1863 年，在他的精神感召下，“伤兵救护国际委员会”成立，标志着红十字运动的诞生。1875 年，正式改名为“红十字国际委员会”。一个半世纪以来，红十字运动已经发展成为一项遍及全球的国际性运动。在中国，红十字运动虽肇始于 1904 年初的日俄战争中的战地救护，但至今也经历了百余年的历史，我不相信这个以发扬人道主义精神为旨归的组织，真会如社会传言那么糟糕。因为我觉得无论是在战争面前，还是在各种自然灾害面前，人性中的善都会被空前激发，即使再邪恶的人也会滋生出同情之心。这是人性的光明所在，也是人类生生不息地走向希望之所在。红十字会理应彰显“以人为本”和“人道、公正、中立、独立、志愿服务、统一、普遍”的内涵，它也理应成为众多弱势群体和受难群体的生命家园。

可是，这只不过是我的个人构想，他们到底是怎么开展工作的，不得而知。机缘竟是如此巧合，此次到遗体器官捐献纪念园考察，终于让我得以深入他们的工作一线，以求证各种传言的真假。果真是没有调查就没有发言权，重庆市红十字会默默地为社会所做的一切，不仅令人叹服，更是令人敬佩。

我不想带着个人好恶和偏见，以及主观判断去评价红十字会的工作，我只想让事实说话。任何的流言蜚语，任何的断章取义，任何的猜测诋毁，在强大的事实面前，都会不攻自破。

天道之理，人道之义，终归是可以跨越种族、疆域、信仰和时空的。作家冰心有言："有爱就有一切。"可我要说："有红十字的地方就有一切爱。"

那就从我认识的红十字人说起吧。

在遗体器官捐献纪念园左侧，有一块特别的墓碑。这块墓碑极富诗性色彩，它不是我们通常见惯的石雕模样，而是一把吉他形状。我看见它的第一眼，便不禁感叹，对死亡的纪念未必都是那么粗糙和简陋，还可以这般美丽和浪漫。让那些前来凭吊的亲人想到逝者时，心中不至于那么凄凉和悲伤，而是浮起一股温馨和甜蜜。我脑子里闪过一个念头——想到要替逝者设计这样一块墓碑的人是谁呢？后来我才知道，策划协调修建此碑的人名叫秦红梅，她是重庆市红十字会组织宣传外联部的部长。

秦红梅我见过几面，她是一位豁达敏锐、雷厉风行、阳光知性的女士。脸上总是带着微笑，为人颇有亲和力，行事干练、务实。她只要跟人谈起工作，便神采飞扬，仿佛体内藏着永远也消耗不完的激情，以至熟悉她的人都说她是一个典型的工作狂。事实也是如此，自她接手红十字会宣传和遗体器官捐献工作以后，在她的推动下，重庆市红十字会的宣传报道近 40 余次上央视各大频道，红十字会的社会形象得到大幅度提升。她凭借自己的务实肯干和大胆创新，特别是对人体器官捐献事业的宣传和传播在业界有口皆碑，备受赞誉。2016 年，中国—国际器官捐献大会暨国际器官捐献与移植高级研讨会首次在北京召开，秦红梅作为全国红十字会系统的唯一发言代表，向来自世界各国的器官移植捐献专家介绍了红十字会在参与器官捐献，对捐献者家属开展的人道关怀及组织开展的一系列人道传播活动，获得海内外专家学者的一致好评，成为大会上的一个亮点。这是中国首次承办国际器官移植捐献大会，秦红梅的经验分享为红十字会增光添彩，树立了红十字会的良好形象。2019 年 3 月 31 日，她又富有开创性地策划、承办了“生命如花·2019 全国人体器官捐献缅怀纪念暨宣传普及活动”，首次推出器官捐献公益歌曲《重生》和原创舞蹈《生命如花》，使之成为红十字会的又一个标志性事件，被中央电视台、新华社、《人民日报》等全国各大媒体宣传报道，活动内容丰富、形式创意创新，在全国影响广泛，经常被人谈及。在秦红梅身上，我体察到一种身为女性最柔软、最无私的奉献精神和慈爱本性。我很想知道这块墓碑背后的故事，便去找秦红梅了解实情，谁知，她一提及此事，便眼眶泛潮，心绪难平。

时间的指针退回到 2018 年 5 月 9 日，一位在西南大学任教的澳大利亚籍教师菲利普，因病抢救无效逝世，年仅 26 岁。而在此之前，菲利普的父母早已从澳大利亚赶赴重庆，他们在儿子生命垂危之际，主动联系重庆市红十字会，提出将儿子的器官进行捐献，说这是尊重儿子生前的愿望。当时负责此事的正是秦红梅。由于捐献者是一名外籍人员，这给捐献工作带来各种困难。首先是要取得捐献者在中国的合法捐献手续，既要符合国际惯例，也要符合中国的法律法规，不能有任何闪失和负面影响。既要确保捐献流程合法规范，又要维护好中澳两国人民的友谊，树立红十字会在外国友人心目中公正人道的良好形象。

那几天，秦红梅左思右想、夜不能寐。当时，全国已成功实施的涉外捐献案例仅仅只有 6 例，这是她到红十字会工作以来，接手的第一例外国人的器官捐献，也是澳大利亚人在中国的第一例器官捐献事例。为了确保这个案例成功实施，市红十字会的会领导叮嘱她，一定要严谨、认真、周密地对待此事，不能有任何闪失。秦红梅是一个敢于啃硬骨头的女性，她立即将这一情况向市卫生健康委、市外办，国家卫生健康委、中国红十字会总会、中国人体器官捐献管理中心等有关领导请示汇报，主动请求指导，在征询、听取上级组织的指示下，她以最快的速度协调澳大利亚驻成都总领事馆负责人，请他们出具了一份法律文书，证明捐献者菲利普跟他父母的血缘关系属实，再协调菲利普的父母出具法律授权书。在协调过程中，由于语言不通，双方沟通很艰难，捐献工作一波三折，困难重重。她积极协调并得到了西南大学外国语学院的大力支持，取得西南大学外国语学院副教授、国际合作与交流处副处长张俊的大力支持并亲自作为翻译全程陪同，才得以让捐献工作顺利开展。当器官捐献的法律问题得以解决后，为确保捐献工作万无一失，秦红梅又派遣红十字会器官捐献专职协调员米智慧带队赶赴北碚九院持续跟进患者的具体情况。通过专家的医学评估，菲利普所有反射均消失，瞳孔散大，生命不可逆。经与家属进一步沟通协调后，菲利普的父亲提出希望到上级医院进一步判定死亡后再进行器官捐献。于是秦红梅又立即协调重医附一院用120救护车火速将菲利普转院并进一步进行脑死亡评估，最后再次确认已达到死亡标准，完全符合捐献条件。

5月8日是第71个世界红十字日。这一天，秦红梅以市红十字会的名义，组织并邀请澳大利亚驻华总领事馆相关负责人和代表，市红十字会和市人体器官捐献管理办公室相关负责人，重医一院医学专家，北碚区公安分局等人员召开协调会，再三确认菲利普家属的捐献意愿，核实他们的身份信息，并协调他们完成各项捐献手续，最终菲利普的父亲毅然决定在捐献志愿书上签署了捐献儿子的角膜、肝脏、肾脏、心脏和肺脏等器官的签名，包括菲利普的母亲都在上面签字并按上了红手印。

5月9日下午1点30分，在市红十字会器官捐献协调员的全程见证下，菲利普从ICU被送到了手术室，两点钟停呼吸机，2点06分患者心脏停搏，2点40分成功取出患者的肝脏一枚、肾脏两枚，角膜一对。菲利普所捐献的器官顺利通过中国人体器官捐献分配与分享系统，肾脏分别分配给了一位30岁左右的女士和一名40岁左右的男士，肝脏分配给了一名40岁左右的男士，角膜分别移植给了两位角膜盲患者，器官移植手术非常成功。也就是说，这位年轻的澳大利亚逝者，不但挽救了3个中国人的生命，还让两名中国患者重见了光明。菲利普因此成为我市首例外籍人士器官捐献者，也是澳大利亚公民在中国的首位器官捐献者。

菲利普的器官捐献成功之后，秦红梅深深地舒了一口气，但她并未如释重负，她知道还有一系列的善后事情需要她去协调处理，否则，这例捐献依然不算圆满。对于菲利普而言，他的捐献行为无疑是伟大的，他不但生前在帮助和服务于中国人民，离开人世以后还用自己有用的器官挽救了中国人民的生命。然而对于菲利普的父母来说，没有人可以代替他们所承受的丧子之痛。秦红梅深刻地意识到这一点，从跟菲利普的父母接触后，她就一直在琢磨该如何去安抚这对满头银发老人创痛的心灵。由于语言不通，她继续协调西南大学外国语学院的张俊副教授担任翻译指导，另外安排了一名学生志愿者全程陪同他们在中国期间的食宿和生活。沉浸在丧子之痛中的菲利普父母，整日忧心忡忡，而且还吃不惯中国饭菜。秦红梅看在眼里急在心里，于是请示领导同意后准备安排他们吃一顿可口的西餐。她派人跑遍了许多地方，才找到一家地道的西餐馆，并亲自陪同他们一家人前去用餐。据菲利普的父母后来回忆说，那是他们在重庆吃得最舒心的一顿午餐。

秦红梅是个心细如发的人，为了更好地安抚在异国他乡悲痛欲绝的菲利普父母，让他们感受到红十字会超越国界的人道关怀，她以女性特有的敏锐和善良，在了解到这对老人对中国传统文化非常感兴趣的情况后，她私下向自己的书画界朋友请求帮助，恳请朋友分别画了一幅“杜鹃啼血”的国画作品，并写了一幅“大爱无言”的书法作品，送给这对澳大利亚夫妇。这让菲利普的父母非常高兴，他们动情地对秦红梅说：“我终于知道菲利普为何那么热爱中国，喜欢在重庆了。”秦红梅听他们如此说，心里感到无比的欣慰。随后，菲利普的父亲掏出手机，翻出保存的菲利普儿时和生前的一些学习与生活的照片及视频给秦红梅看，边翻边跟秦红梅讲述菲利普生前点点滴滴的往事，那种油然而生的父子之情，让秦红梅为之动容。也是在看照片的过程中，秦红梅了解到菲利普生前最喜欢弹吉他，她灵机一动，亲切地询问：“为了纪念菲利普为中国人民做出的特殊贡献，我们可以协调西郊福寿园为他捐建一块纪念碑，墓碑的形状就做成吉他模样，您看可以吗？”菲利普的父亲一听，激动得眼泪一下子就流出来了，竖起大拇指，热情地拥抱着秦红梅，拉着她的手哽咽着说：“这太好了，真是太好了，谢谢您，秦女士。”

于是，纪念园里也就有了这块与众不同的墓碑。秦红梅不愧是一个优秀的红十字会宣传工作者，她的出色在于她的眼里有捐献者，心里始终装着需要帮助的人，她就像一道光，用自己的光照亮别人，她总是处处闪光，时刻不忘自己的职责和重任。就在菲利普的父母处理完儿子的事准备回国之前，秦红梅想到如果将菲利普的感人事迹拿来作为一个典型进行宣传，不但可以增进中澳两国人民之间的友谊，还能倡导更多的人正确认识器官捐献事业，从而珍爱生命，传递大爱。但是，假如直接将这个想法跟菲利普的父亲提出来会显得唐突，担心他不接受又会留下遗憾，如果自己不及时提出来，等他们回国以后就更难沟通了。好在秦红梅是个有经验的人，凭着她的一颗赤诚之心，她试探着跟菲利普的父亲说：“菲利普虽然年轻，但他是伟大的，他把自己的一生都留给了中国。他其实并未离去，他的生命依旧在五个中国人的身上延续。我们都应该像菲利普学习，只是目前中国人对器官捐献的认识还不是很到位，中国还有几十万人在等待着器官捐献。不知您同不同意我们用菲利普的事迹对外宣传，让更多的人来学习他这种无私奉献的精神？”令人意外的是，菲利普的父亲在听完秦红梅的话后，竟然爽快地答应了，还当面写下一份同意宣传的授权书，授权重庆市红十字会可以无偿使用他们提供的菲利普肖像以及所有的图文资料、录音录像资料用于公益宣传。

2019 年清明前，为了邀请菲利普父母到中国参加由重庆市红十字会承办的全国人体器官捐献缅怀纪念活动，在征得菲利普父母同意后，秦红梅协调西郊福寿园公益赞助菲利普父母往返中国和澳大利亚的交通和在中国期间的食宿费用。两位老人再次踏上了到重庆的旅程。这一次，在位于重庆璧山西郊福寿园的重庆市人体器官捐献纪念园里，秦红梅为菲利普筹办了一个隆重的墓碑落成仪式。当菲利普的父亲揭开墓碑看到那把熟悉的吉他时，他不禁泪流满面。这次中国之行，秦红梅把重庆市红十字会和中国人体器官捐献管理中心为菲利普创新打造的“一个人的乐队”，用于开展器官捐献公益宣传的想法跟两位老人进行了深入地沟通，并得到了他们的大力支持和书面授权。

同意。于是，一位在中国捐献器官的澳大利亚青年和接受他捐赠的5位中国人组成的“一个人的乐队”就这样被载入了中国人体器官捐献事业的史册。

同样是在这个纪念园里，还上演过另外一个宣传器官捐献的公益性故事——这个故事跟一场婚礼有关。

说出来或许有人不信，甚至感到特别诧异，有谁见过跑到墓园里去举行婚礼的人吗？然而事实的确如此，此事就发生在2021年3月28日。这场婚礼的女主角叫陈茂秀，65岁，是在秦红梅的影响和带领下加入红十字志愿服务队的一名志愿者。新郎叫易泽成，75岁，同样是一名红十字志愿者。他俩虽是“二婚”，但却在这个墓园里迎来了人生的又一个春天。

大概真是缘分天注定吧，陈茂秀和易泽成相识于2017年。当时，易泽成是受到陈茂秀的邀请，去参加重庆市遗体器官捐献缅怀纪念活动。在活动上，易泽成被陈茂秀的热情、胸怀和大爱所打动，两人通过深入地交流，互生爱慕，心心相印。而且，易泽成了解到，早在2012年7月11日，也就是陈茂秀的前夫逝世十周年的当天，她便去重庆市红十字会登记，正式成为人体器官捐献志愿者，她想以这种特殊的方式来纪念已逝的爱人。

陈茂秀是个热心公益事业的人，成为志愿者后，她先后组建了重庆市红十字会遗体器官捐献志愿者服务队、回兴街道风采艺术团，还担任渝北区红十字社区志愿服务队队长，专门从事人体器官捐献宣传服务工作。特别是她那开朗、乐观的性格和积极、健康的心态，更是让易泽成感叹不已。活动结束两个月后，易泽成也主动加入了陈茂秀组建的志愿服务队，两人齐心协力为人体器官捐献公益事业贡献力量。

他们俩都把秦红梅视为工作上的知己和“指南针”，只要遇到问题，都会向她请教，秦红梅每次都能对他们咨询的问题给出建设性的意见。如果遇到他们不能解决的难题，秦红梅还会亲自上阵，想尽一切办法替他们分忧。为志愿服务协调场地，为困难志愿者捐款，组织志愿者开展业务培训、观看公益电影、参加“世界红十字日”、缅怀纪念日、世界急救日等宣传活动，增强了志愿者的归属感和凝聚力。

无论干任何事，“领头羊”都是重要的，这既是“主心骨”，也是“精神石”。彼此共事的时间长了，陈茂秀和秦红梅成了好姐妹，两人相互配合，共同推动人体器官捐献事业的发展。陈茂秀从秦红梅身上学到很多东西，比如创新的工作思路和方法，谦虚的处世艺术和敬业的工作精神等。每当陈茂秀在全身心地投入工作时，易泽成都会陪伴在她左右，成为她的得力助手。他们从相识到如今，已参加市、区红十字会组织开展的公益活动 53 场，自发组织开展社区宣传活动 200 多场次，受益群众 50000 余人，并动员 1500 余人登记成为人体器官捐献志愿者。

有时忙完工作，陈茂秀和易泽成也会找个浪漫之地，去享受属于他们的二人世界。每每如斯，他们都会觉得天地是那样的广阔，人生是那样的美好。不止一次，他们都同时提到一个心愿：希望补办一个婚礼，来纪念他们的爱情。一次，陈茂秀将这个想法告诉了秦红梅，秦红梅一听，满心欢喜，对他们表示深深地祝福。但秦红梅是个机敏之人，她立即将此事跟宣传工作挂上了钩。她想，要是能在圆这两位老人爱情梦的同时，借机宣传一下人体器官捐献事业该多好。秦红梅敢想敢做，经过几番思忖，她对陈茂秀说：“咱们都是热爱红十字事业的人，你能不能让我来给你们策划一场别开生面的婚礼？”陈茂秀听秦红梅这样问，两眼放光。她知道秦红梅的金点子多，遂反问道：“什么样的婚礼呢？”秦红梅略作沉思后回答：“墓园婚礼，你敢不敢？”陈茂秀先是一愣，继而哈哈大笑地说：“这有什么不敢，我就知道你鬼点子多，只要对宣传人体器官捐献事业有利，我都愿意。”随后，陈茂秀将“墓园婚礼”的想法跟易泽成一说，没想到易泽成也是满口答应。就这样，在秦红梅的精心策划下，一场“墓园婚礼”如期举行了。

3 月 28 日，在亲朋好友和社会各界人士，以及众多媒体的见证下，陈茂秀和易泽成在西郊福寿园步入了新婚的殿堂。两人互许诺言，永结同心。陈茂秀和易泽成都说，那天是他们这一生最难忘的一天，也是他们俩最幸福的高光时刻。而秦红梅理所当然地成了他们的证婚人，事后她饱含深情地说：

“我其实在策划这场婚礼的时候，内心是顶着压力的，因为对绝大多数人而言，都忌讳谈死，更不会将喜事搬到墓园里去举行。而且，我还担心外界会说我们在利用婚礼作秀、搞噱头。但说不清为什么，我内心就是有一股动力，只要陈茂秀和易泽成不反对，我就要将这件事做成功，我相信他们是理解我做事的初衷的。”事实的确如她所说，这场婚礼影响很大，冲破了世俗的藩篱，体现了爱与生命的接力，中央电视台、《人民日报》等都对此进行了报道，还上了网络热搜。中国殡葬协会专家委员会主任伊华还专程从上海赶到现场，为陈茂秀和易泽成送上一幅《玉兰图》作为结婚礼物，祝福他们喜结良缘，希望他们未来的生活如玉兰花般馥郁飘香。

婚礼仪式结束后，陈茂秀和易泽成带领全体参加婚礼的嘉宾们，一同前往人体器官捐献纪念碑，双手合十，鞠躬致敬，向 4044 位器官捐献者献花，场面十分感人。陈茂秀说：“在我俩心里，早已将这里认定为我们最终的归宿，当有一天，我们永远地闭上眼睛的时候，会有其他人去重新迎接新生和光明。我们举办这场婚礼，既是向所有人体器官捐献者致敬，更是希望通过这个活动动员更多的人了解并参与到人体器官捐献事业中来。”墓园婚礼背后的故事令人动容，被央视、人民网等各大媒体宣传报道，并上了网络热搜。市政府副市长蔡允革对这场公益婚礼做出批示：“‘墓园婚礼’令人耳目一新。红十字志愿者不仅有博爱之心、奉献精神，而且敢于冲破世俗禁锢传播遗体器官捐献，值得称颂。活动主题也与社会主义核心价值观和谐统一，希望宣传部门和红十字会进一步做好典型宣传传播工作。”市政协副主席、时任重庆市红十字会会长屈谦做出批示：“市红十字会志愿者的行为值得称颂。也是红十字博爱精神、重庆实践‘品牌’的一次探索。望继续探索，再接再厉。”

还是继续摆事实吧。

干任何事业，宣传工作都是重中之重。宣传工作做得好，能顺利推动事业的发展，反之，则可能让事业受阻。秦红梅作为市红十字会组宣部部长，她心里更是清楚此项工作的分量。每天，她几乎是第一个到办公室上班，又总是最后一个下班。回到家后，还经常深更半夜地在写宣传策划方案，思考如何将人体器官捐献事业做深入地推广。在我国，很多人对器官捐献谈之色变，不论是从观念上，还是从心理上都难以接受，这给宣传工作带来很大的难度。假如宣传不得法，不但效果不佳，还会引起更多人的反感。

那么，如何突破宣传瓶颈，是秦红梅日夜都在琢磨的事情。可无论如何琢磨，秦红梅心中都有一个宗旨没有变，那就是“爱”。她认为，要想让人接受并认识到器官捐献事业的科学性和道义性，必须是基于“爱”为根底的条件下，宣传工作也应该从“爱”从发。

2016年清明节前夕，眼看又到了“遗体器官捐献者缅怀日”，秦红梅寝食难安，她在想怎样充分利用这个节点，助推宣传工作。这可是个难得的好机会，至少缅怀日受到的关注度会比平时高出成百上千倍。灵感往往都是赐给那些工作认真负责，且智慧超群的人，有一天，秦红梅偶尔在手机上看到红遍网络的“A4腰”。她深受触动，遂突发联想，何不用叠千纸鹤的形式来传情，以此号召社会各界爱心人士来寄托对捐献者的哀思。她为这个想法感到兴奋，很快，她便叫来隔壁办公室的白洁，共同商量此事。经过几番商讨，秦红梅将这次活动的主题定为“博爱山城，纸鹤传情”，市红十字会的领导对秦红梅这种创新性宣传思路十分赞赏。

第二天，她便亲自写了一份倡议书通过市红十字会公众号向社会发布，谁曾想，在很短时间内，此活动就被社会爱心人士通过微信群、朋友圈、QQ群、微博等社交平台纷纷转发，迅速在全国乃至海内外引起广泛关注和参与。每个参与者先在一张A4纸上写下自己的心愿，再叠成千纸鹤，然后拍照晒出来，借以向遗体器官捐献者表达缅怀、致敬和祈福。在这些参与者中，既有红十字会工作者，也有医务工作者；既有老人，也有孩子；既有歌星，也有电视台主播；既有小学生，也有大学生；既有高校教授，也有公司白领；既有快递小哥，也有驻村干部，还有外籍友人……原卫生部副部长黄洁夫在A4纸上写下了“中国器官移植基金会全体同仁，衷心为器官捐献者祈福”。中国人体器官捐献爱心大使郑培钦在A4纸上写下了“我为遗体器官捐献者祈福”。重庆市加州小学二年级学生周咨妍小朋友在家人的影响下，花两天时间学会了叠千纸鹤，并亲手制作了一幅“传递爱心”心愿卡，她也因此成为此次爱心接力活动的首位小朋友。更让人感动的是，手拿一根扁担在重庆城求生活的“棒棒军”们也参与了此次活动，他们说：“我们平时干的是粗活，也不会说好听的话。小时候家里穷，也没啥玩具，从小就只会用废报纸叠小船啊、飞机啊、纸鹤啊这些，这次正好派上用场，这些器官捐献者确实伟大，值得我们学习。”家住重庆黔江区的器官捐献者家属任小蓉，看到倡议书后，也晒出来自己叠的千纸鹤，她在上面写了一句话：“老公，你不仅一直活在我的心中，而且还继续活在这个世上，我为所有遗体器官捐献者祝福。”而且，任小蓉的儿子冉任杰也从兰州传来一张A4纸照片，上面写着：“我是一名红十字志愿者，我在兰州为爸爸和所有器官捐献者祈福。”活动得到二十几个省市、14个国家的志愿者代表参与，收到三十几万志愿者传来的祈福。

此次活动影响巨大，创下了市红十字会宣传史上的新纪录，得到了上级领导的高度评价。秦红梅说：“宣传工作做久了，慢慢地就会积累出经验。平时要学会多动脑筋，注意收集素材，发现有价值的线索，利用新颖有趣的形式进行传播。”在她的宣传带动下，市红十字会的美誉度逐日上升，经常有媒体主动找上门来采访。不但有市内的媒体，还有《人民日报》、中央电视台等国家级媒体。

世界著名实业家稻盛和夫先生在其著作《京瓷哲学集》中写道：“让自己喜欢上所从事的工作；以高目标为动力，持续付出不亚于任何人的努力；创造性地工作，每天都要钻研创新……”秦红梅非常喜欢这几句话，将之摘录出来作为座右铭，以此鼓励自己无论面对多大的困难，都要想法创造条件去推动工作发展。然而，在面对各种各样的荣誉时，秦红梅始终是低调的，她觉得这一切都是自己的本分，借用她的话说：“每一个创新的、成功的宣传活动，都让我感受到红十字强大的感召力、凝聚力和影响力。在我心中，白底的红十字永远是光辉、闪亮的，我为自己能成为一个红十字人而感到骄傲和自豪！”

任何时候，爱都不应该只是一句口号，它需要有具体的人来传递才能落实，才能温暖更多需要爱的人。秦红梅深刻地意识到，宣传工作的最终目的是要实现人道救助，故在宣传工作之余，她始终不忘积极地参与救助工作。她总是以实际行动感染着身边的人，罗维、郭爽、孙蓉、王勇、白洁、陈茂秀、米智慧等等，都是她的“亲密战友”。她们凝聚在一起，在共同发光、发热。如果我们这个社会能多些她们这样的人，那世界必然会多一份光亮、多一份明媚、多一份美好。她们都是希望的敲钟人，也都是爱的天使。

让我再讲一个事实给大家听。

2016 年 5 月，家住重庆大渡口区一名 28 岁的男子马鹏飞，正兴高采烈地与妻子钟驰准备补办婚礼。婚礼时间两人早已商定，喜糖和请柬也早已发给了亲朋，他们都在期待着那辉煌一天的到来。然而，令他们万万没想到的是，就在婚礼前 10 多天，马鹏飞却突发脑溢血，经过医院 4 天时间的抢救，他最终还是撒手人寰，未能兑现自己对妻子的承诺，给亲人留下了永世的遗憾和痛苦。这时，他的妻子钟驰正怀孕五个月，是一对双胞胎宝宝，这更是让人肝肠寸断。

钟驰是一个明理有爱的姑娘，她觉得自己的丈夫人年轻，没有别的疾病，应该对其他人还有帮助，便忍着悲痛，提出将丈夫的器官无偿捐献，去救治其他病人。在市红十字会的协调下，最终，马鹏飞捐献的器官让 5 个人重获了新生。

送别了丈夫，钟驰觉得天都塌了，整天以泪洗面。周围的朋友见她孤苦伶仃，担心她未来的生活不好过，纷纷劝她放弃腹中的胎儿。可钟驰于心不忍，她一面看着年迈的父母，一面想起跟丈夫告别时向其承诺将两个宝宝生下来的誓言，做不出这样的决定。她认为只要两个孩子在，她丈夫的血脉就还在。

两个月过去，就在钟驰的心情慢慢平复的时候，她因妊娠高血压需要立即进行剖腹产手术。钟驰的婆婆杨朝红与儿媳妇抱头痛哭，她哀求医生想想办法，救救她的儿媳妇和两个孩子。医生告诉她，如果不立刻进行手术，胎儿只能死于腹中，且大人也有生命危险。无奈之下，她们只能听从医生意见，当即对钟驰实行剖腹产，诞下两名未足月的婴儿。雪上加霜的是，这两个早产儿因身体脏器发育不良，导致呼吸功能障碍，生命危在旦夕，在钟驰还没来得及看一眼自己骨肉的情形下，两个孩子就被送进了新生儿重症监护室。

一种绝望感，雾霾般迅速笼罩在了钟驰和杨朝红的头上。这时，杨朝红想到了秦红梅。秦红梅得知详情后，意识到势不容缓。但《重庆市遗体和人体器官捐献条例》刚刚立法，对捐献者家庭的相关救助机制尚未完善，当时还没有专项资金来对她们进行救助。尽管如此，秦红梅不愿袖手旁观，她迅速向单位领导做出汇报，并召集白洁、陈茂秀、米智慧等人研究方案，在充分调动各自资源和人际的同时，她联系到北京轻松筹网络有限公司平台，向社会发起网络筹款呼吁。短短 7 天时间，共有 4000 多人参与捐款，共筹得善款 25 万余元，缓解了钟驰面临的困难。

更令人欣喜的是，有一家月子公司在得知钟驰的情况后，主动联系市红十字会，愿意为钟驰免费提供月子护理服务；还有一个奶制品公司也表示愿意赞助两个早产儿的特配奶粉；另有一家影楼公司也愿意免费为两名孩子提供成长影像服务……

涓涓细流成大海，看到这一幕幕感人举动，秦红梅、白洁、陈茂秀等人都感到无比的欣慰。几天之后，她们和九龙坡区红十字会一道来到西南医院，为钟驰送去了慰问品和慰问金。钟驰和她的两个小宝宝也在爱心人士的帮助下渡过了难关，在医生的精心治疗和监护下，终于康复出院。后来，钟驰为了感恩社会，捐出一部分善款在重庆市红十字会儿童医疗救助基金会发起成立了一支专项资金，专门用于救助器官捐献家庭的需要医疗救助孩子。

类似这样的感人故事真是太多太多了，每一个故事，都在展现着红十字会的宗旨和精神，都在体现着红十字会人的奉献和情操。为了传播“人人学急救，急救为人人”的公益理念，2021 年，秦红梅为红十字应急救护写过一首公益歌曲，歌名叫《一秒万年》。这首歌倾注了她对红十字事业的强烈的责任心和敬畏之情，她希望通过音乐的影响力扩大应急救护的普及率，动员更多的人积极参加红十字应急救护培训，在危急关头人人都能伸出援手及时挽救他人生命。那一秒挺身而出，那一秒创造生命的奇迹，那一秒人道与博爱的种子在人间传递。兹将歌词抄录于此：

那一秒
心儿不停地颤
双眼突然跌入了黑暗
我听不见也看不见
这有爱的人世间
仿佛世界与我无关
那一秒
天使来到我身边
拍打我双肩
呼喊着时间
脊梁撑起天
唇印在嘴边
汗珠晶莹你的脸
双臂托起我重生的支点

一秒万年
陌路相逢心手相连

风风雨雨创造奇迹
博爱奉献五湖四海
一秒万年
爱的呼唤救在身边
人道力量传递人间
百年初心亘古不变
那一秒
理想扣动我心弦
责任在双肩催促着时间
勇敢冲向前使命不会变
甜甜汗珠连成线
梦想的笑脸温暖家万千
所有泪水为爱流淌
所有歌声为爱唱响
所有笑容为爱绽放
所有梦想为爱起航
一秒万年
陌路相逢心手相连
风风雨雨创造奇迹
博爱奉献五湖四海
一秒万年
爱的呼唤救在身边
人道力量传递人间
百年初心亘古不变
百年初心亘古不变

纪念园里肃穆安静。整整一个上午，我都在纪念园里静默行走、思绪悸动。我的耳边一直在回荡着《一秒万年》的旋律。我想，刻在这些墓碑上的名字，都是一些普通人。他们在活着的时候，也许都没有人会关注到他们。他们的头上没有聚光灯，也没有显赫的身份和地位，他们从来都在默默地生活着，迎着朝阳起床，伴着星月入眠，平静得没有一丝涟漪。但他们却在临终之际，体现出了崇高的精神境界。人都是要死的，这是生命的平等性和公正性，但死的质量却不一样，正所谓“有的轻如鸿毛，有的重如泰山”。而红十字会每天干的事情，就是铭记、尊重这些平凡而又伟大的生命，并将他们的精神光芒传递到社会的每一个角落，让更多的人一起来传递爱、呼唤爱，真正发扬和践行“人道、博爱、奉献”精神。

重庆市红十字会副会长毛荣志说：“能到红十字会工作的人，都是一群有情怀、有境界、有悲悯的人，不然，他们不会选择来这里供职。这里不是升官发财的地方，也不是博取名利和掌声的地方，这里是发扬人道主义，救助生命和传播爱的火种的地方。”他还说，“这些品质在秦红梅、白洁、罗维、郭爽、陈茂秀、米智慧、王勇等人身上体现得尤为充分。”没错，一个人做一件事，坚持一天两天容易，坚持数年如一日可就难了。但秦红梅等人做到了，这一切，都源于她们心中有爱。敬畏他人的生命，就是敬畏我们自己的生命。

多年前，我在看索甲仁波切写的《西藏生死书》时，就被书中所彰显出来的临终关怀所折服。要知道，在中国，过去对人的临终关怀是缺失的。我们都太在乎活着时候的生活了，都在追求活得潇洒和自在，却没有人愿意去关怀和思考死的问题，不知道该怎样去严肃对待它。把死亡看得那么草率，真觉得“死去元知万事空”，可如果少了这一层临终关怀，活过的生命哪怕再荣耀、再光鲜，也是暗淡的、残缺的。美国心理学博士雷蒙德·穆迪写过一本书《死后的世界：生命不息》，作为死亡和临终研究的先驱，他在书中试图告诉人们，尽管死亡是人类生命的一个自然现象，但是在过去，我们对死亡的态度却是残暴和血腥的。死亡成了不自然的、肮脏的、用医学手段处理的隐秘事情，这种对生命末期的侵入性干预导致临终病人放弃了尊严，也无法决定自己的生命。随着时代的进步和意识观念的改变，一个人不但可以决定怎样活，还可以决定怎样死。换句话说，我们既要活得有价值，也要死得有价值。

著名作家史铁生去世之后，他的妻子陈希米也写过一本书叫《让“死”活下去》，这本书表面上看，是在写她对丈夫的怀念，实际上却是在探讨对生命的哲学思索，对“死亡”的哲学思索。红十字会虽然不是医院，但它却是一所更加高级的“医院”，它不但救助人的生命，还同时救助人的道德和良知，心灵和灵魂。

让死活下去，就是让爱活下去，让生命活下去。

哦，是他们

红线女

序　章

曾经，“红十字会”这个词对我来说的确是陌生的，更有时，它在网络聒噪的质疑声中，显得那么没有底气，以致我选择了对这个词语的漠视和屏蔽。直到这一次，在重庆，在红十字历史文化陈列馆，在讲解员铿铿锵锵的讲述中，在紧贴墙壁上的一幅幅黑白照片中，我清楚地看见了那束光，迅速凝聚在时间的正面，变成了白底红字的旗帜，变成了“人道、博爱、奉献”的精神，和一切与红十字会有关的运动。

今天的国际红十字运动，由红十字国际委员会、红十字会与红新月会国际联合会和各国红十字会或红新月会组成，是当今世界历史最悠久、规模最大，遍及全球的国际性人道主义运动，在发扬人道主义精神，保护人的生命和健康，促进人类和平进步事业等方面做出了巨大贡献，产生了广泛影响，得到了全世界的普遍赞誉。

我第一次认真去思考了这面旗帜上的红十字，与医疗机构的标志不同，和基督的十字架无关；第一次认真审视了这面白色旗帜上鲜艳的红十字；第一次试着想去深刻感悟这面旗帜背后带给我的力量；也真的是第一次这么认真想去了解在这面旗帜的感召下发生的故事，以及与这面旗帜有关的人们。

一个半世纪以来，不管世界发生多少灾难，带来多少变化，红十字运动都经久不衰，蓬勃发展，蕴藏着强大的生命力。

“你听，他们在饮食，他们在休憩，他们在劳作，他们要望一望外面的世界，是否不再由水泥灰和凝血构成；救援的手，救援的队伍，救援的国度，救援在万千人的凝望之中”。

在这种人道主义救援中，所有的困厄都将过去，新的希望又像一条宽广却不平坦的道路一样，铺在善心者、救援者的面前。

站在陈列馆中间，一边凝视着这个鲜艳的红十字，一边泛起和这个标志有关的思绪，我仿佛看到了亨利·杜南，看到了马嘉礼，看到了白求恩，看到了重庆首例涉外器官捐献者菲利普和他的父母，还有13岁的器官捐献者果果，以及更多无论是战争时期还是和平时代，那些为了他人、为了人类无私奉献的人们。

他们，是红十字会精神的象征。

他们，超越了种族、宗教、政治。

像燎原的星火，蔓延着生命的光辉，

像大海的滴水，折射出世界的广博，

像伟岸的高山，彰显着人性的坚韧，

像慈爱的母亲，守护着人类的爱子。

正是有了这面旗帜，我们的生活才有了更辽阔的意义。正因为了解了这面旗帜，我的热爱，才有了可以前仆后继的理由。

亨利·杜南：日内瓦红十字的缔造者

站在索尔弗利诺小镇泥泞的乡间小路上，亨利·杜南看着地上零散的肢体和破碎的内脏，忍不住阵阵恶心。本打算前往伦巴底协商水利合同的他，迎面撞上了1859年的法萨联军与奥地利的战争。相较于生理上的恶心，那些士兵拖着残肢在地上爬行的求生欲，给予了杜南更大的震撼，这些脆弱的个体沦为了政治利益的牺牲品，让杜南深感痛苦，虽然杜南配合当地的居民全力救助这些士兵，并挽救了相当数量的生命，但是绝大多数的伤员仍然在哀号和痛苦中死去了。

在童年的时候，杜南曾经随同母亲去贫民窟帮助过穷人，那时候单纯稚嫩的他，目睹着同龄人翻捡着垃圾堆里的食物，只祈愿贫苦远离人间。虽然后来他还是参与了不少慈善和公益活动，但随着年龄的增长和家族的培养，他也应于现实，成了一颗商界新星。索尔弗利诺战役的惨状再次唤醒了他对人类价值的思索，在《索尔费里诺回忆录》中，杜南提出了一个超越政见和种族的想法，他决心呼吁各国制定一个国际战争通用的人道主义国家法，保证伤员中立化，并且要不分国籍、不分民族、不分宗教地去抢救伤员，减少伤亡。这个闪烁着人道主义光芒的提议首先赢得了拿破仑三世的支持，并进一步取得了欧洲各国广泛的共鸣。

1863年2月17日，欧洲16个国家的代表就杜南的提议在日内瓦召开了首次外交会议，并通过了《红十字决议》。随着1864年《红十字会公约》的补充签订，这个日后标榜着人类理想的组织——红十字会诞生了！当那个中欧小国受到了全欧洲乃至全世界人民的瞩目，宗教和哲学与政治也就失去了意义，唯有的是人的生命之光在闪烁。

随着各国红十字会组织纷纷成立，杜南并未回到自己的生活轨道中，而是选择了一条完全不同于原来的道路，抑或回到了真正属于他的那条道路。杜南终其余生，继续将自己的生命投入人道救护事业中，这颗商界新星的光芒也逐渐暗淡，由于缺乏打理，杜南的经济状况日渐愈下，公司也最终破产。虽然红十字会逐渐在世界各国的人道主义活动中发挥着越来越重要的作用，但这位红十字会的创始人却从此销声匿迹，在海登独自承受着贫困和孤独，以及高额的债务。

1895年，一个记者对海登医院的探访，打破了杜南的清净。包括这个记者也完全没有想到，在这座小镇医院的角落里晒太阳的人，有着如此不平凡的来历。记者的报告给杜南带去了迟来的名誉和声望，各种各样的嘉奖和赞誉如雪花一般落在他身上，盖得厚实却又轻飘飘的。首届诺贝尔和平奖也颁给了这位红十字会的缔造人，但是在人生的最后阶段，杜南还是把绝大部分的诺贝尔和平奖的奖金都捐赠给了祖国的慈善团体。在生命的尽头，他也把剩余的精力和时间献给了人类最伟大的事业。

一百多年来，红十字会的卓越贡献使这一标志具有了极大的号召力和权威性。随着红十字会会员国的发展，红十字会的任务也开始由单一战伤救护发展到对自然灾害的援助、意外伤害的急救、自愿输血、社会福利。而亨利·杜南的雕像，永远矗立在日内瓦，矗立在各国人民的心里。

马嘉礼：宽仁医院和它的美国院长

近代史，中华民族的耻辱史。闭关锁国的天朝上国盲目于地大物博的遮蔽，选择了停滞和落后，但面对帝国主义列强的咄咄逼人，清帝国对于曾经的附庸小国都已毫无还手之力。甲午之辱掀起了列强瓜分中国的狂潮，随着西方文明的大肆侵略，沉积已久的腐朽之物迅速崩塌，新生的肢体血肉也重新组建起来。

山城重庆地处西南，相较于东南沿海港湾自然是偏僻蛮地。但随着西方宗教改革的逐渐深化，基督教内新教和天主教的斗争愈演愈烈，双方传教士也深入华夏腹地。

1890 年 11 月，毕业于西储大学医学院的美国人马嘉礼携同夫人来到了重庆，以创办医院为招牌传播耶稣的福音。1891 年 3 月，马嘉礼的临时诊所开张，并在第二年扩建为宽仁医院，宽仁医院也成为川蜀地区的第一所西式医院。

几千年的封建思想，使得中国人民对外国人充满了警惕，再加上晚清官员的保守迂腐，使重庆人民不愿意去宽仁医院看病，更不敢轻易尝试西医。

马嘉礼勤奋练习，掌握了一口流利的四川方言，并通过为一名外国人成功操刀的眼科手术确立了自己的声望，吸引了最初的几位病人。尽管有着许多隔阂和误解，马嘉礼仍然坚守着博爱的信仰，去扶助这片土地上的人民。

为帮助国人戒除毒品，马嘉礼印制了大批传单，请人到大街上沿途发放，称“凡愿看病或戒烟（鸦片）者，请至重庆府临江门戴家巷福音堂宽仁医院”。

为满足女性看病的需要，马嘉礼又主导设立了宽仁女院。同年，中国第一例母子同时存活的剖宫产在这里诞生，结束了无法顺利分娩时“孕妇和胎儿只能保一个”的人伦惨剧。

吹向重庆的第一股红十字之风，也得益于马嘉礼的推波助澜。1910 年 2 月 27 日，清政府降旨，同意签署 1906 年 7 月《关于改善战地陆军伤者兵者境遇之日内瓦公约》，正式改“上海万国红十字会”为“大清红十字会”，盛宣怀被公推为首任会长。

此后，为了壮大和发展组织，大清红十字会通过媒体和函电等形式，向全国各省及大城市号召和呼吁创建红十字会分会。也就是在这时，马嘉礼首先倡议筹建重庆市红十字会，由商界首领李湛阳出面号召，巨绅魏国平以经营画社筹集资金，廖焕庭、温少鹤、李湛阳、杨沧白等热心公益事业的开明人士和社会名流负责具体筹备。

经过近一年的紧张积极筹备，筹备组认为成立重庆红十字会的工作已基本就绪，便向大清红十字会呈交了《关于成立大清红十字会重庆分会的报告》，同时向巴县府递交了《关于成立大清红十字会重庆分会的备案录》，重庆红十字分会得以建立。

而 1916 年秋退休的马嘉礼则一直与夫人行医，并从事红十字会的相关工作，一直到 1928 年，马嘉礼生命走到了尽头，并最终葬于他奉献了一生的城市——重庆江北嘴。

宽仁医院的美国院长离开了，但宽仁医院仍然伫立在重庆城，继续传播着“人道、博爱、奉献”的理念。抗日战争时期，为避免日机轰炸，宽仁医院迁到沙坪坝歌乐山内，积极收治因日军突袭致伤的病员。抗日战争胜利后，宽仁医院重新搬回戴家巷恢复医疗工作。

1951 年，随着中华人民共和国成立，宽仁医院结束了它的历史使命，由人民政府接管，改名川东医院，现为重庆医科大学附属第二医院，继续践行着它的时代任务，为人民的健康保驾护航。但人们不会忘记历史，不会忘记宽仁医院和一手促成了重庆红十字会的美国院长。

彭倩：南丁格尔永远的追随者

作为现代护理业的开创者和国际红十字运动的先驱，南丁格尔已经离去一百多年，但提灯女神象征着的护士精神始终鼓舞着一代代杰出的白衣天使，在救死扶伤的护理事业中奉献着自己的青春。南丁格尔，是一名护士所能拥有的最高级别赞誉的代名词，也是他们事业追求的顶点目标。

彭倩，是一名护士，她觉得自己能从事护理工作，是在人生旅途中命运馈赠的一场修行，在她看来，南丁格尔精神的实质就是利他心、同理心、布施心、无差别心，修好这几颗心，就是对南丁格尔精神的传承。

彭倩是中国南丁格尔志愿护理服务总队重庆医科大学附属第二医院分队的副队长，她跟进群众健康需求，在社区居家健康服务、应急救护技能培训、公共健康知识传播等方面贡献着知识和力量，组织全院累计开展南丁格尔志愿服务 152 次。奉节、石柱、酉阳、合川等地都留下了她和她的团队为群众送医送药的身影。

在猝死现象逐渐频繁化和年轻化的今天，作为专业医务工作者的彭倩深知预防和第一现场抢救的重要性，她组织筹建了医院美国心脏协会心血管急救培训基地，举办了“心脑唤醒”心肺复苏公益培训活动，多次参加医院团委与腾讯大渝网联合组织的“青翼助飞”公益培训活动，在重庆地区各大中小学，各企业单位开展心肺复苏及海姆立克急救法公众培训，网络培训及现场培训受众多达数万人。她培训的绝大多数人可能一辈子都未必能用上“救命术”，但哪怕只有一个人用上了，她就觉得自己所做的一切都是有意义的。

彭倩还是重庆医科大学附属第二医院红十字会的秘书长，她倡导奉献与人道的红十字会精神。2020 年 1 月，她主要负责启动了重庆医科大学附属第二医院的器官捐献工作，倡导病人们在生命不可挽救时，自愿、无偿捐献能用的器官，让生命以另一种方式延续，在她的努力之下，医院遗体和器官捐献志愿登记人数达到了 190 余人。

多年以来，每天看着一幕幕生离死别和悲欢离合，她始终无法淡然面对，总想为经受痛苦的人们做点儿什么。作为医院护士倾心驿站的一员，在医院的患者及护士面临困境时，她总是会挺身而出。

2017 年，一位重庆远郊的放羊大叔从山崖上跌落，一边是高额的重症病房医疗费，一边是还等着他卖了羊交学费的小女儿，逼得几十岁的汉子一度想放弃治疗，彭倩了解这一情况后，协助其家人使用筹款平台筹得了所需的医药费。

2021 年，医院一名规培护士在异地发生车祸，全身包括脑部多处骨折，需要做几场手术，这个农村家庭根本拿不出这么多的医疗费，彭倩联系医院护士倾心驿站发动全院捐款，并将筹得的手术费和医院领导一起奔赴华西送到了孩子父亲的手上，免除了这家人的后顾之忧。

她是一名护士，却又不只是一名护士，她在其他领域也发挥着自己的特长，用特有的方式追寻着南丁格尔的足迹。

2016 年，她撰词谱写的 RAP 版心肺复苏宣传公益歌曲《把心脑唤醒》紧跟潮流，朗朗上口，在网络上引起强烈反响，获得了中华护理学会微视频科普作品三等奖。

2020 年，她又撰词谱写《三叶草之歌》，唱出了护士守护患者的大爱情怀，并获得了这一年全国护士微电影节十佳影片。

2021 年世界急救日，彭倩还参与了重庆市红十字会应急救护公益歌曲《一秒万年》的拍摄组织工作，大力弘扬了红十字精神。

彭倩还是一名中国致公党党员，她积极履行民主党派党员“参政议政”的职责，并始终将关注的目光投向心肺复苏公众普及培训这一领域，撰写提案《关于在渝中区推进自动体外除颤器公共化配置及心肺复苏公益培训项目的提案》《关于提升重庆市温泉及游泳池运营场所工作人员急救服务能力的提案》《关于在重庆市各小区电梯广告平台强制投放急救公益视频的提案》等。

2018 年，被致公党渝中区委评为参政议政积极分子，一篇提案获致公党重庆市委优秀提案。

在余生中，彭倩还将继续修行，继续追随南丁格尔的精神，用爱、用热情传递红十字的大爱精神。

最轻盈的女孩：果果

果果穿着蓝色的公主纱裙躺在沙滨路安乐堂的花床上，胸口点缀着几朵小花，果果睡得正熟，丝毫没有被旁人轻声的抽泣打扰。13 岁的她正是花季，她也理所应当地穿着美丽的衣裙，享受着最美丽的灯光。淡蓝的背景墙下摆放着果果心爱的玩具狗狗，还装饰满了百合和玫瑰，是人间的最芬芳。

站在亲友群中的果果母亲注视着女儿沉睡的脸，已经干在脸上的泪痕仍然反射着蜡烛的光芒。一切都那么的突然，深夜里接到老师的电话得知果果在宿舍里剧烈头疼还呕吐不止，挂掉电话的郭爽立马和丈夫把孩子送到了医院，但是医生检查发现，孩子的大脑因为脑部血管畸形导致脑出血，出现了脑疝。虽然全力抢救，但孩子仍因脑干功能衰竭最终脑死亡。

“接到她突然出事的电话，没想到那么快她就要去天国了。”

才不过短短的几个小时，白日里活蹦乱跳的果果，已经被盖上了白布，对于果果父母来说，无异于用刀一片片割下了他们的血肉，剁碎了他们的骨头。但是迫于器官的鲜活保存需要，红十字会的志愿者们仍然迫不得已按照程序，打断了沉浸在悲痛的果果父母，沟通器官捐献的事情。

郭爽知道，13 岁的女儿热爱一切美丽的事物，自然也热爱最美丽的自己。她能接受自己被掏空躯壳吗？她能原谅父母做出的决定吗？

“妈妈和爸爸不会哭，会笑着送你去充满欢笑的地方。”

看着围绕在花床边的十几个孩子，郭爽的眼泪再次涌了出来。那群孩子便是果果的同学，他们都通红着双眼，努力憋着自己的泪花，静静守候着这个昔日的同窗。郭爽很羡慕这群孩子，因为她的孩子连流泪的权利都不再拥有了。可是她知道，仍然有许多的孩子还在争取流眼泪的能力，不想离开这人世间。

手颤抖着，郭爽最终签订了器官捐献同意书，果果也成为重庆市第 120 位器官捐献者。她捐献的角膜、肾脏和肝脏，将使至少两名眼疾患者重见光明，使两名肾衰竭患者和一名肝脏衰竭濒临死亡患者重获新生。郭爽知道，做完器官摘取手术的女儿将会变成最轻盈的女孩，一直飞向星空。也还会有另外 5 个孩子承载她的希望继续生长。

欢送会马上就要正式开始了，郭爽和丈夫拿起粉色的小卡片，替果果念出了最后的道别：

“我是上帝派来的小天使，我用 13 年的时间带给大家幸福和快乐，我是璀璨星空中最明亮的星星，现在要飞回我的星空。”

尾　声

请原谅我如此不厌其烦地为你讲述他们的故事。

源于激动，源于感慨，源于深情，我的讲述显得有些语无伦次，甚至冗冗长长；

源于感动，源于真情，源于洗礼，我的讲述有些哽咽，有些慌乱，有些中气不足；

这些自带光芒的人儿啊，逼出了我灵魂里的小，刺痛了我心深处的痛，洗涤了我身体里的每条血管，无论是动脉还是静脉，它们都变得清澈，鲜活，更像血。

也请原谅我无法为你讲述更多他们的故事。

我只希望今天，此时，这些自带香气的天使们，能真正活在人间，活在我们的心里，像天空中明月的亮光一样，永远眷顾这个世界。

至此，我深深地知道——

红十字会的旗帜下没有国度和宗教，只有信仰。从历史书籍上沉甸甸的文字，到遗体捐献证上一个清晰的印章，或许是穷其终生为自己所眷念的事业，抑或只是捐献自己的血肉之躯挽救了素不相识的陌生人。

红十字会从来就不是一面旗帜，也不是一个人。红十字会是一种品性，是超越小我的大我。

至此，我的热爱确实找到了前仆后继的理由。

嗯，就是他们。

奉献的礼赞（诗歌、散文诗）

五月，不断丰满的线条和色彩

——写在世界红十字日

谭　明

一个有幸的生命，
因母亲不幸跌倒，
在早产中，开一朵危难的花。
这花，在你的手中成活，开到了
母亲的胸前。必将开成
会牧鹅的云，会纺织的歌。
也许这白云一样的歌声，
会出现在
月下笛的荷塘，蝶恋花的芳径，
或者大学的校园，
远航的船头。
甚至，任何一个生活不再有跌倒，
不再发生早产的地方。
你骑着的自行车，

谱一路月光曲……
急救箱上沉甸甸的红十字，
像灯盏，照亮了你出诊的归途。
这是新婚的第二个夜晚啊，
于是，你这白衣女，
想到我喜欢的马蹄莲，
便开成了马蹄莲。
窸窸窣窣的晚风呢，
该是在吟贺新郎的长短句吧！

这是40年前我写的一首诗，
写给一位白衣女的诗。
她是一位红十字会员，
那时，她刚刚成为我的妻子。

从此，五月八日的红霞，
伴随红十字的光彩，映亮胸怀！
我们心灵的窗户，
朝着城市和乡村打开，
朝着清晨和黄昏打开；
朝着每一寸温暖的土地打开，
朝着每一个平凡的生命打开！
让清新洁净的空气进来，
让沁人心脾的花香进来；
让悠扬婉转的鸟鸣进来，
让明媚灿烂的阳光进来……

我们的身上背负昨天的故事，
我们的脚下踏着命运的尘埃；
我们的肩上落满夜晚的碎片，
我们的眼中涌动黎明的期待。
我们会用人道、博爱、奉献，
抚平每一道肉体与心灵的伤痛；
我们会用良知、友善和坚强，
把每一扇温暖的大门打开——

这是初夏的一天，
她为他倒过便盆、洗过脸，
又买来饭菜一口口地喂着……
也许有人说，
这些，我都会做。
其实，会做不一定真做。
尤其，这生病的聋哑老人，
来自僻远的乡村，
她与他，除了志愿者与患者，
再没别的“关系”。
尤其，她的独生女，
正病卧在家。可她
硬是让红十字的宗旨，
从誓言从文字，默默地
走进了现实，走进了感动。

虽然，疾病来袭，难以躲开。
但红十字精神，

正从无数颗心中，
汇聚拢来，像百川归海……
暖心的关怀，点亮生的光明，
正在把死神和失望击败！

改变不了事实，可以改变心态；
改变不了过去，可以改变现在。
我们除了现在，还有未来！
让我们以红十字的名义，
心贴心服务，肩并肩圆梦，
手牵手互助，
把春天送进每一个渴望春天的心怀——

我看见，他是带着
一脸的褐红色石灰岩，
住进医院的。就是病重了，
也找不出一点风蚀过的痕迹。
陪伴他的女人，
本是一只山喜鹊，
但此时，却失去了
往日在防风林里的活跃，
甚至张口便流出焦急的声音。
当几朵干净的笑脸替这位农妇
送来丈夫的“救命钱”，
就像送来冬天里的太阳，
一双双同样焦急的眼睛，
瞬间流出了水盈盈的光——

这群年轻的志愿者，
送上的是一个字啊，
一个大写的“红十字”！
这个字，会在苍凉的石灰岩上，
开出白转黄的忍冬花，
并且蔓延出春天，
引山喜鹊歌唱……

有一种牵挂，平常，却很甘甜，
有一种问候，简单，却很实在；
有一种关怀，无言，却很真切，
有一种情感，细腻，却很豪迈。

如今，无论是俯下身去，
还是伸出手来，我们都不偏不歪。
因为，红十字的“十”，
横是张开的臂膀，
竖为挺直的脊梁。
脊梁正，重心就稳，
重心稳，我们的生命
就有了尊严和光彩！

沟算什么，坎算什么，
跨过去！生活仍旧滋润，
生命依然精彩。
怀揣红十字，
穿过峥嵘的岁月和缤纷的雨季，

前面就是属于我们的——
满是朝霞、水波和飞鸟的
温馨而宁静的世界。

当我们重新找回风暴中，
曾经迷失的钢铁和花朵，
红十字的光芒正扑面而来。
前方不断传来开门的声音，
有越来越多的脚步，
正和我们走在同一条路上，
那是五月不断丰满的线条和色彩。
一切距离都在缩短，
因为我们的脚和眼睛，
都为同一个目标而存在！

人若助人，人亦助之，
伸出你的手，伸出我的手，
伸出他和她的手，让我们
用心感动心，用红十字传递爱——
聚土为山，积水成海。
风雪炼精神，
江山开眼界。
见贤思齐，乃真豪杰胸怀；
知难而进，是大丈夫气概。
只要有心，就会有能耐；
只要有爱，就不会徘徊。
愚公动手敢移山，

精卫衔石能填海。

我的父老乡亲，我的兄弟姐妹，
奉献在，希望就在；
希望在，未来就在；
——只要我们的情怀在，
五月八日和属于红十字的每一天
永远同在！

光的使者
——致第45届南丁格尔奖章获得者赵庆华

红线女

1

我喜欢光。

无论是阳光、星光、月光、烛光、灯光、目光……

都照亮世界，拯救黑暗，让黑暗不再是黑暗，毁灭不再是毁灭，哭泣不再只是哭泣……

万物都有光。

深秋里的银杏树，笔直地站在时间里，金黄的小树叶簌簌地往下落，轻盈地、优雅地，一点都不悲伤，也看不出什么坏情绪。

它们甚至可以飞起来，在半空中盘旋几圈，散发出黄溜溜的光，保持优美的弧度，像带着光斑的小蝴蝶，偶尔朝着路过的行人，调皮地眨着眼睛。

每次看到银杏树叶掉落的时候，我都情不自禁地挤出心底沉积很久的阴郁，跟着那些飘飞的、旋转的、从容的、小小的叶子们一起，飘飞着、旋转着、从容着；仿佛它们就是金色的光的化身，仿佛它们，就是金色的光。

太阳的光是最常见的。

它是花朵绽放的新生源泉，是候鸟归来的温柔动力，是积雪化春水的轻快交响。

我们用双眼发现阳光，用双手抚摩阳光，用心灵沐浴阳光，我们冲出乌云的包围，进入温良的世界，成为活着的本身。

月光和星子是不能少的。

夏天的夜晚，如果没了月亮和星星，我们的童年，躺在奶奶蒲扇下面唱着童谣的我们，该多么恐惧和忧伤？

看过白雪的光吗？

那厚厚的白下面，藏着多少希冀和梦想？

那样的希冀和梦想闪耀着的光，难道不是生命之光吗？

2

还有一种光，是属于赵庆华的。

她是一个星光般的女子，长着好看的眼睛，深黑的眸子，闪着柔和的光；

甜甜的嘴唇，发出甜甜的声音，说出甜甜的话，甜甜地滋润着和她相遇的每个人；

娇小的身材，长得像燕子一样玲珑，以至于她奔跑在医院里，在病房里的时候，人们就能想起燕子们在蓝天下翻飞的身影，仿佛日子都变成了美好。

她是一个月光般的女子，穿着干净的护士服，戴着洁白的护士帽，浑身明亮，散发出清透透的纯净的光；三十三年来，这样的光一直追随着她，在许多的白天和夜晚，在许多的病人的床前、手术间、护理机边，在所有同事的心里、亲人的心里、朋友的心里，在一切美丑善恶的正面，变成了数不清的仁爱的光，照耀着世间万象，洗涤着卑劣者的内心，揭露着一切不平等罪行，赞颂着所有真善美，让光照耀下的一切，变得透明而纯净，变得祥和而安宁。

她的光是有生命的。

三十三年如一日，每日一如既往地，赐予世界以晴天。

仿佛看到她，就能看到晴朗的天空，就能嗅到清新的空气，让人忍不住想在晴朗的大地上尽情地歌唱，满眼都是明媚的光，穿过清晨的窗棂，穿透生活的柴米油盐，握住日子的手，力量无穷。

她的光是有生命力的。

三十三年如一日，每日一如既往地，赐予世界以辽阔。

这是不老的光。普照万物，万物动容。

这是不朽的光。时间恒久，光照就恒久。

3

由此，她有很多光。

热爱是一；

仁爱是一；

奉献是一；

敢于牺牲是一；

像提着灯的南丁格尔，像会发光的天使。

由此，我想起了1991年的事。

一位罹患胃平滑肌肉瘤合并冠心病的患者入住心血管内科，该病症所用药需严密监护和高超的穿刺技术，护理任务十分艰险。已有身孕的她没有找理由推辞，毅然承担起该患者长达8个疗程的化疗护理。由于长期化疗，患者血管条件非常差，为保证治疗质量，减少患者痛苦，她不得不脱掉防护手套，一蹲就是半个多小时。

她流产了。

她很难过。

她忍住了悲伤。

她再一次投入工作之中。

八个月后，患者顺利出院，她却因此落下了并发症，永远丧失了一名做母亲的权利。

2001年三峡移民工程启动后，卫生和健康成为政府及老百姓关心的焦点，120万移民相当于一个欧洲中等国家的人口，对医疗资源短缺和护理人才匮乏的库区来说是一个巨大挑战。

还是赵庆华，她又去了。

她承担起库区护理建设帮扶的艰巨任务，从此开始了没有节假日的生活。

库区面广、条件差，为了护理人才的培养和学科建设，她常年奔波在主城和库区之间，一跑就是10余年。

山路崎岖，路途遥远啊，一趟至少要9个小时。

多少次在前行的路上遭遇道路塌方，与危险交锋，与死亡擦肩，赵庆华还是选择向前而行，向光奔跑。

汶川大地震，她第一时间赶赴病房，指导医护人员做好普通患者的疏导转移，不顾余震的威胁参与巡查小组，查看危重病人的护理。

5月14日深夜，医院接到市卫生局紧急通知，要求紧急准备50张救灾床。

她连夜组织人员筹备，全部布置妥当已是清晨。

她顾不上合一下眼，又亲自安置多批来自地震重灾区的伤员，并组建护理爱心团队，关心救灾病区的伤员和家属。

在她带领的护理团队精心呵护下，156名伤员陆续康复出院，很多孩子因为与她朝夕相处，临行前都泪光闪闪。

2009年11月2日凌晨3点40分，重庆市首例“甲流”危重症患者，一位剖宫产术后一天的产妇转入重医附一院。

她当即建立隔离病房，组建专门的护理团队，深入“甲流”病房组织护理查房，关注甲流患者的安危，确保最优护理方案得到落实。

一百一十一个日日夜夜，她和她的团队创造了治愈国内首例重危“甲流”产妇，治愈全国首例重症“甲流”合并胰腺炎患者等多项医学奇迹。

她充分运用三峡帮扶的成功经验，运用新媒体和远程医疗，进一步创新帮扶形式，创建了患者安全、“五心”护理、静疗护理等微信公众平台，远程定期开展对基层医院护理人员分层次、同质同步的培训。帮助开县、垫江等六家区县医院创建三级甲等医院。

她的足迹遍布三峡库区和西部基层医疗单位，帮扶累计千余次，惠及70余家医院，培训医护人员10万余人次。

她自愿加入红十字志愿者队伍，义诊下乡、艾滋病预防宣传、遗体器官捐献协调，普及遗体器官捐献、造血干细胞捐献等相关知识，亲自签署自己遗体器官捐献志愿书。

组建重庆医科大学附属第一医院红十字志愿服务队。

组建重庆市第一个护理应急救援分队。

2013年芦山地震时，她亲自带领20名护士与医院团队，以“国家级救援队”的旗帜亮相灾区。

训练有素。

高效救援。

成为灾区人民的救命稻草。

成为红十字救援里最博大的动脉血管。

4

也是红装翠袖，然而青史丹心。

无数次煤矿塌方，

无数次瓦斯泄漏，

无数次山体滑坡，

无数次大型车祸……

每一次大救援中都少不了她的身影。

每一次大救援，都见证了她的执着、大气，果敢与无畏。

她就是新时代的南丁格尔。

她就是天使。

她燃烧了自己。

她燃烧自己时发出巨大的光，照亮了别人，也照亮了前行者的路。

我喜欢她的光。

她的光汇聚了阳光、星光、月光、烛光、灯光、目光……

成了爱，照亮了世界。

我希望能成为这样的光。

让爱，永远在爱里，流淌。

2021年11月27日

后 记

习近平总书记指出：红十字是一种精神，更是一面旗帜，跨越国界、种族、信仰，引领着世界范围内的人道主义运动。（在会见中国红十字会第十次全国会员代表大会全体代表时的讲话）

近年来，重庆市红十字会坚持以习近平新时代中国特色社会主义思想为指导，深入贯彻落实习近平总书记关于群团工作重要论述和红十字事业重要指示批示精神，努力建设更具凝聚力、影响力、公信力的红十字组织，围绕中心，服务大局，改革创新，锐意前行，在应急救护、人道救助、遗体和人体器官捐献、抗击新冠疫情、脱贫攻坚、防灾减灾、基层社会治理、青少年工作等方面，做了大量卓有成效的工作，为推动重庆经济社会发展做出了积极贡献。

为了广泛传播“人道、博爱、奉献”红十字会精神，生动讲述重庆市红十字会改革创新、攻坚克难、砥砺奋进的动人故事，深入挖掘为国奉献、为民造福的典型和亮点，重庆文学院在重庆市作家协会指导下，在重庆市红十字会配合下，组织一批在渝中国作家协会会员，从 2021 年 3 月开始，对重庆市红十字工作进行采访和写作，创作出一批文学作品。本书精选报告文学、散文和诗歌 16 篇（首），计 18 万字。

一年来，谭明、刘清泉、张天国、赵历法、郭凤英、泥文、蔡有林、俞为文、吴佳骏、红线女等作家和诗人，深度融入重庆市红十字会工作的各个方面，他们联系采访一个又一个红十字会工作的组织者和志愿者，一个又一个器官捐献的供者家属和受者，一个又一个伸出援助之手的爱心人士和心怀感恩的受救助者，一个又一个倾其所能阻击新冠疫情的普通市民，一个又一个投身脱贫攻坚和乡村振兴工作的第一书记……他们被吸引、被感动、被震撼，情不自禁拿起手中的笔，饱蘸着感情，将所见所闻所思所感倾注于笔端，诉诸文字，一篇篇有深度、有温度、有高度的报告文学作品出来了，一篇篇有文采、有风采、有华彩的散文出来了，一首首有真情、有激情、有诗情的诗歌出来了……

作家和诗人们笔下的典型人物和典型事件亮点频出，人性本色和人道光芒亮色四溢，或如器官捐献协调员，消除成见协调见证捐献数十年如一日，早已经超越了鸡毛蒜皮而抵达境界的澄明；或如器官捐献家属，胸藏至爱献出孩子身体的一部分而又转身成为捐献志愿者，早已经超越了一时悲痛而具有了布施他者的大爱；或如灾难袭来全城动员，力量无论大小都是人间真爱；或如应急救护，重启生命通道重现生命的曙光；或如长期助贫救苦，点点滴滴汇成人道主义的汪洋……

这一部作品集既是对讴歌对象精神世界的真实呈现，可歌可泣，也是作家和诗人们呕心沥血创作的结晶，可敬可佩！这是一部用文学的方式书写红十字精神的力作，也是一部用写实的方式记录红十字精神的佳作，既有文学性，也有纪实性；既是文字礼赞，也是资料存档；既有全景展现，也有重点突出，生动地再现了近年来重庆市红十字会工作成就和社会影响。

向所有爱心人士致敬！向伟大的红十字精神致敬！感谢支持本书编辑和出版的所有朋友！

编　者

2022年3月